春暖花就开

姚红 著

团结出版社

图书在版编目（ＣＩＰ）数据

春暖花就开 / 姚红著. -- 北京 ： 团结出版社，
2024.5

ISBN 978-7-5234-0957-2

Ⅰ. ①春… Ⅱ. ①姚… Ⅲ. ①长篇小说－中国－当代
Ⅳ. ①I247.5

中国国家版本馆CIP数据核字(2024)第089999号

出　版：团结出版社

　　　　（北京市东城区东皇城根南街84号）

邮　编：100006

电　话：（010）65228880　65244790（出版社）

网　址：http://www.tjpress.com

E-mail：zb65244790@vip.163.com

经　销：全国新华书店

印　刷：济南精致印务有限公司

开　本：880mm×1230mm　　32开

印　张：9

字　数：172千字

版　次：2024年5月　第1版

印　次：2024年5月　第1次印刷

书　号：ISBN 978-7-5234-0957-2

定　价：68.00元

目　录

"咫尺""天涯"皆有缘

今天是开学第一天，初二一班的马小毛到校很早，因为周一是他的值日，他又是劳动委员，"尽职免责"，这是班主任林老师的口头禅，他可不想开学第一天就遭到林老师的批评。

刚进校门，碰到二班的柴豆豆，柴豆豆看见他，一下窜了过来，附在他耳边悄悄地说："告诉你件事，你们班换班主任了！"

"林老师去哪了？谁是我们的新班主任？"马小毛急切地问。

"新班主任是——说出来把你吓死。"柴豆豆话说一半又咽了回去。

马小毛顺手从兜里掏出一块沙琪玛，塞进柴豆豆的手里："别卖关子了，是谁快说！"

柴豆豆双手合十，嬉皮笑脸地说："恭喜恭喜，新班主任是方老师，咱校最严的方老师。"

马小毛心里咯噔一下，方老师的严厉全校闻名，他对学生不打不骂，但再狂妄不羁的学生，到了他的班里，最后都降心俯首。到底怎么个"严"法，从他教过的学生嘴里略知一二，看着那些学生"谈方色变"的样子，当时他还暗自庆幸，幸亏没碰到这样的班主任，否则自己和他们一样倒霉。

柴豆豆的话肯定是真的，他的姐姐就是马小毛的生物老师，这小子一定是从他姐姐那里听到的。最担心的事情还是发生了，没想到墨菲定律在自己身上如此灵验，这简直不可思议。

教室门没开，很多同学早就到了，挤在门前吵吵嚷嚷，同学们看到马小毛急匆匆走来，以为他带着门钥匙，自觉让开一条通道。

马小毛挤到教室门前，用力推了推门，又伸手摸了摸门框上面，回过头来大声问道：

"谁拿着钥匙？"

"原来你没带啊？"几个凑上来的学生又失望地退了回去。

"应该在门卫处。"不知谁说了一句，有人立即往门卫那里跑。

"别跑了，钥匙在这。"楼梯口有人喊。

大家回过头，方明老师正从走廊另一头走来。除了马小毛，同学们不知道换班主任的事，没人多想什么，门一开就争先恐后地往里挤。

马小毛从锁上取下钥匙时，回头看见柴豆豆正从二班教室门口露出半个脑袋，幸灾乐祸地偷笑着，马小毛没有理他，背着书包进了教室。

暑假期间学校整修教室和调换桌椅，教室里的桌椅都变了位置，很多同学找不到自己原来的课桌，也不知自己坐在哪里，教室里一片混乱。

方明快步走上讲台，用黑板擦敲了敲讲桌，大声说：

"同学们，先随便找个座位坐下，随便坐。"

教室里立即安静下来，方明看见大家面露好奇，接着说："同学们，我先自我介绍一下，我叫方明，是你们的语文老师，也是你们的新任班主任……"

话音未落，全班同学就吃惊地"啊"了一声，开始仔细审视眼前的这位新老师。很多同学其实早就认识方明，不仅因为他高大健壮的体型，还有从高年级同学那里断断续续听到的其人其事，据说这位方老师，在教学上最拿手的活是"精"，精讲、精练、精准辅差；班级管理上最拿手的招儿是"盯"，盯卫生、盯纪律、盯"帮派团伙"。不管是人或事，一旦被他盯上，最后一定胜利"收网"。

今后的日子不好过啊，班里几个最调皮的孩子开始惴惴不安，偷偷伸出三根手指，互相做着鬼脸，对，三年，我们的日子从此将要进入漫漫长夜……

大部分学生暗自高兴，一班再不好好整顿一下，杀杀个别学生的嚣张气焰，用老师们的话说，下一步将成为整个级部的垫脚石。像秦晓媛、汤小小、关晓琪等一些品学兼优的学生，早就盼望有个厉害老师，好好整顿一下班里的歪风邪气。

很多家长也有意见，听说上个学期，有几位家长就把不满的电话打进了校长室，这让班主任林渊非常生气，那节数学课，他没讲课，敲着讲桌大发雷霆。

"有意见当面提，竟然跑到校长室！"

"哪个班好去哪个班，本人不挽留！"

频频碰撞的话语致使班里的空气温度飙升，划一根火柴，有可能一下就燃烧起来。

"林老师去哪了？"

"语文老师呢？"

"班主任就是他？"

下面有人小声议论。

方明接着说："林老师因为工作需要，调到外校去了。你们的语文老师柳笛老师，因身体原因暂时不能再教你们了。经学校研究决定，从今往后，由我担任你们的班主任兼语文老师。"

有几个学生鼓起掌来，接着全班响起了热烈的掌声。

"方老师，柳老师生病了吗？"站起来发问的是班长秦晓媛。

方明觉得不便把实情告诉学生，语气尽量轻松："是的，柳老师身体出了点小毛病，需要在家休养一段时间。"

"柳老师康复了，还来教我们吗？"语文课代表汤小小站起来小心翼翼地问。

"我也说不准，到时再看学校安排吧。"方明和蔼地看着她，并示意她坐下。

不管愿意不愿意，眼前的事实是，方老师就站在讲台上。新官上任三把火，不知这位班主任要烧三把什么样的火。

"同学们，既然学校安排我来带咱们这个班，我就要把你们带好。开学前，学校领导找我谈话，把咱们班的情况向我做了大致介绍，我也翻阅了有关咱们班的信息资料，对上学期咱们的几次大型考试成绩进行了分析，给我的感觉，咱们班人才济济，是卧虎藏龙之地啊……"

全班同学都笑起来，有几个学生回过头，偷偷观察最后排的几名男生，那是班里最调皮的学生。方明虽然还不了解他们，但有几个调皮孩子的"劣迹"他早就有所耳闻，他的话里显然包含多种意味。

"像寒假考试获得全区第一名的秦晓媛，在全区演讲比赛中获得第二名的汤小小，在区辩论赛中获得最佳辩手的关晓琪，在全市老少同乐绘画比赛中获得一等奖的夏丹妮，在全镇春季运动会上打破男子田径记录的徐浩东，还有助人为乐、帮助迷路老人找到家人的王好好……当然还有很多，我不再一一列举。同学们，当我看到这些的时候，老师是多么自豪啊！初中生活刚刚开始，你们已经取得了骄人的成绩，我相信，接下来的三年，将会有更多惊喜等待着我们……"

又是一阵热烈的掌声。

"可是，我们班也发生了一些不尽人意的事情。"方明的脸色变得严肃起来，"个别同学违反课堂纪律，我行我素，屡教不改；课下时间，到处乱窜，在其他班里招惹是非；作业不按时完成上交，随意毁坏试卷和讲义，甚至整个学期也不交一次作业；还有的同学沉迷网络游戏，经常进出网吧，有个别同学竟然把手机带进课堂……"

"另外，我还知道，"方明的语气变得更加严厉，"个别同学随手拿别人的东西，不仅拿本班同学的，还偷偷进入其他班级，在同学们中造成很坏的影响！"

方明用威严的目光扫视着全班，继续说道：

"刚才我所列举的，当然只是个别现象。金无足赤，人无完人，有缺点，犯错误，并不可怕，只要改正，就是进步。希望这些同学悬崖勒马，好自为之，我也相信，这些同学一定会认真反思，痛改前非！"

方明的讲话简短有力，对好的现象如数家珍，充满喜悦和自豪；对歪风邪气神情严肃、语气严厉，决不袒护纵容。尽管他只是点数了一些现象，并没表明采取的措施和奖惩办法，但已将全班震慑住了，还未进门，他已了如指掌，敬佩、畏惧、兴奋……这位老师真是名不虚传啊！

"我刚才是概括而言，等今天班会的时候，我们再具体分析。同学们，接下来我们的任务是大扫除。先打扫室内卫生，把门窗、桌椅、地面抹干净，把桌椅排放整齐，再打扫门前走廊。我们的卫生区是食堂门前两棵大柳树之间。现在按原先的小组分工，各组行动起来，待会儿学校卫生小组检查，打扫不彻底的，要返工重扫。在打扫的时候，一定要多加小心，注意安全。"

话音刚落，全班就开始行动了。拿笤帚的，涮拖把的，抬垃圾桶的，全班没一个闲人。几个学生拿着工具去了卫生区，两个高个子男生提着水桶去接水，七八个男生在教室里摆放桌椅，其他人有的擦门窗，有的擦黑板。

马小毛干得特别卖力，出出进进不停地督促大家。方老师点数的这些现象很多和他有关，比如作业拖延不交，上课走神，还喜欢玩游戏。尽管他干活不惜力气，但林老师一直不看好他，这也是他一直烦恼的原因。在新班主任面前，他得好好表现，他要给方老师一个全新的印象。

方明走过去，拍了拍他的肩膀问："你是劳动委员吧？"

"是，老师。"马小毛回答。

"你不光带领大家干好，还要提醒大家注意安全，千万不能摔伤、碰伤，一旦出现什么意外情况，及时向我报告。"方明温和地说。

"好的，老师，保证完成任务。"马小毛两腿一并，行了一个军礼，旁边几个女生偷偷笑起来。

初二大办公室里已来了好几位老师，大家都在忙着整理东西，看见方明进来，都打招呼说："方老师，来得早啊！"

"我也刚到。"方明说，"班主任先去自己班里查看一下，组织学生打扫卫生，其余的老师整理打扫办公室。"

这是一间面积七十平方米左右的大办公室，室内用隔板进行简单隔离，分成十个区域空间，十位老师在这里办公。办公室北面墙上，最上面用横幅裱着"做一名有温度的教师"几个大字，紧挨着下面是一面正方形的字框，上面打印着中小学教师行为规则。最下面是两个厨架，用来摆放老师的教学资料和学生作业。靠近门口的地方，有一个挂衣架，老师们的衣服和提包挂在上面。南面的窗台上，摆着几盆花草，暑假里没人浇水，大都枯萎了。经过漫长的暑假，桌面和地面落满了灰尘。整个办公室里弥漫着潮湿而又刺鼻的霉味。

方明放下提包，就开始打扫卫生，凡是最脏最累的活，他都抢着干。在他的带动下，办公室一会儿就窗明几净了。

三班语文老师李贝尔为方明倒了一杯水，递给他说："跟着方主任干活，干得快，还不累，今后教学是不是也这样啊……"

"我看，错不了！"门口有人应了一句，大家回过头，是胡校长带着校委会成员过来检查卫生了。

胡校长走进办公室，看到办公室里已打扫得干干净净，满意地点了点头，回过头对校委会其他人说：

"咱们一路检查过来，卫生区、走廊里、教室里，学生最听话、打扫最干净的就是方老师班的学生；办公室开门最早、卫生搞得最好的也是方老师的级部，要是大家都这样，啥样的管理搞不上去？啥样的成绩教不出来？"其余的人纷纷点头。

胡校长转过头来对方明说："方老师，跟着我们去其他级部看看。"

方明明白胡校长的用意，希望各个级部在纪律和卫生管理方面能够取长补短，自己刚刚当上级部主任，经验不足，需要学习的地方很多，多看看，多听听，对自己成长有益。他放下手里的抹布，跟着学校检查小组去了其他级部。

检查完初一、初三级部，最后检查的是初四级部，初四级部到校情况最差，还有三个班级的教室门没有打开，学生挤在门前乱成一团。进了教室的学生三五成群地凑在一起，叽叽喳喳不知说些什么，卫生扫除还没有行动起来。办公室里早到的几位老师只顾整理室内，没人出来管理学生。

胡校长抬手看了看表，生气地说："学生都到半小时了，杨老师还没赶到，昨天开会明确要求老师们提前到校，开学第一天不同平常，很多事情需要安排，尤其是班主任，看看，还有好几位班主任没按时到校，杨老师作为级部主任不以身示范，怎么管理老师啊……亓老师，你先去帮着组织一下学生。"

初一级部主任亓敏立即进了教室，李校长站在墙角开始打电话，虽然听不清他在电话里说些什么，但从他的表情和手势可以看出，他在催促杨老师快点赶来。

其余的人跟着胡校长继续检查，从教学楼到食堂一直到操场，发现的问题，由分管领导立即解决。最后，来到学校教学楼前的花园地带，胡校长要方明单独留下。

"你刚刚接任初二级部主任，这是学校领导对你的信任，也是对你工作能力的考验，希望你能敦本务实，不负众望。"胡校长接着意味深长地说，"不过，你也要做好思想准备，这个级部有几名学生特别叛逆，处处跟老师作对，任课老师都很头疼。尤其是还有几位家长，素质较差，遇事蛮不讲理，不是老师们怕他们，老师们都不想惹火烧身，很多时候他们就得寸进尺。你要记住，家长有参与学校教育教学管理的权利，他们的正确意见我们要听，但对于那些影响甚至危害学校教学秩序的行为，我们必须严厉制止，不能有丝毫的姑息迁就。"

方明点了点头说："知道了，胡校长，请您把这几位家长的名字告诉我。"

"不！"胡校长说，"有些问题你自己慢慢去发现，你自己去经历和体验，一旦说出来，就会在你的脑子里形成一种定势，不要让别人的观点左右了你的判断，说不定这些问题在你那儿根本不会出现。"

这时校长室里的小洪老师匆匆跑了过来："胡校长，教育局电话。"

胡校长对方明说："抽时间我再找你谈谈。"

方明回到办公室，老师们都在认真备课，因为是开学第一节，各班班主任都在准备班会内容。

语文课代表汤小小打报告进来，走到方明办公桌前问："老师，这节课我们上新课吗？"

方明说："不上课，先开班会，之后我们调整座次。"

汤小小还没到教室门口，就大喊一声："调座位了！"

教室里一下炸开了锅。

方明快步走上讲台，教室里立即安静了下来，他把全班巡视了一圈，然后问：

"这是你们原来的座次吗？"

"是。"全班一起回答。

"暑假过后，很多同学个子蹿高了，我们需要把座次调整一下，最主要的是为了保护我们的视力，南、北、中三个区域要按时调换，否则会造成视力斜视。当然，对于个别特殊同学，我们会特殊对待。"

很多学生心里明白，老师说的"特殊学生"就是那几个"关系户"，个子最高，坐在前面；学习最差，坐在最好的位置。前任班主任林老师一直就是这么安排的，而且有充足的理由让大家无话可说。这位老师肯定也不例外，同学们早就见怪不怪了。

班会结束后，接着开始调整座次。

全班同学都站了起来，按原先的南北中站成三片区域，每个区域每个同学就站在原来的位置。方明走过去，从前后左右不同方向观察、比较，个子高的调到后面，个子矮的调到前面，然后三个区域进行交换。

学生按规定坐在了相应的位置，接着方明又对几个学生进行了调整，其中一个是个子虽高但腿有残疾的温一哲，方明把他调在北面靠近门口的地方，目的是让他进出方便。还有一位个子也高，但左眼狭小，视力模糊，方明把他调在靠前的位置，并力求不挡住后面的同学。

至此，同学们才明白方老师所说的特殊学生特殊对待的意思，敬佩之情油然而生。

"谁还有意见？"方明问。

全班没人回答。

"好，现在开始整理自己的书籍。"方明说完，全班就开始行动了。因为大家对自己的位置比较满意，行动起来动作也轻快敏捷。

方明刚回到办公室，有个男生打报告进来了，径直走到方明跟前说："老师，我的位置不合适。"

"Why？"方明笑着问。

"我眼睛近视，在后面看不见黑板上的东西。"

"很厉害吗？那你怎么不配戴眼镜？"方明问。

男孩子低下头，不再说话。

方明说："我们基本上是按高矮安排座次，你个子高坐在前面，会挡住后面的同学，而且，班里近视的学生也不少，如果都像你这样往前调，别的学生还怎么上课？所以，最好的解决办法是，你要尽快配戴眼镜，而不是要求坐在教室最前面。"

男孩子勉强点了点头，然后离开了办公室。

这时，一班的生物老师柴老师转过头来悄悄地问："你不知道他是谁？"

"他是谁？"方明问。

"他爸爸在区教育局，是分管我们初中部的肖主任。"柴老师的眼神和语气分明是在质疑方明，你怎么连肖主任的儿子也不给面子啊？

"肖主任的儿子在我们学校，这事我还真不知道。"方明说。

"你把他调在了后面？"柴老师问。

　　"他个子高，在前面挡住后面一大片，不过要是近视得特别厉害，也可以适当往前调。"方明说，"我奇怪，既然近视，为什么不戴眼镜？"

　　柴老师说："告诉你个秘密，但你不要说出去。这个学生的眼睛根本就不近视，因为肖主任这层关系，所有的任课老师也包括胡校长在内，都对他特别照顾，很多事情早就不言而喻了，你这是还不了解情况呢……"

　　"你说的特别照顾，是什么意思？"方明问。

　　柴老师看看办公室里没有其他人，压低声音说："就拿座次来说，个子最高，还在前面，任课老师都有意见，可人家林渊老师这样安排，还不是因为肖主任吗？再就是，任课老师课上课下对肖主任儿子的辅导，比其他同学多得多，也是怕成绩不理想，老师面子上不好看。还有，上学期把一个市级优秀学生干部的荣誉也给了他……"

　　"他不应该得到？"方明很疑惑。

　　"他不在班委，各方面都很一般，而比他优秀的学生多的是，学校没进行选举，就直接给了他。老师们都心知肚明，也没人计较，谁还在这件事上跟领导较劲啊……"柴老师显出一副深谙世事的样子。

　　方明这才明白，刚才在小花园旁边，胡校长意味深长的话语，他所说的教学中碰到的棘手的问题，不仅是校园内单纯的教与学的问题，还有来自校园外的复杂的社会关系。

　　这件事让他很反感，但他不会改变自己的做法。

　　晚饭后，方明正在看当天的报纸，手机响了，是林渊打来的。

"你好，林老师，有什么事吗？"方明问。

"没什么事，调动突然，也没来得及和你们打个照面。刚接手初二级部，感觉还顺手吧？这个级部整体还算不错，就是个别班级个别学生比较刺毛，不过也没弄出什么乱子。相信在你的带领下，各方面会更上一层楼。"林渊说。

方明说："刚刚开始，千头万绪，很多事情还得向你请教，我正打算抽个时间和你交流一下，正巧你把电话打来了。"

方明明白，林渊打来电话，绝不是和自己交流教学上的管理问题，一定还有别的事情。

果然，林渊一下转换了话题："方老师，一班有一个叫肖健的学生，你有印象吗？"

"这不才一天吗，大部分学生还叫不上名字。不过这个学生我倒记住了。"方明立刻想到，林渊的电话肯定和今天的调座有关。

"是这样的。"林渊说，"肖健这个学生虽然学习一般，但品行不错。他的视力很差，我把他调在了前面，很多老师可能有意见，可你也知道，他的老爸就是咱们教育局的肖主任，和咱校的胡校长是大学同学。肖主任非常关心儿子的学习，经常打电话询问孩子的学习情况，学校领导也希望我对他多加关注，你说，我能不上点心吗？"

方明说："我还真不知道肖健是肖主任的儿子。今天一调整完座次，他就来办公室找我，说座次不合适，理由是眼睛近视。"

"今天调座之前，我给全班进行了一次视力测试，除少数学生视力较差外，大部分学生视力正常，肖健视力也很正常，他现在的位置非常合适。除个别学生适当调整外，不存在特殊照顾的现象。我们想关注一个学生，方法多的是，这种方式很不可取。老师们有意见，学生有意见，家长们的意见就更大了，一碗水端不平，今后班级不好管理啊……"方明没有退步。

林渊在电话那头沉默了一会，说："我明白这个道理，可就是迫于压力啊，你今天调座把他调在了后面，这不，肖主任就给我打来了电话，要我和你交流一下，意思很明确，希望你把他儿子的座次往前调，那你说怎么办？"

方明说："如果肖主任有什么意见，请你转告他，让他给我打电话，我会给他一个合理的解释。"

"那……不太好吧？"林渊的语气变得恳切，"方老师，就是一个调座的事，小事一桩，有必要把事情弄僵吗？况且肖主任和胡校长是老同学，咱怎么也得给胡校长留个面子吧？"

方明说："座次安排是教学管理中非常重要的环节，怎么能说是小事呢？这和领导之间的面子又有什么关系？"

林渊听到方明语气坚决，没有改变的意思，就说："这件事肖主任肯定还会给你打电话，到时你自己跟他解释吧。"

挂了电话，方明心里非常生气，正是因为林渊在座次安排上，存在明显的优劣界限差异，致使老师和家长意见很大，班级管理混乱不堪，成绩总评在平行班中倒数第一。有些细节表面看起来无关紧要，但却是制约教学质量的重要因素。他知道肖主任不会在这件事上贸然给自己打电话，倒是很有可能通过其他方式达到目的。

方明心里有些憋闷，就想到外面走走。来到楼下，看见楼梯口停着一辆轿车，方明刚走过去，车门开了，一位中年人走了出来，对着方明招招手："你好，方老师！"

方明并不认识这个人，问道："你是……我们见过面？"

那人笑了："我可早就认识你了，我家几个侄子侄女你都教过，他们说你教学可严了，到现在还对你敬佩不已，这不，我儿子又在你的班里……"

"你儿子？叫什么名字？"方明问。

"刘思存，一个小不点儿。"那人笑着用手比划着。

"你是刘思存的爸爸？这是过来找我吗？"方明问。

"孩子的事。今天孩子放学回家说是调座了，别提多高兴了，一下找到了自信，一吃完饭就钻进书房学习，作业做得特别认真。

"原先他在教室靠北后墙根，连他共七个孩子，这样的位置，虽然老师说为了激励他们学习，但实际上无形中已给孩子贴上了差生的标签，其他学生都用异样的眼光看待他们，个别老师也会时不时讽刺几句。孩子很自卑，学习也没劲头，成绩差距越拉越大。

"现在孩子不在特殊位置了，与同学的空间隔阂消除了，总算真正融进了班集体，看到孩子的状态，我们做家长的真是高兴，我怕你又改变了主意，所以就跑来了。方老师，孩子的学习态度转变不容易，谢谢你给孩子的机会，今后再也不要在座次位置上给孩子们分类了……"

方明连忙打住他的话："这点你别担心，班里的座次不是按成绩，基本上按高矮，特殊情况再适当调整。我的班里不会再有这样的现象，其他班里也不会再有这样的现象。"

"方老师这样说，我们当家长的就放心了。"刘思存的爸爸边说边从汽车后备厢里提出一箱礼物，"方老师，这是我前段时间出发时，从外地带来的一箱好酒，送给你，权当咱们的见面礼了。"

方明连忙推辞："你不用客气，管好每个孩子是我们当老师的责任。再说我也不喝酒，你把酒带回去。"

刘思存的爸爸坚持放下，方明抱起酒箱子放进了他的后备厢，拍了拍他的肩膀说："孩子在学习上重拾信心比什么都重要，平时多陪伴孩子，多与孩子交流沟通，遇到解决不了的就给我打电话。"

刘思存的爸爸紧紧握着方明的手，谢了又谢。目送他开车离开小区，方明内心生发出无限感慨：孩子就像大地上的花草，哪一朵花儿不渴望阳光的温暖？哪一棵小草不渴望雨露的滋润？平等对待每一个孩子是多么重要啊！

第二天课间操，方明在操场检查学生上操情况，初三级部的崔老师向他招手，看样子有事找他。他随着学生跑过去，崔老师引着他向后退了几步，然后小心翼翼地问：

"方老师，你班里关晓琪是我的一个亲戚，这次调座你把她调到后面去了，昨晚她妈妈给我打电话，要我和你商量一下，还是希望把她调在前面。"

方明说："关晓琪个子高，她在前面坐，后面挡住一大片，影响别的学生看黑板，她在前面不合适。关晓琪品学兼优，自觉性强，这样的学生在哪个位置都不会影响成绩，为什么非得坐在前面？这不是我们排座的原则啊。"

崔老师说："要不，你给她破例调换一下？"

"不行，绝对不行！"方明说，"要是像关晓琪这样优秀的学生，家长都来这样要求，我们当老师的该怎样处理呢？"

崔老师不好意思地笑笑说："我当然明白，可不是有点亲戚关系吗，我当时不好推脱……实在不行，回头我对她的家长解释一下。"

方明说："一定向家长说明排座的原则，基本上按个子高矮，特殊情况适当调整，如果家长还不明白，那就直接找我好了。"

"家长应该会接受的。"崔老师说完，就离开了操场。

这天下午放学的时候，方明在学校门口执勤，突然有人大声叫他："方老师，方老师。"

方明回过头，有位裹着头巾的老年妇女向他走了过来。

"方老师啊，跟你说件事。"那位妇女说，"俺是你班王志远的奶奶，我来接志远，顺便和你说件事。"

"您好，什么事您说吧。"方明连忙迎过去。

"是这么件事。"王志远奶奶四处看了看，然后凑近方明小声说，"王志远回家耍脾气，好像是调座的事。我听他说原来在后面，现在在前面，我觉得可能是在前面没法上课胡捣鼓，就觉得难受了，还嚷着不想上学了，这怎么行？他妈得病走得早，我就这么一个孙子，好歹也得让他考个学，我就怕孩子不长出息半路捣蛋，这怎么对得起他死去的妈……"

"老人家，您别难过，回头我会好好教育他。"方明安慰她说。

"方老师，要不……你还是让他坐后面……"王志远奶奶满脸期待。

方明说："我知道您疼爱孙子，可咱不能因为心疼孩子，就事事顺着他，这反而会害了他，正是因为他在后面不好好学，才把他放在老师眼皮底下，时刻监督他。他个头不高，按照正常排座，他也应该坐在前面……这件事上咱可不能妥协。您别着急，明天我就找他谈话。"

王志远奶奶说："他一放学回家就拿着小刀子刻一些小玩意，家里窗台上摆着一大溜，我说考试人家又不考这个，你鼓捣这些玩意儿有啥用？有一回他爸爸生气给他摔烂了，他不吃不喝好几天，还差一点就不上了，我左哄右哄好歹没辍学。方老师，我猜摸着这回他是在前面，上课没法鼓捣了，才想着往后跑……"

王志远奶奶还想再说什么，看见孙子从校门口出来了，就压低声音反复叮嘱方明，不要对孙子说找过老师这件事。

执勤结束后，方明回了教室，学生们早就都离开了，地面上打扫得干干净净，座位整整齐齐摆放在课桌上。他径直走到王志远的书桌旁，他想看看他的桌洞里到底藏着什么秘密。桌洞边上有几本书，里面用一张大纸蒙盖着，他拿掉大纸，用手一摸，好家伙，满满一桌洞小玩意儿，小鸡、小鸭、小狗、小人，还有一架没刻完的飞机模型。方明把这些东西都拿出来摆在桌面上，一件一件拿在手里仔细观摩，有的是用橡皮泥捏的，有的是用泥巴捏的，还有的是用木料刻的，各式各样，姿态灵动。

方明这才明白，为什么王志远的学习成绩差，为什么他一个劲地往后躲，他上课不听讲，作业完不成，原来心思都在这上面。此时，方明不但不生气，心里反而暗自高兴，能把手工做到这个程度，说明这个孩子心灵手巧，聪明智慧，只是没有处理好学习和爱好之间的关系。既然找到了"症结"所在，那下一步就能"对症下药"。

方明决定给他一个展示才能的机会。

晚上睡觉前，方明打开手机浏览班级群，哗啦一下收到好多信息，昨天他单独加了很多家长的微信，还不太熟悉具体是谁，但从微信内容来看，都是关于本次座次调整的意见，有的以学生的口吻，有的是家长的评论。几位家长称赞老师在座次安排上，公平公正对待每一个学生，能极大激发学生自信，希望以后坚持原则，日臻完善。但有几条私聊微信引起了他的注意，一条这样写道：

"老师，我不想和汤小小同桌。她性格内向，喜欢安静，而我活泼开朗，爱说爱笑，和她在一起，我感到心情压抑。所以，我希望您能考虑给我换个同桌。"

另一条写道：

"老师，您好，我是马小毛，本不想麻烦您，但我考虑再三，斗胆向您提个意见，我和秦晓媛同桌不合适，理由有三：第一，她是班干部，我也是班干部，干部整干部，没意思；第二，我们两个学习上有差距，容易激发矛盾；第三，她缺乏女生的温柔，很多时候不像女生。"

还有一条这样的微信：

"老师，晚上好。我不想和女生同桌。从小学到现在，我的同桌都是女生，长此以往，我都快变成女生了。希望你能批准我的请求，给我换位男性公民。谢谢老师。"

这条没写姓名，而且微信名还是昵称。

……

方明躺在床上翻来覆去怎么也睡不着，本来他觉得座次安排得很合理，但他还是忽略了很多细节，比如学生的性格脾气、心理需求、男女生搭配等很多方面。学生当面不敢说，只得采用这种形式，这得需要多大的勇气啊！

他决定明天召开级部教师会议，讨论一下关于学生座次的事情，集思广益，看看大家有没更好的方法。

周三下午课间操时间，初二级部会议在大办公室进行。

方明说："本次开会的主题是关于学生的座次，请各位班主任和任课老师谈谈，你们觉得怎样安排座次才是最合理的。希望大家畅所欲言，把好的措施和经验都奉献出来。"

"方老师，你们班周一不是早就调整完了吗？"六班班主任李小璐问。

"调整完了，但存在一些问题，个别的还需要再适当调整。"方明说。

最先发言的是二班班主任唐小松："我们班按学习成绩，中间位置前五排，都是成绩优秀的学生，后三排次之，南面和北面前面几排和中间后三排差不多，后几排就是班内学习最差的。"

"说说你这样安排的理由。"方明说。

"最好的学生，在最好的位置，与老师距离最近，他们的一举一动，都在老师的视线掌控之内，老师对他们的关注度高，他们会更加优秀。而且，凝聚力强，容易营造浓厚的学习氛围，从而带动全班学生学习积极性。"唐小松说的每个字似乎都掷地有声。

"是啊，在二班上课，前面这些优秀的学生确实能起带头作用，有问必答，课堂气氛比较活跃。有时老师思路阻塞，往往是这些学生的提示让老师茅塞顿开。心情不好的时候，一看到这些聪明听话的孩子，心情也就舒畅了……"英语老师古小梅说。

"班内优生的作用不可低估，但那些差生怎么办呢？"三班班主任小鹿老师问。

"他们本来就差，就算把他们调在最前面的位置，他们还是不学，岂不白白浪费资源？他们只要遵守纪律，不影响老师讲课就行了，没必要把精力浪费在他们身上。"唐小松说。

"最差的学生我是这样处理的。"四班班主任李健接过来说，"我把最差的学生分列南北墙根，每列七人，中间四列也是按照成绩，和唐老师的分布差不多。"

"你这招更狠啊，差生直接单排单列，泾渭分明啊。"小鹿老师说。

"我们这样做，就怕家长打电话举报，说我们把学生分类，给差生贴上标签。"李健的话里包含着担忧。

"但我有言在先，谁进步了，就把谁调到中间位置，有几个学生奋起直追，不到半学期就跳出那个差生行列了。"唐小松很自豪地说。

接下来，三班、五班班主任分别讲了自己的排座规则，几个任课老师也说了自己的意见，最后发言的是六班班主任李小璐。

六班在整个级部各方面遥遥领先，尤其是班级管理方面，经常被学校领导表扬，大家都很想听听李小璐在这个问题上的见解。

李小璐笑笑说："我和大家差不多，大体上按高矮，也注重成绩，同时也注意了男女生的搭配。最后一排肯定不是学习好的，不过，我在教室的最前面设了个特殊座位，名字每天被班干部记下三次的，就要享受这个特殊的位置，最多三天，如果还不悔改，那就回家反省。谁也不想享受这份'殊荣'，违规违纪的现象自然就少了。"

"你还注重了男女生搭配？"李健笑着问。

李小璐说："有些男生不愿和男生同桌，有些女生也不愿和女生同桌，他们嘴上不说，其实内心都希望和异性同桌。咱们自己想想自己的学生时代，是不是也是这样的心理啊，反正我在上学时，我从心里不喜欢和女生同桌。"

"你早熟啊李老师。"唐小松调侃说，老师们都笑起来。

这时，一直沉默的老教师张敏健发话了，他看了看大家，很严肃地说：

"刚才我认真听取了大家的发言，老师们的建议都有道理，也各有利弊。成绩、高矮、性格，这些因素都很重要，有些东西看不见摸不着，但实实在在存在，解决好了，就促进学生学习，反之，就起了阻碍作用。小璐老师说的男女生搭配，其实很有道理，不一定每个同学都愿意这样搭配，但一定有学生愿意这样。我觉得同桌之间性格相投非常重要，拿我自己为例，从小学到初中，整整八年时间，我的同桌一直是女生，而且都很强势，我始终小心翼翼，害怕一不小心招惹到她们，这对我的性格造成了很大影响，你们没看出来，到现在我还有心理阴影，在女性面前缩手缩脚，在家始终害怕你们嫂子……"

一句话让老师们哄堂大笑。

"也可以性格互补吗。"

"分座次不是找对象。"

"要不，让他们自由组合！"

又是一阵大笑。

看看大家都发言了，方明把昨晚收到的微信给大家读了读，然后说：

"我收到的这些信息，刚才老师们都谈到了。也就是说，我们在排座次时，以成绩为主向，以高矮为依据，我们姑且不论这样合理不合理，老师们是否想到，每一个学生都是活生生的人，而不是物品，任由我们随便组合摆放，他们有思想有灵魂，正值懵懂而又敏感的年龄，内心深处既复杂又单纯，我们确实还要考虑到每个学生的性格脾气、兴趣爱好，甚至他们的家庭背景。

"就像刚才张老师说的，学生的座次安排，看似小事，实则大有学问，是教育教学内容非常重要的一部分，座次科学合理，能促进学生身心成长，提高学习成绩，反之，就会阻碍学生成长发展，甚至会毁掉一个孩子。

"我不同意老师们说的按照成绩划分区域，这样会伤害一部分学生的自尊，可能有的学生会因此奋发努力，但也不排除有的学生信心丧失、破罐子破摔的现象。

"况且，不管优生还是差生，在一个位置时间长了，会对眼睛造成伤害，容易形成斜视。所以，我建议每学期至少给学生调换两次位置，左中右三个区域轮流交换，除个别学生需要特殊照顾，任何人不得例外，一旦开了先例，后面的工作就不好做了。"

"那个子高的永远在最后面，个子矮的可就沾光了。"

"要是能像大学里的阶梯教室那样上课就好了。"

"圆桌会议式的也很理想啊！"

"圆桌会议？"唐小松大声说，"你们听说过吗？幼儿园里老师在给孩子们上课时，采用的就是圆形课堂，老师站中间，黑板在头上，小朋友们以老师为中心，围成一个圆，同样的距离，一样的视角，没有前后左右远近之分。那是绝对的公平公正！"

方明说："这些方法当然好，可我们是乡村中学，很多方面受限制，眼下我们还不具备这些条件，我们唯一能做的，就是利用好我们现下的资源。我们一定要做好学生的思想工作，让学生知道，无论在前面还是在后面，老师都是经过深思熟虑，而不是胡乱定位。"

"咫尺天涯皆有缘，此情温暖全班！"唐小松唱了起来。

老师们又都笑了起来。

就在这时，班长秦晓媛一下冲进了办公室，神情慌张地说："老师……快……快……一班有人闹事……"

"闹事？谁？"老师们全都站起来向一班跑去。

老师们从前门后门进了教室，看见有位四十岁左右的男子正在教室里拉桌椅，嘴里还大声说着："别动，谁也别动，我拉过去就行了……"大部分学生都离开了自己的座位，站在教室墙角观望，有几个胆小的女生吓得慢慢向门口移动。

那人拉的是学生王凯的桌子，王凯坐在原处不肯走，那人过来就拽他，嘴里还不干不净地骂着。

方明厉声制止："你是谁？你想干什么？"

听到喊声，那人抬头看了看方明，没好气地说："俺叫王贵，是王凯的爸爸，来给俺孩子调换一下座位。"

"调换座位也得向老师说一声，得经过老师同意，哪能像你这样随便进入教室，想调就调……"

王贵满嘴喷着酒气，态度更加恶劣了："官逼民反嘛，这都是让你们逼的，你们老师全都是势利眼，孩子家长有本事的，孩子都在最好的位置，家长无能的，孩子都在后面，你这是明摆着欺负人！原先那个林……林什么老师，我让他调人家就调了，这叫识抬举……你们也不打听打听，在咱们桃花镇上，好歹我也是有脸面的人，镇长见了我，说话也得客气点，你们老师还真是没见多大天……不来点硬的，看来还真不行！"

方明看到，这位叫王贵的家长满脸通红，走路还有些摇晃，整个教室里都能闻到一股酒味。

"儿子，就坐在这里。"王贵用手指敲着桌面说。

王凯哭着不肯过去。

"你这个王八蛋，老子是为你好，在后面没有人关注你，连个高中你也考不上……"说着，王贵就过来拽儿子。

"住手！"方明厉声喝道。

"怎么，还想打架，你们有几人能摞得过我？"王贵又想拉桌子，方明一下抓住了他的手腕，王贵本想挣扎，但手被方明死死抓住，一动也不能动，王贵心里暗暗吃惊，酒意也醒了三分。

这时，门外的几位老师也都进了教室，纷纷指责王贵。

"这是学校，不是你家，想怎么就怎么……"

"调整座次是老师的事，谁给你的这种权利？"

"你也太嚣张了，你以为自己是谁啊，我们老师都听你的？"

"你已经扰乱了我们的教学秩序，说重一点，已经违法……"

这时，王贵一下蹿上了讲台，用手咚地锤了一下讲桌，大声喊道："你们这是欺负人……就欺负我们这些老百姓……那个……叫什么来着……就是他爸爸在什么地方……什么局……当官的那个学生，不是每学期都在前面吗？我儿子和他儿子个子差不多，可我儿子为什么一直都在最后面那一排啊……"

"你指的是谁？"方明厉声问道。

"我不知道叫什么，来，小凯，那个学生叫什么？"王贵问儿子。

"我……不知道……"爸爸这样一闹，王凯觉得自己的脸都被丢尽了。

"你个王八蛋，关键时候掉链子，就是没骨头的种……"王贵恨不得扇儿子几巴掌。

方明一个箭步跨上讲台，对王贵说："有什么问题我们到办公室谈，现在请你出去！我们马上要上课了！"

王贵说："你不调，我就不走。"

方明掏出手机说："如果你再这样胡搅蛮缠，我可要报警了，你已经严重违反了我们的课堂教学秩序，警察一来，后果可就严重了。"

一听说要报警，王贵瞬间怂了，语气明显软了下来，但还是强作镇静："警察来了，我正好状告一下，你们当老师的也太不公平了，个个都是势利眼，家长有本事的，就把人家孩子捧在手心，家长没本事的，就把孩子踩在脚底下，这叫什么狗屁教育，你们还配称老师……"

"看来，你对我们老师有很大的偏见，对这次调座也不了解，你到办公室，我们好好交流一下。"方明说。

"走，出去。"另外几位老师都过来，把王贵支出了教室。

教室里一片混乱，大家议论纷纷，几个孩子把王凯的桌椅又拉回到原来位置，接着上课铃就响了。

原来这天王贵下班后，和几个朋友在一块喝酒，酒间谈到了孩子调座的事，他对儿子被调在后面很不满意，几杯酒下肚，越发觉得憋屈，虽然自己没多少文化，但凭自己的企业，在桃花镇还算个人物，就连镇上几位领导见了自己也不敢打哈哈，何况几个没见过多少世面的老师。林渊了解这个人，不敢得罪他，一开始就把他儿子安排在前座，其间他说请林渊吃饭，林渊不敢和他深交，几次都拒绝了。方明上任后，把座次进行了调整，儿子回家一说，他勃然大怒，还真有人不怕，这不是明目张胆挑衅吗？他倒要看看什么人这么会开玩笑。其他几个哥们不是帮忙，实则想看他的笑话，纷纷拱火，王贵乘着酒兴闯进了学校。

"老师，我……我是喝醉酒了……昏了头……实在对不起啊……"王贵酒意清醒了七分，开始醒悟到自己的错误，有些后悔。

方明和他就调座的事进行了耐心交流，老师们也批评了他的莽撞行为，直到他心服口服了，才离开了学校。

"大家看到了吧，调座这件事不容忽视，要是被家长抓住了把柄，我们的工作就不好做了。所以还望老师们认真研究，科学布局，公平调整。"

经过一节课讨论，对于班级座次的排列，每位老师都重新制定了新的措施，重新进行了合理调整，所有班级很快就完成了。

周三下午最后一节课，本来是语文阅读课，方明决定利用这节课，把前天调座的事在班里好好讲讲。刚打上课铃，他就进了教室，很多学生都在忙着翻找文学书籍，看见老师进来，立即安静下来。

他看了全班同学一眼，问道："同学们还有对自己现在的座次不满意的吗？"

没人回答。

"好，既然大家都很满意，那我现在再强调几点。"方明说，"我们班的座次，基本是按个子高矮排列，考虑到上学期你所在的南北中行列，为避免造成斜视，又在三个区域进行了调换，对极个别学生特殊照顾，完全消除优差生界限。

"希望同学们明确一点，在这个班集体内，每个人都是平等的，无论你在教室前排还是后排，对于老师讲课，每个位置都能看得见，听得见，都能均等地接受老师授课。成绩的优劣，取决于你的学习态度，而不是在班里的座次。所以，同学们不要在这件事上比来比去，浪费精力。

"还有一件事，我在这里向同学们公布一下，昨天放学后，学校后勤部统一检查记录学生的桌椅，我在咱班发现了一件令人惊喜的事情。"方明面带微笑，把目光落在最前面的王志远身上，"咱们班的王志远同学，凭借灵巧的双手，智慧的大脑，制作了许多栩栩如生的手工作品，这些手工品想象丰富，刻捏精细，姿态生动，人见人爱，如果下一步参加各级各类中学生手工制作大赛，绝对拿奖……"

"好！"话没说完，同学们就爆发出热烈的掌声，旁边的同学都侧着身子看向王志远的桌洞里，后面一些同学也站了起来，大家都充满了好奇，想看看王志远到底弄了一些什么东西。

事情来得太突然，王志远的大脑差点短路，等他回过神来，下意识地把手伸向桌洞，那些东西都在。奶奶说自己胡捣鼓，爸爸骂它们是"破玩意儿"，而方老师刚才说它们是作品！作品，就一定有作者，就意味着它们有艺术价值，有艺术价值的东西，一定凝聚着作者的智慧。长这么大，第一次得到别人的赞赏，第一次听到送给自己的掌声，那一刻，他鼻子一酸，差点流下泪来。

方明用鼓励的眼光看着他："怎么样，王志远同学，把你的作品拿出来，让大家都欣赏一下。"

全班再次响起了热烈的掌声。在同学们一声高过一声的惊叹中，王志远把这些"玩意儿"一件一件拿出来，摆放在讲台上，很多同学离开了座位，全都跑过来围在讲台四周，指指点点，拿拿放放，赞叹、羡慕、嫉妒……有几位同学要求王志远给自己刻一个，还有的同学恳请王志远传授给他们制作技巧，王志远频频点头答应。

方明当堂增选王志远为美术课代表，并经美术老师同意，把他的作品放在了学校美术展览室，任何同学都可以随时进去欣赏。人人都会相信，学校在将来迎接上级各级部门各类检查时，初二一班王志远的名字一定会被屡屡提起……

接下来，方明讲了几个古人不被学习环境和条件所限、刻苦学习、最终学有所成的故事，意在让学生明白，一切外在条件都是次要的，主观努力才是最主要的道理，以此来激发学生们的学习热情。

一番讲解，方明发现，原先那些被搁置在教室后面角落、好像游离于集体之外的学生，一下找到了自信，就像流浪猫被主人重新领回家园，眼里充满了感激，同时有点受宠若惊，上课听讲精力特别集中，生怕一不小心犯错，被重新调回原位。整个班级秩序井然，人人情绪高涨。平等，让每个学生充满了自信。

周五中午课间操的时候，方明在操场带操，一位老师过来传话，胡校长叫他去校长室。方明进去的时候，只有胡校长一人，一见方明就问：

"今晚有别的事情吗？"

"应该是没有。"方明说。

"那就好。"胡校长说，"你班里有个学生叫肖健，有印象吗？他的爸爸就是咱们区教育局肖主任，也是我的大学同学。肖主任很关心孩子的学习成绩，今早我刚进校长室，就打来电话，说今晚让我约上孩子的任课老师们聚聚，也可能是听说换班主任了，想和你认识一下，顺便和任课老师们沟通一下，了解一下孩子的学习情况。考虑到眼下的形势，接受家长的宴请那是违反教师职业道德的，我不再邀请其他任课老师，你和我一块，我们以老同学的名义吃个便饭，这样合情合理，不会引起什么麻烦，你觉得呢？"

听胡校长这么一说，方明立即想起了前天晚上林渊打来的电话，很可能和调座有关，但胡校长没提这件事，也许肖主任没有告诉他。方明从心里不想参加这个场合，但胡校长最后说自己不会开车，有他同往，自己就方便多了，方明只得答应。

放学后，方明载着胡校长驱车来到肖主任指定的吃饭地点，这是一家名叫"万家乐"的饭店，离镇中心大约十多里路，周围村落不多，远处山坡上亮着几点灯火，偶尔还听见狗叫的声音。从喧闹的校园一下进入万籁俱寂的乡村，人的心情特别舒适安宁。

走下车来，肖主任早已在门前迎候，快步走过来握着胡校长的手说："我说去接你，你老大哥就是不同意，怎么，信不过我的驾车技术啊……"

"哪里，哪里，方老师开车，我也就顺便了。"转过来指着方明对肖主任说："这是方明老师，你儿子的新任班主任。"

肖主任上前紧紧握住方明的手："我听过你的课，只是没有当面交流，我们山城教育的排头兵啊。走，咱们进去聊。"

方明跟在肖主任和胡校长身后进了屋里，这家饭店从外面看非常普通，但里面却装修得十分整洁漂亮，左拐右拐，最后进了一间叫"聚贤斋"的餐厅。一开门，方明大吃一惊，房间里早就坐着好几位领导模样的人，除了镇教办陈主任外，其他几位好像在什么会议上见过，眼熟但叫不出名字。胡校长也很意外，看来肖主任也没提前对胡校长说明。

肖主任就在座的几位领导向胡校长和方明一一作了介绍，有区政府分管教育的何区长，山城集团棒材厂亓厂长，山城总厂医院外科李主任，轮到桃花镇镇教办陈主任和胡校长时，肖主任笑着说：

"这两位就不用介绍了，方老师，你该都认识吧？"

"认识，太认识了，我们的老领导。"方明笑着回应。

最后，肖主任拍着方明的肩膀说：

"这是桃花中学的方明老师，现在是我儿子的班主任，他的课我听过，老师启发引导学生特别有趣，那节课连我都想站起来回答问题……"一句话大家都笑了，气氛顿时轻松起来。

这时，服务员推门开始上菜。

看看人都到了，何区长最先发话：

"今天在场的，除了同学，就是老朋友，咱们聚在一起，谈谈心，聊聊天，不要定什么规矩，也不要拘泥于什么礼节，咱们边吃边聊……"

席间谈论最多的话题就是教育，他们谈到了山城这些年教育方面的变化，谈到了人事变动，谈到了教师的职称评聘，还有教师的工资发放等情况。何区长说对于教师的职称评聘，他会积极向上一级领导反映，力争尽快解决老师们的职称评聘问题。他历数了教育战线很多老师兢兢业业的感人事迹，也点数了一些身在其位不谋其事的腐败现象，还有所听到的群众的心声。

"我们手中的权力来自人民，所以一定要办人民满意的教育，对得起我们的孩子，对得起家长，对得起人民对我们的信任。"何区长语重心长地说。

三杯酒下肚，肖主任似乎有些醉意，脸也开始变红，他说："唉，想想都已不惑之年，境况也就这样啊，哪像你们，个个都大权在握，想想我就羞愧啊……"

何区长把端到嘴边的杯子停下，眼睛盯着肖主任，最后又把杯子放下，问道："什么大权在握？你羞愧什么？"

肖主任似乎也感到刚才的话不妥，赶紧改口说："我是说本人能力有限，想做的事很多，可做成的事很少。"

一直沉默不语的胡校长赶紧打圆场："肖主任的工作作风大家有目共睹，才上任几年，我们山城的教育就走在全市前列，无论中学部还是小学部，成绩都是骄人的，社会反响可不小啊！"

亓厂长和医院李主任也附和着说，这几年山城的教育确实走在了前列，社会各界赞誉很高。

何区长听着大家的议论，把眼光落在了方明身上："说实在的，我们都处在领导地位，俗话说得好，当局者迷，旁观者清，我们看到的，不一定全是真实的，我们听到的，往往是一片赞誉，我们最好听一听来自最基层的声音。方老师，你对咱们山城现在的教育有什么话要说？要说真心话。"

方明看了一眼胡校长，胡校长向他点了点头，目光里有鼓励，也夹杂着些许警戒，方明明白老校长的心思。他看了大家一眼，非常谦虚地说：

"今晚能和各位领导坐在这里，我感到非常荣幸。对于咱们山城的教育，我的见解可能很片面，不当之处请领导们谅解。"

何区长笑着说："看你说的，上班是你的领导，一下班咱们大伙就是哥们爷们，一张桌子吃饭，什么领导不领导的，大胆说，不要有什么顾虑。"

方明说："各位都是我的老师和前辈，对于我们山城教育的现状，你们肯定比我更清楚。我们山城的教育确实取得了一系列成就，这些大家有目共睹，但同时还有许多需要改进的地方，我主要谈细节。

"首先，每学期对老师们的课堂评估和作业备课检查环节，出现了一些不应该出现的问题。有些老师明明做得非常好，但反馈回来的名单里，却不在被表扬的行列；个别老师的备课、作业批改较差，但还被点名表扬，这就打击了一部分老师的积极性。对于课堂评估，有的评委不从实际出发，碍于面子，缺点不说，只谈优点，起不到督促互学的提升作用。"

"你说的是每学期教育局对各学校的教学督导检查吧？"何区长转过来问，"肖主任，你怎么看待这些问题？"

肖主任说："教师的备课作业情况，每个学校都有详细的评估方案。我们教育局每学期一次的教学督导检查，可能有些环节检查得不够细致，但基本上偏差不大，所以对每位老师的教学评价，以学校的检查为主。"

何区长有些生气："以学校的为主，那教育局的检查为副？照你这么说，像我这个分管教育的区长职务根本就不用存在了！每学期检查一次，这是谁规定的？学校的为主，那要你们检查干什么？仅仅就是为了走走形式？你们不仅要检查，而且一定要找出问题，好的要大力表扬，差的就要毫不留地指出来，不能碍于情面！"

"你再说详细点。"何区长对方明说。

"听课的方式也不太合理，区里来评估教师的课堂教学，按说应是随机听课，但往往早就安排好了，各科教研员按照学校的安排进入教室听课，所有被安排的老师都是这门学科里最好的老师，效果当然不会差，我不知道其他学校是不是也是这样的情况，以此来评价学校的教育教学水平，很明显地以点概面，我认为这样的检查评价结果无法代表一所学校的实际水平。"

何区长看向了胡校长："胡校长，这个问题你最有发言权。"

胡校长没想到方明谈到了这样一个问题，因为这早就是一条不成文的规则，为了学校的荣誉，哪个学校都会这样做，从来没有人质疑，大家都在做的事情，好像自己来背黑锅，他在心里有些埋怨这个年轻人，但既然何区长让自己解释，那不想说也得说。

"我们就是按照课程表上课，遇到特殊情况，就要调整一下，比如有的学科的上课时间是在下午，而听课时间是在上午，就把这位老师的课调到中午，可能无形之中就有意无意地暗示了那些老师，他们自然就认真准备，效果肯定要好一些。"

这时，一直在倾听的镇教办陈主任有些尴尬地说："这方面可能和我们教办督查得不够全面细致有关系。"

何区长看了大家一眼，意味深长地说："我也是从教师队伍里走出来的，虽然教龄不长，但也亲眼目睹了教育上的一些不合理的现象。就拿听课来说吧，提前安排和随机听课，哪一种更能看出我们老师的实际教学水平呢？当然是随机听课。作为各科教研员，一定要从实际出发。不是每学期就下去听一次课，平时随时下去听课，不用和学校提前打招呼，进了学校，也不用提前和任课老师打招呼，拿着听课记录本直接进入教室，这才能看到我们老师平时上课的真实样子，考查到一个老师平时真正的教学水平。"

肖主任连连点头，说今后一定这样去做。

方明继续说："还有一个很严重的问题，就是乡村学校的资源配备问题。越是偏远的学校，教学成绩越差，经济条件、自然环境、学习风气等等，都是制约教学水平的因素，但有没有教师自身的原因呢？我曾多次在几所偏远学校听课，发现了一些令人忧虑的现象，那里的老教师偏多，年轻老师较少。有些老教师方言严重，普通话很差，多媒体也不太会使用，教学方式古板落后，长此以往，对学生成长影响很大。年轻老师不想留在那里，找人托关系拼命往外走，能留在那里的大部分是当地的老教师，我不是贬低老教师，他们的敬业精神令人感动，但年轻的大学生们所接受的许多先进的教育教学理念，很多老教师无法和他们相比。

"孩子们出生在偏远闭塞的大山深处，我们无法改变这一事实，我们唯一能改变的，就是我们的老师。"

何区长说："这几年我们搞的乡村支教、走教、送教等形式，就是为了解决教育资源不均衡的问题，下一步我们还要继续加大力度，在教育阵地不断注入新的血液，并让新鲜的血液循环起来，让我们的教育阵地充满生机，而不是一潭死水。"

方明觉得有了一个很好的话题，他说："我举个例子来说，这就像班里学生的座次，在一个位置如果待得时间过长，一定会出现各种弊端，对学生学习和成长极其不利，所以每学期我们都要给学生调换位置，既为了保护视力，也为了调动学习积极性。"

接着，方明把调座时老师们的各种发言和措施，很简要地说了一遍，这个话题很有代入感，在座的各位都以幽默诙谐的言语回忆了自己学生时代对调换座次的感受。

何区长说："刚才方老师说的班内调座的事，把它放大到教育管理上，就是老师教育教学的区域性问题，为了生活等各方面便利，我们提倡教师就近教学，但并不是一成不变，适当调换一下，对个人对社会都是有好处的。就像方老师刚才说的，调座是有原则的，而不是随便乱调，更不是根据个人意愿想在哪就在哪。教师的调动也是一样，任何一个老师的调整都是领导们深思熟虑的结果，也是有原则的，所以不管离家远近，都是为了教育，为了孩子们的美好明天，必要时我们的老师就得顾全大局、无私奉献，舍小家顾大家。"

大家都鼓起掌来。

肖主任一直想明确今晚宴会的主题，终于回到原点了，可是何区长的讲话让他再也无法张嘴，只得把话咽了回去。

这时，何区长又说：

"今天晚上，我们几位老同学聚在一起，不仅增进了感情，还听到了许多宝贵的建议。肖主任的儿子在方老师的班里，我是在坐下之后才知道的这个信息。你在电话里告诉我老同学聚会，现在看来，你是别有用心啊，我当然明白你的用意。"

"家长关心孩子的学习，这是人之常情嘛。"

"有方老师这样的优秀班主任掌舵引航，你就把心放进肚子里好了。"

"不管怎么样，还是对孩子严格点好。"

听着大家的议论，肖主任一时不知如何应答。

何区长接着说："我们都是老同学，说话不用藏着掖着。作为上级领导，你应当明白，你的孩子在哪个班里，哪个班里的任课老师就感到有压力，这是明摆着的，要是你再有意无意地施加压力，那老师们的心理负担该有多重？作为领导者，职位越高，格局应该越大，一定要从大局出发，支持配合老师们的工作，不能增加他们的心理负担，更不能设置障碍，这样班级工作才能顺利开展。"

何区长看了看方明，继续说道："让人欣慰的是，我们的教师队伍中，始终有一批像方老师这样敢作敢为的优秀教师，正是他们的无私奉献和任劳任怨，才有了我们山城教育今天的累累硕果，当然，也离不开像陈主任和胡校长这样的一线领导的正确引领和支持，正是因为有这样一群人，我们的教育才正规正道，稳步向前。肖主任，我们都是山城教育的一手领导，刚才方老师提到的这些，值得我们好好反思啊。我们要把精力多用在教研教改上，发挥全区教育阵地领头羊的作用，让我们山城的教育更上一层楼。"

整个晚上最不自然的就是肖主任，本来他想让几位老同学为自己撑撑面子，没想到让何区长当众教育了自己一番，如果这时候再提出为儿子调换座位的事，那就显得自己太没格局，只得几次把到嘴边的话咽了回去。早知道这样，打死他也不会安排这个场合，目的没有达到，反而为自己抹了一把黑。他在心里怨恨起儿子来，说到底还是儿子不争气，要是学习出类拔萃，在班里哪个位置不一样？用不着这么费尽心思。回家是得好好教训一下这小子。

　　方明和胡校长开车走在回家的路上，夜色已深，乡村的夜晚宁静安谧，空气中弥漫着庄稼禾苗散发出来的浓浓的植物气息。萤火虫在田野里上下飞舞，像无数流星划过夜空，这小小的萤火虫，虽然光芒微弱，却能在漆黑的夜晚给人以光明和希望，为乡村的原野增添了无限的生机和活力。

因为爱着你的爱

期中考试结束了，结果出乎所有人的意料，一班有五名同学名列级部前十，各科成绩均在前列，成绩总评由原先的倒数一跃成为正数第一，这样的结果简直令人难以置信。

周五的考试分析会上，学校领导重点表扬了一班，从纪律、卫生、学习习惯、思想道德各个方面进行了分析评价，并让方明介绍成功经验，如何在这么短的时间内，纪律整顿得井然有序，成绩提升得让人望尘莫及。

方明很谦虚地说："也没什么经验可谈，可能我对学生要求严格点，细节上不含糊，抓得死，平时与学生互动多，了解细，充分调动了每一个学生的学习积极性……"

"那你就具体谈谈细节。"教导处丁主任补上一句。

接下来，方明就班级精细化管理，进行了详细介绍，他没有提前准备，但说起来井井有条，这充分说明他平时的工作扎实认真，绝不是表面文章，几个老师在本子上认真记着，唯恐漏掉半句。

"可我也是这样做的呀，怎么差距就这么大呢！"二班班主任唐小松说。

"反正措施上都差不多，就是我们的落实情况可能不到位……"另外几个班主任也都纷纷议论。

"我觉得，有一个原因大家都忽视了。"最年轻的三班班主任小鹿老师说。

"什么原因？"大家的目光齐刷刷看向他。

"方明老师长得帅！"

一石激起千层浪，老师们的情绪一下高涨起来，气氛不再庄严肃静，而是轻松活跃，还带着调侃幽默的味道。

数学老师白老师说，有几回上数学课，班里最后排那几个从来不听课的学生，竟偷偷地在本子上抄写语文字词；英语老师古小梅说，课下她经常看见学生在走廊里背古诗词，有时还互相提问；体育老师说，那次体育课学生自由活动时，他听见几个女生竟然因方老师是不是全校最帅的老师这个话题争得面红耳赤……每一个例子，都引来老师们的阵阵笑声。

方明有些意外："竟然有这些事情，我怎么一点也不知道？这可得管管。"

"除了上数学课做语文不对，其他事情没有错吧。"丁主任笑着说，"这不正说明方老师有人格魅力，学生喜欢这位老师，当然就会想方设法在这门课上下功夫……"

"啥时候学生们也这样喜欢我啊。"

"教得好还不如长得帅。"

"知道颜值的重要性了吧。"

说归说，闹归闹，老师们心里都明白，方明的教学成绩和班级管理之所以出类拔萃，与他平时的谦逊好学、吃苦耐劳是分不开的，他平时注重教研，经常向有经验的老教师虚心请教，喜欢阅读教育名家专著，而且每天都是第一个到校，最后一个离开，非常注重与学生们的谈心交流，善于做学生的思想工作，当然，魁梧的身材和帅气的外表，也让学生对他心生好感。有这样的老师带领班级，学生们的学习热情自然高涨，成绩迅速提升那是理所当然的事情。

散会的时候，丁主任让方明和六班班主任李小璐留下来。丁主任直接入题："方老师，想给你们班加一名学生。"

"噢？外校转来的吗？"方明很意外。

丁主任看了看李小璐，说："不是，是李老师班里的。"

李小璐不好意思地笑了笑："方老师，你得帮帮我呀，这个学生我真管不了了……"

方明看着丁主任说："主任，您说说这是怎么回事……"

丁主任说："是这样的，六班里的刘猛威同学，是个很调皮的孩子，扰乱课堂纪律，经常与老师顶撞，与同学打架，作业也常常不交，成绩很差。他的家庭比较特殊，在他很小的时候，他的父亲因车祸去世了，这孩子是他妈妈一手拉扯大的，特殊的家庭造就了他特殊的性情，我感觉啊，他就像一只野性十足的小动物，隐藏在路边的草丛里，一有风吹草动，随时准备攻击路人……"

"不是隐藏，有时是明目张胆。"李小璐老师补充说。

丁主任说："小璐，你把情况向方老师具体说一下。"

有两件事，李小璐说得特别详细。

第一件，给政治老师电动车放气。

有节课因为他不认真听讲，被政治老师点名，就因为老师批评了几句，他就怀恨在心，一下课，他就偷偷溜进了教师的车棚里，找到政治老师的电动车，痛痛快快地发泄了一番。政治老师放学去车棚骑车，一按车子没气，车胎完好无损，气门芯却没了，座子上也满是泥巴。他前思后想也没想出得罪过谁，就去查看监控，这一查，差点把他气晕，刘猛威不仅狠狠地拔了气门芯，还对着电动车连踹几脚，最后还在座子上鼓捣了一番。老师和你有多大的仇啊，值得你这样报复？政治老师当即找到班主任李小璐，让李小璐严厉查办。

这件事之所以把李小璐老师折腾得筋疲力尽，是因为在高清的监控面前刘猛威都矢口否认。

第二件事，把班里同学的门牙磕掉。

班里有个孩子叫张一虎，因为学习名列前茅，备受老师们的青睐，他本人也有些骄傲自大，像刘猛威这样的学生，他根本不放在眼里。有一次，语文课上默写字词，老师让同桌或者前后同学互相检查，其他同学都找到了互批对象，就差张一虎和他前面的刘猛威没有对接，老师一再提醒抓紧互批，当刘猛威转过身来把默写的字词递给张一虎时，张一虎把脖子扭转了九十九度。语文老师走过来询问原因，张一虎轻蔑地说道："我怎么会和他合作？对错他能看得出来？我不能委屈了我的字词们。"引得全班同学哄堂大笑。要不因为是班主任的课，刘猛威早就跳起来把他暴揍一顿。

这件事，让刘猛威的自尊受到极大伤害，他在心里暗暗发誓，一定找个机会把他狠狠收拾一下。

初一下学期期末考试，还有十分钟就分发试题，张一虎从外面匆匆走进教室，经过刘猛威身边时，刘猛威把腿一伸，张一虎一下就栽倒在地，张一虎爬起来两人就扭打在一起，当时张一虎的嘴里鲜血直流，把监考的老师吓得不轻，赶紧拨打了120急救电话，学校也和双方家长紧急联系。医生说张一虎的门牙没有完全磕落，只是磕掉了一小部分，掉下来的还能补上，于是几位家长赶紧回到教室寻找磕掉的那一小块门牙，找了半天，最后竟然在监考老师的鞋子底下找到。张一虎的父母本来是要起诉刘猛威的，但了解了刘猛威的家庭背景后，又经过学校领导和老师们的共同调解，最后达成一致，刘猛威赔偿张一虎住院期间所有医疗费用，当面向张一虎道歉，保证今后不再发生类似事件。经学校研究决定，对刘猛威批评教育，责令回家反省。

李小璐讲完总结道："这两件事都发生在初一时候，自从进入初二，一直没有动静，我感觉可能和你上任级部主任有关，没敢轻举妄动。不过，最近又有几位家长找我，问题全部出在刘猛威身上。学校要是不给他来点硬的，单单批评教育，恐怕……我认为这个学生品行恶劣，道德败坏，已经不可救药了……反正我是无计可施了，你们看看怎么办……"

"你说的硬的，是指什么？"丁主任问。

李小璐直截了当："开除学籍！"

丁主任笑了笑："这都是气话，对这些调皮学生，有时候真想狠狠揍他们一顿，但我们是教师，我们的责任是用言语和行动教育感化他们，体罚学生我们就违背了教师职业道德……"

李小璐委屈得快要掉眼泪了："那怎么办呢？既得教育他们学习，还得保证不闹出事来，可他软硬不吃啊……遇到这样的学生，老师可真够倒霉的……"

丁主任有多年丰富的管理经验，她明白事情的复杂，也理解老师的苦衷，望着李小璐老师无可奈何的样子，她安慰她说："这就是我们教师职业的特殊性，简单粗暴不行，强拉硬拽也不行，需要我们采用一定的技巧。特殊的学生毕竟是少数，在班级管理方面，你已走在前面，想想成功的经验，一定会找到解决问题的办法。"

李小璐苦笑着说："这个学生我是无能为力了，方老师，你可一定要帮帮我啊……"

方明一直在认真听着两人的谈话，这时他说："至于他上课不遵守纪律，不听老师讲课，不交作业，我们暂且不提，就这两件事来看，我觉得这个学生最大的性格特点，是具有很强的报复心理，而报复他人的原因，是希望别人尊重自己，他不想被老师点名批评、不想被别人轻视侮辱，说明这个学生有很强的自尊心，内心深处渴望被别人认可，单凭这一点，我们就不能说这个学生一无是处、不可救药，更不能采取简单粗暴的方式。特殊的家庭环境，让他的性格敏感而多疑，害怕别人歧视自己，担心被人忽视，总想有朝一日能出人头地。咱们就抓住他的这种心理，慢慢引导，一点一点把他引向正道……"

方明思索了一下问道："他有什么特殊的爱好吗？比如音乐、绘画、体育等方面？"

这一问，李小璐老师倒想起来了："他喜欢运动，尤其是长跑和篮球，上学期春季运动会，他报名参加了3000米长跑，要不是最后冲刺时跌倒，他稳拿第一，尽管这样，我还是大力表扬了他，可他对此并不在意，行为习惯还和原先一样。"

"我看见他放学后经常在操场上打篮球。"丁主任说。

方明说："一个成绩差的学生，只要他还热爱运动，这个孩子就没有彻底堕落，我们完全可以通过运动，激发他的学习热情，我们下一步的工作重点就在他的体育运动上，以此作为突破口！"

望着丁主任那双关切的眼睛，小璐老师感觉丁主任不像一位领导，倒更像一位善解人意的大姐姐，而方明沉稳冷静、细心呵护他人的品格，更像生活中独当一面的大哥哥，李小璐为自己刚才的偏激和冲动感到脸红，有些不好意思地说："我实在没办法了，才找到丁主任商量这件事。"

方明调侃她说："给我们一班送来一个'最优秀'的学生，你们班里太平了，那我们班里可就遭殃了。"

"不是。"李小璐着急地说，"你得帮着我想办法，我也没说送进你们班。"

"那是我的建议。"丁主任说，"小璐之前已向我多次反映，林渊老师也多次找他谈话，都没什么改变。一班在短时间内各个方面突飞猛进，尤其是纪律方面，那效果真是立竿见影啊，老师们都很佩服你，所以我才有了这么一个想法。"

"但我觉得这并不是最好的办法。"方明说。

"那你说说最好的办法。"丁主任微笑着说。

方明说："其实每个班里都有这样的学生，只不过有的学生问题更严重一些，如果开了这个头，班主任都把问题学生送到一班，先不谈我个人的能力问题，这些问题学生会什么态度？他们是不是情绪上会更加抵触，一旦制服不了，下一步会怎么样呢？我们将没有退路。"

丁主任望了望李小璐："不是没有这种可能，就怕出现这样的结果。"

　　李小璐说:"我觉得你没有管不了的学生,就凭你的个头,也能让他们惧怕三分。"

　　"咱们的丁主任个子瘦小,我们老师哪一个不畏惧她?"方明一句话把大家逗乐了。

　　方明说:"说归说,我们的目的就是为了转变一个孩子,引领他走上正道,阻止他误入歧途。你家访过吗?"

　　"每次打电话,他妈妈手机都打不通。他家离学校三四里路,每天上学放学刘猛威都骑自行车。"

　　"他不坐校车吗?"方明问。

　　李小璐说:"问过他,他说不愿乘校车,坐校车的同学说,每次上学或放学,都看见刘猛威和校车赛跑,有时骑得比校车还快。"

　　方明说:"这个孩子血气方刚,一定不会懒惰,先去家访摸摸实情,然后我再和他切磋一下球技。"

　　丁主任和李小璐都很赞成方明的意见,接下来,他们就家访问题进行了研究,方明打算周末单独去刘猛威家进行家访。

　　周六上午,方明骑着自行车去刘猛威家家访,他没有事先打招呼,他怕打招呼刘猛威会躲避,也怕他妈妈找借口拒绝,他抱着碰碰看的心理,如果吃了闭门羹,过几天再去。

　　十多分钟后,方明就到了刘猛威的小村庄,在村口打听了一下,拐了几条胡同就到了刘猛威的家门口。

　　这是一座普通的农家小院,院子里南墙边栽着一棵石榴树,树枝垂落在墙外,有许多藤蔓爬满了墙壁。

　　院门虚掩着,方明轻轻敲了一下大门问道:"请问,这是刘猛威的家吗？"

院子里有个四十多岁的中年妇女正在洗衣服，看见有人进来，连忙站起来说："是啊是啊，你是……"

方明说："我叫方明，是刘猛威的老师。"

听说是孩子的老师，刘猛威的妈妈连忙将手在身上擦了擦，握住方明的手说："哎呀，是孩子的老师啊，我是他妈。这么忙，怎么还有空过来啊……"说着，就给方明找板凳。

"今天周末，过来看看孩子，了解一下孩子在家的表现。"说着，方明把一袋水果放在面前的一张小桌子上。

刘猛威妈妈说："你还买水果，孩子在校没少让你们费心，感谢老师们还来不及呢。方老师，我们就进屋说吧，我们家里不成样子，就怕您笑话，但在屋里说话方便些。"

"刘猛威没在家？"方明问。

"给小羊割草去了，我估摸也快回来了。"

"那好，我们进屋说。"方明跟着刘猛威的妈妈进了屋里。虽然屋里的摆设有些简陋，但收拾得干净利落。在靠近窗子的位置，有一张破旧的书桌，上面放着一摞书本，桌角上挂着一个书包，这是刘猛威学习的地方。

"孩子很喜欢打篮球吗？"看到书桌下面有一双球鞋和一个篮球，方明问。

"喜欢，都痴迷了。"刘猛威妈妈把一张小桌子拉了过来，又摆了两把小椅子，"一天不打篮球，他的手就痒得慌。"

方明看到刘猛威妈妈又去拿茶壶为他倒水，连忙上前阻止："你别客气，我们坐下谈谈孩子。"

"这怎么行，说啥也得喝点茶。"说着还是把茶水倒上了。

刘猛威妈妈叹了一口气："我知道他的班主任是李小璐老师。李老师花在孩子身上的心血也不少，可这孩子不争气……"说着，刘猛威的妈妈就开始掉眼泪。

方明把李小璐告诉他的刘猛威在学校的表现，很详细地说了一遍，对于这些情况，刘猛威的妈妈十分意外，她没想到，在家老实听话的孩子，在学校里竟然是这个样子。

"我知道他的学习成绩差，可没想到他调皮捣蛋到这地步……去年给人家磕坏了牙，那件事整得可不小，要不是学校帮着俺处理，人家轻饶不了这孩子，也亏得人家父母心地善，没再找俺啥麻烦……他这是不长记性，还敢对老师下黑手……这样可不行，等他回来，我得狠狠教训他！"刘猛威妈妈生气地说。

方明说："孩子成绩差，无非就是这样几种原因，一是上课不认真听讲，二是不认真做作业，三是孩子自身的智力原因，前两个原因他都有……"

"智力肯定没问题。"刘猛威妈妈抢着说，"小时候就能背好多古诗词，谁见谁夸，说孩子长大了有能耐，我能靠得着。"

刘猛威妈妈谈到这些，眼里闪现着喜悦的亮光，短暂的自豪后，更多的是忧伤："哪想到越长越没出息了……"

"这就是我来家访的目的，是什么原因让这样一个原本聪明伶俐的孩子厌弃学习，性情暴躁乖戾，与同学打架斗殴，甚至与老师当面顶撞……我们只有了解了这些问题的根源，才能对症下药，让他改邪归正。"方明说。

"他都这个样了，你们也没有撒手不管，真让老师操心了。"刘猛威妈妈非常过意不去。

"不让一个孩子掉队,这是我们当老师的职责。"方明说,"能主动帮你干活,还是不错的。那你先谈谈孩子在家的表现吧。"

刘猛威妈妈叹了一口气:"方老师,咱们长话短说吧。孩子三岁那年,他的爸爸出车祸去世了,因为是公差,也因为责任全在肇事一方,最后我们得到了一笔不少的赔偿费。因为这笔钱,家族之间矛盾重重,亲人之间反目为仇,我丈夫的几个弟兄放出话来,我要是改嫁,这笔钱一分也别想带走,我死了男人,孩子没了父亲,我们的天都塌了……那年我才二十五岁,没人为我和孩子将来的日子想想,大家只盯着这笔钱死死不放……那段日子,我都不想活了,可看看孩子可怜啊,没了爹,要再没了娘,孩子也就没得活了……咬咬牙,硬是挺了过来。我的脾气也不好,这些年,孩子跟着我没少受委屈,这孩子就是一棵长在地里的野草啊……"刘猛威的妈妈越说越伤心,最后竟泣不成声。

方明看得出,这个女人很要强,为了孩子忍气吞声这么多年,今天谈起这些往事,无法控制内心的悲痛。

方明一时有些手足无措,连忙把桌子上一沓餐巾纸递了过去。

她擦干眼泪接着说:"那些年孩子小,我哪也去不了,就在家里种种地,卖点菜,刮风下雨,孩子跟在我身后,当娘的能不心疼?这些年孩子长大了,也懂事了,我从心里高兴,我在超市里找了份工作,虽然累点,但我们娘俩的日常生活有保障,我这就很满足了……"

"孩子也能为你力所能及地干点家务了,这一点,班里很多孩子不如他。"方明说。

"说的是，干活倒有一股子劲，重活累活他能为我分担些，这一点左邻右舍还羡慕，说我日子熬出了头。可我还是希望他能考大学，将来能有份稳定工作，娶妻生子，也算对他爸爸有个交代，可他不听啊……"刘猛威妈妈满脸泪痕，忧愁而又无奈。

"孩子是从什么时候开始厌弃学习的？"方明问。

"从小学他的成绩就一般，我就是个初中水平，也不会教育，要是他爸还在……唉……也不会这样……"刘猛威妈妈又伤心起来，"他爸脾气好，有耐心，上过高中，考大学就差几分……"

方明见她越说越悲伤，安慰她说："大姐，孩子学习成绩差，不能全怪你，看看班里那些优秀的孩子，不见得他们的父母都知识渊博，学历高深，有些学生的父母甚至连字也认识不了几个。从这点看，孩子优秀不优秀，与家长有关系，但不能全推在家长身上，我们当老师的，有更大的责任。"

刘猛威妈妈继续说："我觉得，还是怪我。前些年，我接受不了他爸去世的事实，脾气变得暴躁无常，孩子在我身边担惊受怕，时间长了，孩子的性格也受影响……这几年，我慢慢淡忘了，又开始为我们的生活奔波，风里来雨里去，对孩子照顾少，只要他不生病不长灾，我就很知足……"

方明说："大姐，你是个很要强的人，这些年一个人带着孩子不容易。你不想因孩子父亲的离世，在家族中矮人一截，想用自己的能力支撑起这个家，证明给别人看，但你疏忽了一点，孩子才是家庭的最大希望，孩子能有一个美好的未来，能成为对社会有用的人，这是我们最大的愿望。我们不能只满足他四肢强壮、身体健康，我们还要培养他意志顽强、品德高尚，给他树立更高更远的人生目标，能成为对社会对国家有贡献的人，这才是顶天立地的男子汉，也是家庭真正的顶梁柱。"

刘猛威妈妈说："我知道，方老师，可他对学习不感兴趣，他说不上大学，将来凭双手照样能挣大钱，让我等着享清福……我知道这很不实际，可我管不了……"

方明说："就是因为有这样的思想，他的行为习惯散漫自由，只想混个毕业证闯社会，渐渐沦为班里的差生。听着话不顺耳的老师就顶撞，看着不顺眼的同学就打架，最近已有好几位家长给班主任李老师打电话……"

"他这是不思悔改！"刘猛威妈妈狠狠抹了一把眼泪。

"您别激动，大姐。"方明说，"出现这样的结果，我们不能全怪孩子，这和他的生活环境也有关系，他从小失去了父亲，虽然你竭尽全力呵护着他，但孩子的爱还是残缺的。你的付出，你的操劳，甚至你在家族中受到的不公平的待遇，都在孩子幼小的心灵上留下了伤痕，孩子的性格变得敏感而暴躁。从小他就产生这样的意念：要想不被别人欺负，自身先要强大。他所理解的强大，不是知识能力的强大，而是体型和气势的强大。他不能忍受别人对他的冷漠忽视，更不能容忍别人对他的批评指责。一旦觉察周围某些人和事对他造成威胁，他就毫不犹豫地奋力反击，这会让他压抑的情绪得以发泄，从而变得舒畅甚至兴奋，所以他在学校里的所作所为，就不足为怪了……"

"这个混账东西，我只知道他学习成绩差，哪里知道他不好好做人，有了上次那回，还不接受教训……"刘猛威妈妈气得浑身哆嗦，"啥事他也瞒着我，有几回家长会，人家都回来了，我还不知道，问他他说忘记告诉我……"

方明说："级部开家长会，班主任会在家长群里下通知，平时你得多关注一下手机里的信息。"

"我白天忙，晚上回来就忙着做饭，除了接听电话，哪有时间关注手机里的信息，他可能就把一些消息给我删除了。"

"李小璐老师说，给你打电话，可一次也打不通，这是怎么回事？"

"没有接到李老师的电话，我没记得老师打过电话啊……看来还是他捣的鬼……"

就在这时，大门响了一下，方明和刘猛威的妈妈不约而同朝门口看去，一个身影一闪而过，刘猛威妈妈大喊一声"猛威"，快步追了出去，方明也跟着来到大门口，没看见刘猛威，但看到门外散落着几缕青草。

"这是给小羊割的草……看见你在这，吓跑了……"刘猛威妈妈说。

方明说："也怪勤快，真的能为你减轻负担了。"

"在家里倒是不懒，要是学习也这样，那就好啦。"

"大姐，孩子本身并不懒惰，只是他还没意识到学习的重要性，所以我们今后的任务，就是帮助孩子转变思想，让他努力学习，这也是我此次家访的目的。今天如果不来，有些情况我们老师还真是不了解，做起工作来就偏离了方向。"方明说。

"方老师，真是太感谢你了。今天中午你在这里吃午饭吧，我把那只老母鸡宰了，炖鸡给你吃。"刘猛威妈妈说。

"你就别客气了，这都是我们应该做的。周一我就找他谈话。"方明边说边推出自行车。

　　刘猛威妈妈提着那袋水果，一直追到大门外，方明向她摆摆手，骑上自行车离去。

　　方明骑着自行车，一边走一边到处张望，看看刘猛威是不是在某个地方躲藏着，他的眼睛搜寻了一圈，也没有看到刘猛威的影子。

　　前面是一座小石桥，桥头北面有一片小树林，虽然面积不大，但很茂密。桥的南面是一块高粱地，昨晚一场大雨，高粱秆子在地里东倒西歪。刘猛威也许就藏在小树林里或高粱地里，他本想停下车子进去找找，但转念一想，此次家访就是为了了解孩子在家的表现，而不是和他本人面对面交流，太急切了往往适得其反，还是给他留点空间，让他思考老师家访的原因。

　　要强、不甘、勤劳、运动……这些美好的字眼在他脑海里翻跃，他看到了一个"不堪"孩子的闪光之处，就算一个成绩优秀的学生，也不见得身上同时具备这些美好的东西。想到这里，他的双腿蹬得更加坚定有力，他还快乐地吹起了口哨。

　　就在这时，不知从哪里飞来一块石头，不偏不斜一下砸在了他的胳膊上，自行车顿时失去了控制，连人带车跌倒在路边。

　　"谁……谁扔的石头？"他大声喊着，抬头四处张望，但没看见人影，不知石头是从哪里飞来的。他扶着自行车爬起来，这时他才发现胳膊被砸伤了，膝盖也磕破了，正往外渗血。

　　他想起前几天李小璐老师对他讲的那两件事，今天的事，不说他也知道谁干的。

　　方明刚刚过去，刘猛威就从小树林里钻了出来，他的手里握着一块石头，嘴唇抿得紧紧的，两眼喷射着愤怒的火焰，拼尽全力扑通一声把石头扔向方明远去的方向……

周一那天，当他把这些情况告知班主任李小璐的时候，李小璐也大吃一惊，她没想到让老师们头疼的刘猛威，在家里的表现竟和在校判若两人。

看到方明胳膊上的纱布，李小璐忙问怎么回事，方明把经过向她说了一遍。

"就是他干的，我了解他。"李小璐生气地说。

"不要急着找他谈话，这会让他更加抵触。"方明说。

"我完全听从你的安排。"李小璐对方明佩服不已。

周五放学后，方明抱着篮球去了操场，操场上有几个孩子正打得火热。方明在这群孩子中快速寻找着刘猛威的身影，他看到操场北面的篮球架下，有个孩子正在低头系鞋带，一个篮球滚在一边。

"刘猛威！"方明大喊一声。

听见有人叫自己，刘猛威抬起头来，看见是方明，鞋带没系好就想跑，方明说：

"你怎么不和他们一起打？"

刘猛威没有回答，眼睛盯着方明的胳膊伤处，满眼恐惧。

"问你话呢。"方明说。

刘猛威这才回过神来，朝那群人看了一眼，露出不屑一顾的神情："他们的球技太差，和他们打没意思。"

"我觉得他们打得还可以，你小子，看来有两下子啊，那我们两个切磋一下，怎么样？"方明的语气充满了挑战。

刘猛威迟疑了一下，眼里有一丝惊恐，不过他很快咬着牙说：

"打就打！"

方明脱掉外套和衬衣，只穿着一件背心，胸大肌饱满对称，臂膀刚劲有力，健美强劲的体型完全呈现出来，而刘猛威，在方明的衬托下，就像一棵只顾疯长但缺乏养分的小草，显得单细柔弱。

"看球！"刘猛威首先发起进攻。

方明跳起想要封盖，但球擦着他的手指飞过，稳稳地落进了球网，一连三次，刘猛威进球成功，初战告捷，简直把他乐疯了。

方明向他竖起了大拇指，觉得教训他一下的时候到了。方明开始发球，明明要右侧突破，方明却突然变换了方位，腾身一跃，刘猛威还没反应过来，那球划了一道美丽的弧线，从他头上飞过，应声入网。

接下来的几局刘猛威左右防守，但始终摸不透方明的套路，他简直有些晕头转向，看得出，他很着急，越着急，越是失误，其实有几个球他是应该投进的，但那球竟然连网边也没碰着。最后他瘫坐在地上，气喘吁吁起不来了。

方明走过来，拍了拍他的肩膀说："打了个平手。"

"不，我输了。"刘猛威满脸汗水，撩起衣角擦了一把。

"几个回合，决定不出胜负，要不，明天我们继续？"方明说。

"打就打，谁怕谁！"刘猛威一跃而起。

"好，一言为定！"方明轻轻擂了刘猛威胸膛一拳，这一拳，是对他的赞赏，也是对他的鼓励，只有关系熟络的人才会有这样的举动，这让刘猛威有点受宠若惊，一种从未有过的自豪从内心深处油然而生。

临走的时候，刘猛威抱着篮球突然停下了步子，他回头看了看方明，犹豫了一下，最后鼓足勇气说：

"方老师，周末您去我家，我……我看到您了。"

"噢，你不是去割羊草了吗？"方明故意显出惊讶的样子。

"我……我听我妈说的……"刘猛威发觉自己说漏了嘴，立即低下头，不再说话。

方明没有揭穿他的"阴谋诡计"，走过去拍了拍他的肩膀幽默地说：

"我在回来的路上遭遇袭击，没想到光天化日之下路边还有埋伏，你每天都是骑自行车上学，遇到过这样的情况吗？"

刘猛威的脸腾地一下变红了："没……没有……我不知道谁干的……"

方明平静地说："你肯定不知道。但我确信不会是学生，学生哪有对老师下狠手的？"

一句话让刘猛威又羞又愧，他迈开步子飞快地跑向车棚。回家的路上，当他经过那天袭击方明老师的地方时，他站在那里待了一会儿，最后狠狠扇了自己一记耳光。

整个晚饭刘猛威是在妈妈的唠叨声中吃完的，他不想辩解什么，他觉得很多事情解释不清，还不如闭口不说。让妈妈停止唠叨的最好方法就是立即学习，果然，他一坐到书桌旁，妈妈就不再说话了，还递过来一杯果汁。

那晚老师布置的作业较多，他没能做完，他最后看了看班主任李老师布置的片段写作，李老师说，这是一个附加作业，不强求人人完成，感兴趣的同学可以写写，就看个人的自觉性。他很想完成这个作业，但刚写了一行，他的眼睛就睁不开了，白天打球太卖力，体力消耗多，他困得不行，倒头就睡了。

第二天来到学校，他看见方老师在楼下检查卫生，他跑过去提醒了一句：

"老师，昨天的话你该没忘记吧？"

"当然没忘，你可不能失约啊！"

刘猛威一副不屑回答的样子，那神情好像在说，我怎么可能失约呢，就看你说话算不算数。

这一天，刘猛威过得很快乐，下课时他不再趴在课桌上睡大觉，他在教室里到处走动，他极力挺了挺腰杆，觉得自己瞬间长高了许多。他看人的眼光斜斜的，但大家忙着出出进进，没人和他目光相遇，他感到这表情有点累，就自动恢复到了正常。去厕所的路上，碰到一班的马小毛，这次他没有对他示威性地扬拳头，而是友好地和他拍手击掌，惊得马小毛半天没有回过神来。

更让他奇怪的是，这天上课，他竟然能够听得进去，而且也没有打瞌睡，尤其是上语文课时，他居然主动举手回答问题，这让李小璐老师喜出望外，唯恐他把手落下，立即点名让他回答，虽然他的回答不完全正确，但李小璐还是在班里重重地表扬了他，接着全班响起了热烈的掌声，他的脸火辣辣地烧起来。

那节课他的坐姿没再改变，始终是一副腰背挺直、两腿并拢、双手平放的样子。

下课后，他快步走到班里最爱打篮球的曹坤鹏面前问：

"放学后，你们还去操场打篮球吗？"

"去。"

"那好，看看我的对手是谁。"刘猛威露出了得意的神情。

放学后，刘猛威抱着篮球第一个冲进了操场，班里那几个孩子还没到来，他把书包往操场边一扔，随即开始热身。不一会儿，来了几个打球的，曹坤鹏一来就嚷嚷，刘猛威停下运球说："别急，好戏马上就要开始。"

等了好大一会儿，最后一辆校车也开走了，校园里空荡荡的没剩几个人，曹坤鹏他们几个等得有些不耐烦，刘猛威还真怕方明失约，那样就会让曹坤鹏他们抓住把柄，在校园里到处散播自己吹牛，自己刚刚建起的人设就会坍塌。他在心里怨恨起方明来。

就在这时，有个学生大声喊道："看，来了！"

方明抱着篮球急匆匆走来。原来学校放学前临时开会，会议内容多，这才把时间耽误了。方明的到来，既让他们感到意外，又让他们感到害怕，抱起篮球立即站到了一边。

方明对刘猛威调侃道："你把你的团队都邀请来了！"

那几个学生吓得吐了吐舌头没敢吱声。

刘猛威提议先和方明单挑，其他孩子分列两旁观看。这次二人赛，刘猛威打得很凶，方明最后以一球失误输给了刘猛威。方明带头鼓起掌来,但刘猛威面露狐疑，他走到方明面前说："这里面肯定有诈！"

方明好像没有听见，他招呼所有孩子说："我们全体开打！"

这些孩子早就等得手痒，一声令下，立即审进球场。

在打球的过程中，方明一边教他们球技，一边不时穿插进一些学习和做人的道理，奇怪，平时老师嘴里啰里啰嗦的大道理，今天和篮球扯在一块，听起来竟然顺耳顺心，孩子们听完后频频点头。

凡是来打球的，家都住在附近，回家不用坐校车，离家远点的就数刘猛威，打完球时，方明说：

"刘猛威，我送你回家。"

刘猛威用衣角擦了擦汗："不用，方老师，我十分钟就能到家。"

看着其他孩子一哄而散了，刘猛威蹬上自行车疾驰而去。

自从方明老师和刘猛威打球以后，刘猛威在班里的地位一路飙升，大家都知道刘猛威球打得好，而且还把学校里球技最好、个子最高、最有魅力的老师打败过。那几个孩子下课后，有事无事地聚在刘猛威身边，很讨好地和他说话，放学后有些女生，也聚到球场边，观看刘猛威他们打篮球。

刘猛威在班里的威信越来越高，在学校里也小有名气。六班任课老师讲课时，时不时连带着夸他一句："你的球打得不错，学习肯定也差不了。"班主任李老师每次开班会，都会提到刘猛威的变化之快，希望大家向刘猛威学习，每天都要加强体育运动，以运动促学习。每当这时，刘猛威就感觉有万道光芒照在自己身上，浑身的热血都在沸腾，脸上火辣辣的。要是学习成绩也不错的话，自己的名气和地位会远远超过班里那几个书呆子。被人崇拜的感觉竟是如此美妙，他在享受被人夸赞的快乐时，叛逆少年刘猛威第一次开始思考学习的重要性。

不久，学校秋季运动会开始了，运动会没有篮球项目，刘猛威报了两项田径，一是短跑，二是跳远，这两项都是他的强项。

那天班里的很多女生跑到主席台上，当他经过主席台下时，她们大声喊着："刘猛威，加油！刘猛威，加油！"

跑道两旁也挤满了学生，大家都为刘猛威呐喊助威，掌声雷动，人群欢腾。当裁判员老师举着小旗子，宣布刘猛威打破学校男子百米纪录时，人群欢呼起来，有一个女生竟然跑上去，紧紧拥抱了他一下，这让本来就喧闹的气氛高涨到了极点。宣传组的同学频频给他拍照，几个高个子男生把他一次次抛起，那场面，不亚于打破了世界纪录，荣获了世界冠军。

那天运动会闭幕式上，他上台领奖时，他看到了台下无数双羡慕的眼睛，也看到了方明老师对自己竖起的大拇指。这是他第一次上台领奖，他感到有些晕眩，脚下似乎轻飘飘的，当热烈的掌声响起来的时候，他有一种要飞起来的感觉。

颁奖时，胡校长还和他握了握手，鼓励他说："努力拼搏，再创佳绩！"

他感到热血沸腾，一股强大的力量在他内心升腾，他尝到了拼搏的艰辛，也品到了成功的快乐，他暗暗下定决心，一定要努力学习，不辜负老师们的期望。

他的名字被记在学校体育光荣史册上，如果没人打破，这份荣耀永远只属于他。运动会获得的奖状贴在了教室黑板上方，所有人一抬头就能看见。每当看见这些奖状，他就充满了信心，自豪之情油然而生。

那些日子，下课后他不再到处乱窜，也不再坐在课桌上大声叫喊，他先跑到讲台旁边，看看墙上贴的课程表，立即返回准备下一节上课，有时他还督促几个乱嚷嚷的学生，要他们拿出书本做好准备。校园里碰到原先的那几个"对头"，他不再显出趾高气扬的样子，而是对他们友好地微笑，尽管有个孩子满眼鄙夷，但他不再耿耿于怀。遇到老师，他行礼问好，碰到有的老师提水或拿着重物，他会快步上前帮忙。甚至有一次，几个家长在教室走廊里围着方明说着什么，声音很大，他以为家长闹事，差一点就冲了上去。

期末考试很快就来到了，考试、阅卷、公布成绩，刘猛威的排名一下窜到了班里中游，是班里进步最快的学生，李小璐老师在班里重点表扬了他。按照奖励规定，他得到了进步奖。周五上午在学校操场举行表彰大会，学校要求所有获奖学生的家长也要参加，刘猛威的妈妈在被邀请之列。

方明嘱咐李小璐老师，一定要单独给刘猛威妈妈打电话，因为她不经常看微信，李小璐又特意叮嘱刘猛威，放学回家先把这个消息告诉妈妈，明天务必参加颁奖大会。

颁奖那天，刘猛威的妈妈来得很早。离开会时间还有半个小时，几位老师正在布置会场，刘猛威的妈妈觉得闲着没事，就走过去帮老师把桌椅往主席台上搬。一位老师告诉她，凡是被邀请来的都是优秀学生家长，这让刘猛威的妈妈有些不敢相信，直到陆陆续续来了很多家长，从家长们的嘴里她才确信事实。

第二节课后，学校喇叭开始下通知，学生们以班级为单位，排队进入操场。刘猛威妈妈在人群中极力寻找，当她终于在人群中看到自己儿子时，她高兴地挥舞着双手，这是她有生以来最为骄傲的时刻。

学生们以班为单位，在主席台下坐好了。按照规定，家长们坐在自己孩子的班级后面。刘猛威个子高，在班级队伍后面，他和妈妈只隔着一名学生。刚开始人群中有些嘈杂，但随着学校领导依次上台，学生们渐渐安静下来。接下来，各级领导开始讲话，讲话时时引起阵阵掌声。

"现在我公布期中考试，各年级各班获奖名单。"教导处丁主任最后宣布。

名单公布完毕，最后一项就是颁奖，随着激动人心的颁奖音乐响起，获奖学生陆续上台领奖。这次的领奖方式与以往不同，家长和孩子同台领奖。最先上台的是三等奖获得者，接下来颁发二等奖和一等奖，最后应该是进步奖。

遗憾的是，学校宣布，因为时间原因，进步奖的同学和家长，不再上台领奖，由各班班长领回在班内完成。

刘猛威心里有点失落，这可是他入学以来，第一次上台领取成绩奖，本来想站在领奖台上，让妈妈也风光一回，村里有好多孩子也在这里上学，那样他和妈妈同台领奖的消息很快就会传遍全村，那些平日里瞧不起他们的人家，就不得不对他们刮目相看了。

他甚至都调整好了表情，他要摆出一副成功者总谦虚的样子，而且要抿着嘴，略皱眉头，给人一种一切成功皆由汗水浇灌的启示，而且最好让人立即想起"成功的花，人们只惊羡她现时的明艳，然而当初她的芽儿，浸透了奋斗的泪泉，洒遍了牺牲的血雨"的名句。

没能上台领奖的遗憾，让刘猛威深感愧疚，还是自己不够优秀，要是能拿一等奖，校长还和家长合影呢！

　　不过，他很快就平静下来，因为这次毕竟是个进步奖，和级部第一相比，相差甚远，凭自己的努力，下学期如能考个班里前五，那才叫一鸣惊人，到时就连班里那几个学霸，也会时时担心新的对手会不会超越他们。

　　然而他永远也不会想到，这是方明老师和教导处丁主任商量后特意安排的环节，就是利用他好胜心强和决不服输的性格，激发他更加强烈的学习劲头。

　　刘猛威的妈妈，那天会后她是笑着回家的，她要赶在儿子放学之前，做上一桌好饭。

　　等把饭菜摆好，她又去了刘猛威的爷爷奶奶家里，把刘猛威的爷爷奶奶也都请了过来。这是自刘猛威的爸爸去世后，他们一家人第一次聚在一起。

　　那晚他们谁也没再提起不愉快的往事。爷爷一杯一杯喝酒，妈妈不停地给奶奶夹菜，奶奶高兴得直抹眼泪，家人之间多年的矛盾，在孩子成长进步的喜悦中，终于烟消云散……

你是人间四月天

　　吴斌是初二下学期转来桃花中学的，安排在初二一班。

　　那天晨诵课刚刚开始，方明领着一位男生走进了教室，学生们一下停止了朗读，目光全都集中在这个男生身上。

　　方明对着全班同学介绍说："同学们，现在向你们介绍一位新同学，他叫吴斌，从外校转到我们这里，其实他本来就是我们桃花镇的，这几年在老家上学。从今以后就是我们班的一员了，希望同学们互帮互助，共同进步，让我们以热烈的掌声欢迎新同学！"

　　话音刚落，教室里响起了热烈的掌声。同学们都用好奇的目光上下打量着吴斌，他的个子在班里算不上最高，但一看就勇猛有力。头发留得很长，这种发型在桃花中学是不允许的，不知他原来的学校怎么回事，竟然让男生的头发赛过女生。最惹眼的是他身上穿的衣服，上下全是名牌，尤其是脚上的鞋子，一串大牌字母标识显示出它不菲的价格。总而言之，吴斌今天浑身上下至少也得二千元，后面有几个同学唏嘘不已。

　　方明让吴斌坐在教室最后面一个空位上，然后又对全班同学说："吴斌同学今天第一次到校，没来得及换校服。"然后转过身来对吴斌说："明天到校把你的原校服穿来，发型也要修剪一下。"

吴斌的发型和衣着立即在班内引起了小小的轰动，一下课，很多同学就围过来打听他的衣服价格，有几位女生围在一起就他衣服的价格，小声打起赌来。课间吴斌走在校园里，学生像是发现了新大陆，回头率达到了百分之百。不少女生觉得他帅呆了，外班几位女生竟然以借东西为名，挤在教室门口打听他的姓名。

这让吴斌很得意，虚荣心一下膨胀起来。回到家里，他在穿衣镜前仔细梳理自己的头发，从衣服橱柜里找出自己最喜爱的另一身衣服，把方老师嘱咐他穿校服和理发的事抛在九霄云外。

第二天早上，吴斌穿着一身更为帅气的衣服走进了教室，全班同学又是一阵唏嘘，看着不少同学向自己投来的羡慕的眼光，吴斌感到从未有过的自豪和满足，这可不像原来的班级，一学期下来，也没人拿正眼看自己一眼，在这里他成了班里的焦点人物，有一种鹤立鸡群的感觉。有钱的感觉真好，那一刻，他从内心感激自己的老爸。

方明走进教室，一眼就看到了没穿校服的吴斌，径直走到他的桌旁，用手指敲了敲他的课桌："你出来一下。"

在教室外，方明问道："你怎么还没换校服？你原先的校服呢？"

"老师，我忘记穿了。"

"怎么会忘记呢？我可是一再叮嘱，学校每天都会检查，要给班里扣分的。当然扣不扣分不是最主要的，最主要的是我们要遵守学校规定，遵守中学生行为规则，养成良好的行为习惯！"方明的语气很严厉。

吴斌低着头小声说："老师，明天我一定不会忘记。"

方明说："那好，明天可不要再犯这样的错误，希望你说到做到！"

吴斌的衣着在全校引起了轩然大波，无论他走到哪里，总有一些同学回头观望，这让他每一个课间都不愿待在教室里，他甚至以最快的速度去了教学楼前小花园，因为那里的学生最多，尤其是女生，他清楚地听到有位女生叫了一声："哇塞，帅呆了！"

最让他骄傲的是，这天下午第三节是美术课，美术老师讲到服装设计的原理和方法时，竟然拿他的衣服当例子，说最理想的服饰应该是色彩、样式和质地的完美结合，就像吴斌同学的衣服，既美观又舒适，能给人以美的享受，并且让他站在讲台上，做了几个动作，让同学们欣赏了一番。那一刻，他感到有些晕眩，仿佛自己站在时装表演 T 台上，台下是成千上万的观众。那节课美术老师讲了很多，什么中国的服饰历史悠久，设计独特，在世界上独树一帜等等，他什么也没记住，只记住了自己像服装模特一样被全班同学欣赏，美术老师赞赏的目光和白嫩纤细的手指曾在自己的衣服上轻轻滑过……

回到家里，他从衣柜里又翻出一身衣服，这是去年春节爸爸的一位朋友送给他的，价格好像在两千元左右，因为原来学校对学生服装管控很严，他一次也没穿过，周末出去打球他又舍不得穿，所以一直压在衣柜里，前几天妈妈还找出来看了看，说他长得太快，衣服有可能变小了。

　　他穿在身上试了试，还好，正合体，他在穿衣镜前转了几圈，好像已经听到了同学们的啧啧赞叹，看到他们羡慕的眼神。

　　这时，妈妈走过来，把他原先的校服放在床头说："明天穿校服去学校，我已经联系服装厂给你做校服了，大约得一周时间。"

　　第二天，吴斌起得很早，还没等妈妈起床，他就背着书包蹑手蹑脚地走出了家门。

　　这一次吴斌没等方明到班内检查晨读，自己去了办公室，一看见方明就说："老师，我的校服妈妈给我洗了，还没晒干，所以……"

　　方明看了吴斌一眼说："那好，我需要打电话核实一下。"

　　一听要打电话，吴斌急了："老师，我妈妈的手机坏了，这几天还在店里维修。"

　　"那你告诉我你妈妈坏了的手机号码！"方明很生气。

　　按照吴斌说的号码拨打过去，传来一位女性的声音，方明很客气地问道："您好！请问您是吴斌的妈妈吗？"

　　"是的是的，请问您是哪位？"

　　一听是儿子的班主任，吴斌妈妈立即警觉起来，忙问老师是不是儿子在校惹事了。方明告诉她是孩子未穿校服的事，并问她是不是把校服给孩子洗了。

　　"我正为这件事生气呢，我早就给他洗好了，昨晚就给他放在床头柜上，一再叮嘱他今天别忘穿校服，今早起来一看，他把校服藏在衣柜里，人早不见了，早饭也没吃。"吴斌妈妈生气地说。

　　"这样吧，你现在就把校服送到学校来，不能因为这事再给班里扣分了。"方明说。

听说妈妈要来学校送校服，吴斌一下沮丧起来，他在教室里坐了还不到十分钟，班里还有一部分学生没有到校，早知如此，他就不会主动向方明解释，说不定他根本注意不到呢。一想到要穿呆板土气的校服，他就感到浑身难受，自己学习成绩本来就差，全凭名牌衣服吸引众人的目光，引起大家的关注。穿上千篇一律的校服，他将和所有人一样，毫无特别之处，就像孔雀不会开屏，鹦鹉不会学舌，没人再为他喝彩，没人再多看他一眼，他感到十分失落。

方明早就揣测到了他的心理，只是没有挑明。

"你才来三天，换了三套衣服，每套衣服都是名牌，说实在的，确实好看，可是作为中学生，在校学习必须穿校服，这是最起码的要求，任何人必须遵守。因为你没穿校服，学校检查小组已经给我们一班扣了六分，同学们意见很大，本周的班级流动红旗将和我们一班无缘，同学们本周的努力将付之东流。

"你原来的学校难道对校服管理不严格吗？在一个新的学校，一定要严格遵守纪律，不能初来乍到就在同学们心中树立不好的形象，在班里造成不好的影响，要为班级争光，而不是拖后腿。

"你的各科成绩我都看了，这个成绩不太理想啊，放在现在的班里，差不多在三十名以后，照这样下去，考取高中希望不大，所以要把心思用在学习上，而不是衣着穿戴上。这些衣服不是不能穿，周末或者节假日，可以穿上潇洒一番，那时没人管你。

"再就是你的发型，利用周末修剪一下，对中学生的发型男女生都有要求，男女生都不能染发烫发，男生提倡理小平头，像你这种发型，前面盖住了眼睛，后面搭在了肩上，这哪有学生的样子？一些社会青年才留这样的发型，你看我们一班，没有一个学生是这样的发型，所以周末的时候，你去理发店把头发修剪一下，周一如果还是这样，我立即让你回家。"

吴斌不好意思地说："老师，我都记住了。那你能不能别让我妈妈来了，明天我保证穿校服。"

"不行！你已经违规两次了，对你宽松了，别的同学就不好管理了，必须一视同仁，对谁也不能例外。"方明严厉地说。

看看老师没有改变的意思，吴斌不再请求，他羞愧地低着头，等待着最尴尬的时刻到来。方明警告他在教室门外等着，不准走进教室，直到他的妈妈送来校服。

快下晨读的时候，吴斌的妈妈匆匆赶来了。这是一位四十多岁的中年妇女，人长得很美，衣着也漂亮得体，一看就是那种生活富裕的家庭妇女。她手里抱着为儿子叠得整整齐齐的校服。

她看到了站在教室门外的儿子，狠狠地说了他一句，然后一进办公室就说："方老师，实在不好意思，又给您添麻烦了。"

方明很礼貌地站起来对她说："不是添麻烦的事，这是学校统一规定，学生在校期间必须穿校服，任何人不得例外。他原来的校服和我们的校服不一样，你抽空到校服加工厂为他定做一身，一周就能做好。"

吴斌妈妈说："我已经联系了厂家，正给他做着，估计周末就能做好。昨天晚上我就把原来的校服给他准备好了，放在床头柜上，可今天早上，他把校服藏在衣服柜里，穿的是他爸爸的一位朋友给他买的一套名牌衣服，我就说嘛，不能给孩子买太好的衣服，他喜欢穿上在学校里炫耀，这个毛病还是不改，在原来学校就因为这样，经常被老师批评。"

"是不是因为这个原因才转到我们学校来的？"旁边的柴老师笑着问了一句。

"当然不是，老师。"吴斌妈妈说，"我们的老家就是咱们桃花镇的，我和他爸在咱们镇上开了一家饭店，没时间照看孩子，这些年孩子一直在老家，由爷爷奶奶照看。可能他爸觉得平时对孩子照顾少，心里觉得有亏欠，就在衣食方面尽量满足孩子，吃的用的都是最好的。这几年我们的生意也红火起来，孩子花多花少不太计较。不过我也担心，怕他拿钱在外面招惹是非，这不，饭店里也不让我去帮忙，让我在家专门关照孩子的生活和学习。"

吴斌妈妈刚说完，办公室里几位老师就议论开了，老师们对她教育孩子的观念很不赞成，向她分析了这样做的种种危害，吴斌妈妈不住地点头。

方明说："每位家长都疼爱自己的孩子，但绝不能纵容溺爱孩子。人们常说，男孩有钱就变坏，女孩变坏就有钱，我们不能一概论之，但孩子这个年龄法治观念淡薄，辨别是非能力较差，在金钱物质诱惑面前，往往分不清是非，很容易被物欲所左右，为了一时的快乐，犯下终生悔恨的错误，甚至走向自我毁灭的道路……所以，我们做父母的一定要教育孩子，从小养成勤俭节约的好习惯，越是家境富裕，这种教育越是必不可少。如果家长价值观扭曲，就会让孩子养成攀比习性，对培养孩子极其不利。回去以后，你和吴斌爸爸沟通交流一下，把孩子这种攀比炫富、大手花钱的心理和习惯慢慢改掉。"

　　吴斌妈妈被方明和几位老师说得口服心服，她感到老师们给自己上了重要的一课，内心非常感激。刚走出办公室门口，突然想起了什么，又折了回来："方老师，班里是不是有一位叫向梅的学生？"

　　"对，有这个学生。"方明说。

　　"是这么回事。"吴斌的妈妈有些不好意思地说，"听吴斌说这个学生家庭比较贫困，中午大家都去食堂吃饭，就她一个人坐在教室里，吃自己带来的烧饼，回家就跟我商量要我们赞助她一下，就是说，我们把每学期吃食堂的钱给她付了，让这个学生也去食堂吃饭，您看，这样做合适吗？"

　　方明笑着说："这孩子真有善心，这才来了两天就发现问题了。不过向梅这个学生家庭倒不是贫困，她是兰州人，父母在我们这儿做拉面生意，她是回族，不吃猪肉，对我们食堂的饭菜吃不习惯，所以午餐就自己从家里带点饭菜。"

　　"原来是这样。"吴斌妈妈感到有些尴尬。

　　方明对吴斌妈妈感激地说："我们很感谢您对我们学校工作的关心和支持，如果家长们都像您这样，那我们学校的教学管理工作就太好做了。也很感谢吴斌同学，真没看出，在他帅气的外表下，还有一颗更美好的心灵，金无足赤，人无完人，优点还是很多的，我们还需要慢慢了解这个孩子啊！"

　　吴斌在方明老师的私人轿车里换上了校服，从他换上校服一直走到班里，他就没抬头没挺腰，就像孙悟空丢了金箍棒、铁扇公主没了金扇子一样，那副不自信的样子，让人感到可笑又可气。

再过几天，吴斌家的饭店就要举行十周年店庆，为了答谢新老顾客，凡是周六这天来店里就餐的顾客全部免单，直到人满为止。吴斌告诉爸爸，给他留出一张大约十人的桌子，而且要选最好的位置。

周五下午临放学时，吴斌问围在他周围的几个男生："周末到我家饭店吃饭吧，我家的花椒鸡和红焖猪蹄可是远近有名的。"

几个男孩子有些犹豫，吴斌拍了拍他们的肩膀说："别担心，我请客，你们只管吃！"

这样的好事没人会错过，呼啦一下就攒了七八人，大家一言为定，不见不散。

店庆这天，一早就来了不少顾客，人们先占好桌位，有人出去在周围游逛，有人围在一起打牌。

吴斌很想在人群里发现自己的老师，但直到座无虚席，他也没看见一个老师到来。

他的同学是一块来的，比原先又多了两人，那是班里两个学习很不错的孩子，这让他非常自豪。他们像一群游客，先是在吴斌的带领下把整个饭庄参观了一遍，接着自由活动，有几个孩子率先跑进了厨房，眼前的美食瞬间让他们垂涎欲滴。

吴斌的爸爸亲自掌厨，为孩子们做了一桌丰盛的饭菜，孩子们呼啦一下围过来，起初还有些拘谨，没过多久就按捺不住，没人再顾及礼节和吃相，吃得吸溜哈喇，吴斌的爸爸不时走过来招呼一下："慢点吃，厨房里还有的是。"

看着儿子邀来这么多同学，他很高兴，孩子嘛，就是图张嘴，只要儿子感到快乐，他就打心里快乐，拼死拼活，都是为了孩子。这些年孩子在老家，对孩子照顾少，总觉得亏欠孩子，打拼了十年，凭着自己的手艺和信誉，人脉越来越广，生意越做越红火，就是整个桃花镇，饭店这一行没人超过他。没想到儿子在班里人缘还不错，才来一周就结识了这么多同学，这可是好事啊，不仅让儿子感到体面，也能对自家的饭店起到宣传推介作用。

吴斌爸爸又加了两道时令小菜，递过来几瓶饮料，并在孩子们中间坐了下来，问他们哪道菜最合口味，哪些菜需要改进，孩子们无所顾忌地争着发言，吴斌爸爸很虚心地听着，还不时地说"谢谢"。吴斌爸爸嘱咐他们在学校要团结，不能打架，努力学习，遇到事情不能意气用事，先找老师解决。有个孩子嚼着鸡腿拍着胸脯大声说道：

"叔叔您放心，谁要是敢欺负吴斌，先尝尝我们几个的铁拳头！"

自从吴斌请同学在他家饭店吃过花椒鸡和红焖猪蹄后，他的人缘在班里明显好转，尤其是班里那几个学习较差的孩子，一下课就围在他的身边，东拉西扯，总有谈不完的话题。吴斌去个厕所什么的，他们也跟在屁股后面，形影不离。当然大多数孩子头脑清醒，明白"吃人家的嘴短"的道理，尤其是那几个学霸，本来就看不惯吴斌的所作所为，就更不可能和他为伍，这也是吴斌苦恼的原因，他从心里渴望和班里的学霸交朋友，可人家根本不搭理自己啊。

班里小团体现象很快就被方老师发现了，在班会上，他不点名地进行了一番批评，说今后如果发现谁在班里拉帮结派，在校园里走路时勾肩搭背，立即通报批评，屡教不改者将回家反省。

班会一结束，有个孩子跑到吴斌身边，悄悄告诉他可能有人告密，方老师知道了周末在他家饭店吃饭的事，这个孩子还说出了自己的怀疑对象，因为那天他们一伙在小区广场集合时，那个被怀疑的孩子正好从不远处经过。

自从班会后，围在吴斌身边的同学明显少了，有几个好像还故意躲着他，他不禁有些伤心，怪不得老爸经常说，朋友不是吃出来的，靠的是威望，看来这话还真有道理。从来不拿学习当回事的他，放学之前从课桌洞里翻出了所有的课本和笔记。

周二临放学时，学校下达通知，明天举行一个爱心捐款活动，让同学们在家做好准备。方明又在班里作了强调，本次捐款活动，本着自愿的原则，不做统一安排，捐款多少也没有规定，每个人可量力而行。

第二天中午课间操时间，全校师生集合操场，举行捐款仪式。主席台上放着一个红色的捐款箱，学校领导和老师们站在最前面，政教处王主任先就本次捐款的目的和意义进行了说明，然后捐款开始。最先上台的是学校领导和老师们，看着老师们捐出的百元钞票，台下不时爆发出热烈的掌声。

接下来是学生捐款。最先上台的是九年级的学生，有的十元，有的二十元，有的五十元，也有百元的，不过很少。当看到百元的钞票投进捐款箱，台下就响起热烈的掌声。

终于轮到初二级部了，当吴斌走向捐款箱时，他把五张百元的钞票郑重地投进捐款箱里，台下响起了最热烈的掌声，政教处王主任迅速跑过去，对还未走下主席台的吴斌问了一句什么，随即再次鼓掌。

捐款结束后，政教处王主任就同学们的踊跃捐款提出了表扬，特别表扬了初二一班的吴斌同学，一人一次就捐款五百，希望所有的人都向他学习，尽自己的绵薄之力，凝聚爱心。台下再次响起了热烈的掌声。接着学校大喇叭里播放了韦唯演唱的《让世界充满爱》歌曲，在歌声中同学们陆续离开了操场。

教室里，同学们都在谈论着刚才捐款的事，焦点人物就是吴斌，他的慷慨大方，让大家对他又多了一份敬佩之情。他一坐下，几位同学就围了过来，七嘴八舌和他议论着。

这时，有人用手指了指后面，原来全班就文佳佳一人没捐款，听着同学们的议论，文佳佳趴在课桌上难过得哭起来，她说自己昨晚准备好了二十元，就放在书包里，可今天竟然弄丢了。有人相信有人不相信，反正捐款结束了，没人再去追究这件事，况且捐款本来就是自愿的，谁都无权强迫别人捐多少。

有人传话，让吴斌去班主任办公室。

吴斌一进办公室，方明就对他说："今天的表现不错，连校长都表扬你了。你捐的这些钱，你的父母知道不？"

"不知道。"吴斌说。

方明的猜测得到了证实，他就怕孩子不告诉家长私自拿钱，引起一些麻烦。

"那这些钱是哪里来的？"方明问。

起初吴斌吞吞吐吐不肯说，方明说再不说就给他的父母打电话，吴斌这才说是从他妈妈钱包里偷拿的。

"如果我告诉她，她肯定不让我捐这么多。平时她包里的钱不经常数，我认为她也许查不出来，真知道了，我又不是乱花，捐款的事，她也不会把我怎么样，顶多就是说几句……"

"你父母很支持你爱心捐款的事？"方明问。

吴斌说："他们两个很热心，都爱帮助别人。"

"举几个例子。"方明说。

"比如说，在路上看到某个流浪汉，一下就给人家好几百；周围有几位孤寡老人，每逢节日爸爸让厨师做好饭，亲自给人家送过去；有时带着我去敬老院，给那些老人们送食物和衣服，一路上不断地教育我；还有就是从网上看到那些得了重病需要捐款的人，手指一按就把钱打过去了，有时还伤心地掉眼泪……"

吴斌又想起另一件事："对了，前段时间，我爸爸好像资助了一位大学生，是一位医学院的学生，学习很优秀，但家境贫困，父母常年生病住院，家里没钱供他上大学，眼看就要辍学了，我爸爸那几天就忙着和什么人联系，具体什么情况我也不太清楚，只是他经常唠叨我，要我向那位大哥哥学习……"

说到这里，方明已经明白了，吴斌的爸爸是一位非常有爱心的个体老板，自己靠勤劳致富了，还不忘帮助那些需要帮助的人。他的言行潜移默化地影响了孩子，所以吴斌在捐款这件事上出手大方，毫不犹豫。但同时，酒店里人来人往、客人们吃喝玩乐、吆三喝四的现象，以及亲朋好友以酒宴增进感情、解决问题的方式，也影响着吴斌，他也想通过吃吃喝喝来增进和同学之间的感情，树立自己在班里的威信。

这时方明的手机响了，是吴斌的爸爸打来的："方老师，我想问您一件事，今天我们家吴斌在校吗？"

"在学校，您这是？"方明已经猜到了七八分。

吴斌爸爸说："是这样的，刚才他妈妈打来电话，说她钱包里的钱少了五百，估计可能是吴斌拿走了，我想证实一下。"

方明说："我正在问他呢。今天我们学校有个捐款活动，刚刚结束，吴斌同学捐了五百，是全校捐款最多的学生，受到了全校师生的赞扬，胡校长在会上特意表扬了他，名字也上了学校光荣榜。我想应该就是这五百块吧。"

吴斌的爸爸高兴地说："捐款的事，那是应该的，只要他没乱花钱，我就放心了。"

通过刚才和吴斌的交流，方明已经对吴老板有了一些了解，就爱心捐款这个话题，对吴斌爸爸大力赞扬，说正是因为他的好善乐施，才给孩子树立了榜样，让他从小就心怀善心，同情弱小。

"不过。"方明说，"你们再忙，也不能忽视了孩子的学习，一定要为孩子创造一个安静的学习环境，孩子不适合经常在酒店逗留，更不适合在酒店里学习。你得尽快想想办法。"

吴斌爸爸说："我都安排好了，去年我就在城里买了一套别墅，节假日我们全家过去。为了孩子上学方便，我在学校旁边租了一套房子，平时由他妈妈陪伴，照顾他的学习和起居。周末孩子有时来店里，我亲自为他做点好吃的，也顺便管教他。不过，方老师，我平时忙着店里的事，和孩子待的时间短，交流肯定少。孩子的学习基础差，我们也不知怎么教育，还是你们老师要多费心啊！"

方明边打电话边走出办公室，来到楼梯口："你的安排很好，一切都是为孩子着想。孩子做事要面子，渴望得到老师和同学们的认可，我们下一步就从这方面入手，激发孩子的信心，坚定他的意志，把他的虚荣心转变成上进心，把他的学习成绩提上来。"

吴斌的爸爸一再表示感谢，并说为了表达感激之情，抽时间宴请孩子的所有任课老师，希望老师们能给他一个面子，也为自己的饭店做个宣传。

这个建议被方明立即拒绝，吴斌爸爸对方明老师又多了一份敬意。

方明从教十年，有一个习惯，就是在晚上睡觉前，他会把班里每个孩子一天或最近几天的表现，在脑海里过滤一遍。吴斌这个学生这几天一直占据着他半个大脑，这个学生比较特殊，虽然学习较差，但很有爱心和正义感，对这样的学生，只要找到一个切入点，给他树立信心，慢慢把他的心思引到学习上，让他尝到学习的甜头，体会到成功的快乐，他很可能就一步一步赶上来。

他忽然想起了一件事，那天他去政教处交材料，政教处王主任说，想从全校四个级部选出四名学生组成纪律检查小组，配合学校管理学生一日常规。四名学生最好是这样的人选：学习较差，行为习惯自由散漫，不听老师管教，甚至有打架斗殴的劣迹，换句话说，就是班里那些调皮捣蛋、最让老师头疼、最让同学反感的学生。

采取这样的措施，是想让他们在维护学校纪律的同时，学会自我约束，逐渐改变他们的不良行为，端正学习态度，最终达到转化重塑的目的。

　　吴斌的影子此刻在他眼前晃来晃去，名牌衣服让他在全校出尽了风头，捐款活动让同学们对他刮目相看，正面的负面的事件把他推向了"校级名人"的风口浪尖，如果让一位这样的学生担任这个职务，也算是利用"名人"效应吧？他为自己这个决定感到喜悦，但同时也有些担心，这个孩子爱心是有，但行为习惯怠惰因循，如果连自己都无法约束，那就很难管束别人。

　　他决定先和吴斌谈谈。

　　第二天下课后，方明把吴斌叫到办公室，就推选学校纪律检查小组成员一事，和他进行了交谈，没想到吴斌一口答应，还怕老师悔改决定，当面发誓一定尽职尽责，绝不疏忽大意。看到吴斌自信十足的样子，方明很高兴，看来自己没有选错人，接下来就看他的表现了。

　　四名同学很快就选出来了，政教处为纪律检查小组的四名同学每人发了一个红袖章，上面写着两个金黄大字"检查"，还发给每人一面三角小红旗。政教处王主任和团委聂老师给四名同学开了个简短的会议，告诉他们，一旦戴上袖章，拿起小红旗，就意味着有权对校内那些违规违纪的学生批评、命令或惩罚，如若不听，立即上报学校。纪律检查主要是针对早上入校、中午午休、下午放学三个时间段学生的纪律督查，四名同学这些时间要在全校进行巡视，发现问题，随时报告团委和政教处。

　　桃花中学地理位置比较特殊，一出校门就是一条南北交通大道，来往车辆较多。早上到校时，校车、送学生的私家车、电动车、自行车，还有家在学校附近步行的同学，人和车往往挤在一块，必须及时疏导，才能有序进入。校门口的两位老师和两名保安，不断地招呼引领，丝毫不敢麻痹大意。

校门口拥挤，还有一个原因，就是那些卖早点的商贩，他们推着写有"肉夹馍""馅子饼""豆浆""炸肉串"等字样的车子，早早就挤在学校门口，严重影响了校车和教师的车辆出入，存在很大安全隐患。

学校有规定，学生早饭在家吃，任何人不准在学校门口买早餐带进学校，一旦被抓住，班主任必须亲自来领人，给班里扣分，还要全校通报批评。料想谁也不想在全校丢人现眼吧，一时间校门口清静了许多。但时间不长，又旧戏重演，后来学校又动用了交警，交警来了，那些商贩全都跑得无影无踪，可人家交警也不可能天天替学校守大门啊，等交警一走，那些商贩又不知从哪里冒出来了。

吴斌在校门口检查了一次，就看得清清楚楚，那些小贩们看准时机，见缝插针，把装好的早餐快速递给学生，学生递钱、拿饭、走人，就像训练有素的特工，整个过程不过几秒。这还真不能怨商贩，哪里有人，人家就去哪卖，卖给谁也不违法啊，怪就怪学生这张不争气的嘴，要是你不买，人家还能硬塞进你手里？无人问津的买卖，他们能撑多久？问题还是出在学生身上。

吴斌想出了一招，他把这个办法告诉班主任方明老师时，方明连连夸他聪明。

第二天，吴斌来得很早，校门口只有稀稀拉拉几个人。一会儿，就有一个卖肉夹馍的妇女推着车子过来了，接着一个学生凑了过去，等他接过肉夹馍，吴斌就抓住了他的手腕，把他拉到了政教处，将自己的红袖章拿下来戴在了他的胳膊上。

"你，明早早点到校，在校门口检查，直到抓住买早点的学生来替换你。"

直到此时，这个学生才恍然大悟，羞愧不已……

这个办法还真行，谁都不想被检查的人员抓住，吴斌他们是学校选出来的堂堂正正的纪律检查小组成员，被抓住的学生站在校门口以检查代惩罚，不仅给班里抹黑，班主任也得挨批，丢不起这个人啊！所以几回下来，真没人敢在校门口买饭吃了，那些卖早点的商贩们不能这样干耗着，干脆推起车子走人……

有个卖肉夹馍的老奶奶没有走，她推着车子远远地站在一边，等最后一个学生进了校门，学校大门缓缓关上了，她才推着车子无可奈何地离开……没人买她的肉夹馍，不知老奶奶下一步去哪里叫卖？每当看到这个情景，武斌心里就很不是滋味。

这天放学的时候，吴斌经过一个小区门口，正值下班高峰，小区门口聚集着很多卖吃的小贩们，人们正在讨价还价地购买所需。突然，人群慌乱起来，那些商贩们急忙收拾自己的摊子，有的甚至来不及等顾客付钱，抓起自己的东西就跑。吴斌回头一看，有几名城管正朝这边急急走来，可能是早就整顿了一段时间，对付城管商贩们都有了经验，一眨眼全都跑光了，但其中一位老奶奶因为年龄大，腿脚不灵便，被城管抓住了。吴斌一眼认出，她就是早上在校门口卖肉夹馍的那位老奶奶。

老奶奶一再哀求城管："这位大侄子，你行行好，俺卖点东西不容易……"

其中一位说："说啥也没用，今天就来真格的。"

"可你们不能欺负老年人，那么多人你们抓不着，就拿这老奶奶说事……"一位买东西的顾客说。

另一位城管恶狠狠地说："法律还管你是谁！谁违法就逮谁！"

"要么你就交钱走人，要么我们把东西收走！"最先发话的那位城管说。

老奶奶继续哀求说："谁也不容易，大侄子，我家还有个偏瘫的儿媳妇，拉扯着两个孩子，一家人得吃饭啊，你就高抬贵手吧……"

两位城管听得不耐烦了："法律又不是我们定的，我们只是执行命令，上级领导让我们管制这一片，我们就得管好，你也得为我们想想……你想卖东西也行，去集贸市场，那里谁也让卖……"

"我知道那里让卖，不是远吗，我老太太行动也不方便，想在家门口多少卖几个钱，添补添补家用，一天也挣不了几个……"老奶奶用手紧紧抓着车把,生怕一松手就被他们带走。

僵持了一会儿，其中一位终于动了恻隐之心："看你年龄大,这次就放过你，下一次可别让我再逮住，那就不好说了……"

"好……好……"老奶奶连连道谢。

等两位城管走后，吴斌走上前去说："老奶奶，我认识你，你早上在学校门口卖过早点……"

"是啊是啊，我去过，不过也不让卖……人家学校门口有专门的人检查，不让去就不去呗，学校可不是随便去的地方，我孙子也在那里上学……没想到小区门口也不让卖……唉，要是真不让卖，也不能硬和人家来，再想想别的法子吧……"

吴斌有些后悔，今天早上还不如让她卖上一些，这里也不让卖，老奶奶一天也没多少收入啊！望着老奶奶满头的白发和那张饱经沧桑的脸，吴斌心里有些难过。他想到了自己家里应有尽有的美食，想到了自己每件不下千元的衣服，想到了为了自己衣食无忧而含辛茹苦的父母……虽然自己父母挣钱很多，但也是这样辛辛苦苦干出来的，每分钱都来之不易啊！从小衣来伸手、饭来张口的吴斌，目睹了为了生存，人们辗转奔波，第一次内心有所触动。

他摸了摸口袋，兜里还有五十元钱，他掏出来对老奶奶说："老奶奶，这些钱你先拿去，你一天也没挣到多少……"

老奶奶极力推却："这可不行，你还是个学生，我怎么能要你的钱呢，别人给的钱，我花着心里也不舒服……"

吴斌二话没说，放下钱就走，老奶奶在后面大声喊着，但吴斌一溜烟就跑远了。

晚饭时，吴斌对妈妈说起这件事，妈妈说："你做得很好，你爸爸要是遇到，也会这样去做，一次雪中送炭抵得过平时十次帮助，做人始终要有一颗善心。"

没想到第二天刚下晨读，就有一位小同学在教室门口找到吴斌，掏出五十元钱说："这是昨天你给我奶奶的钱，她让我还给你……"

"不是……这……"吴斌还要解释，那个小孩说："我奶奶让我告诉你，你要是不收，她就亲自来学校给你送……"说完那个小孩就跑了。

吴斌手里攥着这五十元钱，有些尴尬，难道自己做得不对？自己是真心想帮助那位老奶奶，不图什么，怎么别人就不接受呢？爸爸经常参加慈善活动，还从来没有发生过这样的事情。记得爸爸曾这样说过，行善也需要智慧，别人需要帮助，你就伸出援助之手；有些人拒绝帮助，你就不要强求；还有一些人，你的同情和怜悯可能会伤害他的自尊，增加他的心理负担，让他感到极度不适，如果你非要爱心绑架，他不但不会感激你，心里反而会怨恨你，那你就是自讨没趣了。

这位老奶奶虽然年迈，但她不想平白无故地拿别人的东西，这样她心里舒坦。吴斌想到了自己的爷爷奶奶，年龄也将八十岁了，爸爸妈妈一直想把他们从老家接来，让他们享清福，可他们却说自己还能照顾自己，不想给孩子们增添麻烦，等哪一天不能动了再说。这是有些老人恪守了一辈子的做人原则啊！

这件事让吴斌对生活又多了一层理解，社会是复杂的，人性是多变的，并不是所有的善举都一定会被人理解，有时会遭到误解，甚至会招来谩骂。面对老弱病残，既要心怀慈悲，又不可爱心泛滥，只要尽己所能，就会心中无憾。

自从增设了纪律检查小组后，午休时间老师们放心多了，有的班主任老师干脆就在办公室里拉个躺椅，舒舒服服睡上一觉。

几位"红袖章"学生在值班老师的带领下，先在校园巡视一番，发现在校内走动没有午休的学生，就追问原因和班级，无故随意走出教室，就会被团委和政教处通报。有些午休捣乱影响别人休息的学生，这会儿一看见"红袖章"来了，就算睡不着，也趴在课桌上不敢动，生怕名字被记下。

有一次，巡视到初二一班的时候，班里最调皮的学生孟非正在小声说话，看见巡查的进来，立即趴下装睡，吴斌走过去轻轻敲了他的课桌两下，以示警诫，可"红袖章"刚走出教室，他又开始说话，吴斌早就有所预料，突然折回时看见孟非正在嘻嘻嘻哈哈用手挠别人的腋窝，他二话没说，抓住他的衣服就把他拽出了教室。从此，孟非惧怕的不仅是方明老师，还有"红袖章"吴斌……

一段时间下来，整个午休，校园里静悄悄的，再也看不见有人从教室里随便进出、在校园里随意游荡的现象……

然而，意外还是发生了。

有一天午休查人时，检查小组发现初一六班一名同学没在教室，这个同学叫于大智，名字好听，但智力有点问题，也不遵守纪律，平时总会做出一些让人意想不到的事情，家长和老师对他没少操心。

"你去厕所看看，你去操场北面看看，你去教学楼后面……"吴斌一声令下，另外三名同学飞奔而去。

"会去哪里呢？"吴斌站在校园中间眼睛四处搜寻，看着几个同学无果而归，心里顿时有些紧张。

这时，他猛然想起一个地方，对，有可能就在那里，他二话没说，拔腿就朝操场西南方向跑去。

操场西南角有一间音响设备室，里面安放着学校里很多音响器材设备，线路复杂，电源插头较多，不懂的人乱动乱摸，很容易触电，平时除了学校后勤几位电工老师进来，很少有人来这。不知为什么，这天器材室的门竟然没关，里面的线路设备发着幽幽的蓝光，有的还一闪一闪，很容易引发孩子好奇。

这个同学午饭后在操场溜达，无意中发现门没上锁，还开着一半，就偷偷溜了进来，眼前的一切让他感到新鲜好玩，摸摸这儿，动动那里，越是上面标有"×"符号的，他越好奇尚异，浑然不知危险就在眼前，就在他伸手刚要去触摸一个大电瓶时，吴斌大喊一声："住手！"

这个学生吓得把手缩了回来，转过头来惊恐地看着吴斌。

这时，另外几位老师也赶到了，当大家明白了事情的原委后，都感到后怕，幸亏吴斌及时赶到，才避免了危险事情的发生。

老师们表扬了吴斌认真负责、细心谨慎的精神，立即通知相关责任教师赶来处理，为防患于未然，学校就全校用电安全进行了一次彻底排查。

周三午休，方明当班。

纪律检查小组的同学，这次分组检查，一人检查一个级部，等检查结果交到方明手里，方明仔细看了一遍问："又有一个学生不在教室？知道他干什么去了？"

"听同学说他去厕所了。"检查初三级部的赵冬说。

"王新宇。"吴斌看了看学生的名字，"没去厕所里看看？"

"没。"赵冬回答。

"就是不接受教训。"吴斌说完就向厕所跑去。

当吴斌进入男生厕所时，被眼前的景象吓呆了，那个学生头伸在厕所屋顶外面，身子悬挂在里面，正在极力挣扎，脚下一个梯子被蹬翻在地。

吴斌用手托了托他的双脚和腿，想把他抱下来，但他的头和脖子被卡住了，一动也不能动，脖子已经被什么东西划破，鲜血不住地流下来。

　　一看自己无法解救，吴斌让随后赶来的同学赶紧告知方明老师。方明跑来，竖起梯子，吴斌他们几个在下面扶着，方明先抱住这个学生的身子，让他缓冲一下由于重力拉扯对脖子造成的伤害，然后腾出一只手，把卡住他脖子的周围的砖瓦慢慢抽掉，等小心翼翼揭掉几块后，终于把这个学生解救下来……

　　原来厕所的屋顶有一处漏水，维修师傅踩着梯子在屋顶开了个洞口，活没干完就到了吃饭时间，师傅是想吃完午饭回来继续修理，就把梯子竖在了那里。这个叫王新宇的学生如完厕后，看见有个梯子竖在旁边，而且屋顶还开了个圆圆的口子，感到好奇，就爬上梯子将头从小口里伸出去探望，可没想到脚一滑，梯子翻倒在地，自己的头被卡住了，手和脚触摸不到任何东西，只能拼命挣扎……幸亏吴斌来得及时，否则后果不堪设想……

　　方明走过来，紧紧拥抱着吴斌："……真是个好孩子，你挽救了一条生命，老师替家长和全校师生谢谢你！"

　　吴斌毕竟还是个孩子，刚才惊心动魄的一幕，让他仍心有余悸，此刻方老师温暖有力的怀抱，让他瞬间泪流满面……

　　其实纪律最难管理的还是下午放学的时候。最后一节课，各班下课的节点不一，老师们或多或少都得拖堂几分钟，有的学生还要干值日，坐校车的同学很难统一时间，司机师傅一遍遍喊话，总有几个学生姗姗来迟。

　　放学时学生的情绪反倒高涨，有的学生怀着反正放学了犯点错误你也来不及追究的心理，言谈举止变得率性而随意。还有的学生干脆不走安全通道，从车行道上违规而行。

现在"红袖章"一过来，他们就害怕，别说抢座位，就是站队不整齐他们都担心。那些平时有些霸道，总想趁机捣乱的学生，现在一看见这几个戴红袖章的学生，就像老鼠见了猫、小偷见了警察一样，老老实实，不敢轻举妄动。

有一次，有个学生好像故意挑衅，把一团废纸扔在草坪里，而吴斌就在不远处巡视，他立即走过去指着草坪上的废纸团对那个孩子说"捡起来"，本来那个孩子还想要赖，当看到吴斌威严的目光，咄咄逼人的语气，什么也没敢说，乖乖地低头捡了起来……

纪律检查小组的设置，让整个校园静谧祥和、秩序井然，这几位同学胆大心细、尽职尽责，受到了团委、政教处和学校领导的大力表扬。校长说，纪律检查小组的同学发现了很多老师们没有发现的问题，避免了很多事故的发生，对维护良好的校风校纪做出了重要贡献。

"尤其是吴斌同学，通过这些事情，他不断成长，由原来的一名虚荣心强，爱出风头的学生，逐渐锻炼成长为一名有爱心、有责任心的好少年，受到老师和家长们的高度赞扬。"这是方明在级部教师会上对吴斌同学的评价。

让吴斌真正成为桃花镇名人的是他勇救落水儿童一事。

那是初夏一个周末的午后，吴斌骑着自行车从他家的饭庄回家，其间要经过一段土路，然后绕过一片柳林，再经过一座天然水塘。这座水塘常年积水，地势呈漏斗形，遇到雨水充沛的年份，水满则溢。原先有人在塘里养鱼，但不知什么原因，这几年没人光顾，这座池塘就闲置下来。池塘周围长满杂草，四周还有柳树遮掩，所以一到夏天，有些水性好的男人，就跳进塘里洗澡，但因水深，小孩子们一般不敢涉足。

吴斌刚到水塘附近，就听见有人呼喊救命，他往池塘一看，看见有个孩子站在岸边哇哇大哭，掉进池塘里的那个孩子正在拼命挣扎，情况万分危急！

吴斌扔掉车子，边跑边脱衣服，然后一下跳进了水里，奋力向那个孩子游去。远处有人听见了呼救声，有几个人跑来也跳进了水里，大家一起把溺水的小孩子救上岸来，所幸孩子没有生命危险，只是呛了几口水，受了惊吓，浑身打着哆嗦。

这时，有人拨打了120急救电话，同时也开始联系他的家人。就在大家忙着处理这些事时，吴斌穿上衣服悄悄离开了，当人们回过神来寻找他时，他早就不见了。

晚上睡觉时，吴斌对妈妈说："妈妈，将来如果有一天我救人牺牲了，你会悲伤吗？"

吴斌妈妈走过去，抚摸着儿子的额头，嗔怪地说："傻孩子，你在胡说什么呢？我不希望你当什么英雄，我只希望你一生平平安安，健健康康。"

"但，关键时刻挺身而出，不做胆小鬼，不做缩头乌龟，这可是你们从小就教育我的做人道理啊……"

吴斌妈妈说："我们当然希望你见义勇为，可我们也不希望你为此献出生命。怎么了儿子，你怎么问这样的话题呀？"

吴斌不想让妈妈为自己担心，就找了个理由搪塞过去。夜里他做了个梦，梦见自己在深水里挣扎，大喊救命，一着急就醒了。

第二天，吴斌刚走进校门，就有几个人围了过来，校长也在后面跟着。其中一对三十多岁的中年夫妇紧紧握着吴斌的手说："多亏了你救我们的孩子，不然孩子就没命了……"说着就要给吴斌跪下，吴斌连忙把他们扶了起来。

这时旁边一位扛着摄像机的年轻人说："我是区融媒体记者，我想请你谈谈昨天救人的经过，"

吴斌就把昨天的经过说了一遍。

家长们把一面写有"育人育德育正气，救人之恩永不忘"的锦旗送给了学校，并带来一些现金作为对吴斌的酬谢，但吴斌坚决不收。

当天中午，吴斌家的饭庄吃饭的人较多，吴大全里里外外招呼着客人。有几位顾客一边吃饭，一边欣赏着电视节目。

电视屏幕上，当地新闻频道正在播放一条新闻："昨天下午两点左右，我市桃花镇咕噜村附近发生一起儿童溺水事件，一位七岁的小男孩在水塘边玩耍，不幸落水，一名中学生奋不顾身地跳进水里，在闻讯赶来的几位村民的帮助下，将落水儿童成功救起，这名中学生叫吴斌，是桃花中学的初二学生，事发时他正好路过。事后，记者赶到桃花中学，采访了这名叫吴斌的学生。"

有位客人突然指着电视大喊："快看，快看，这不是吴老板的儿子吗？"

"我认得这孩子，就是他。"几位吃饭的客人都看着屏幕。

"吴老板，快来看，你儿子。"一位客人朝正在忙碌的吴大全大喊一声。

吴大全放下手里的活急忙走了过来，正好记者采访吴斌。

"我觉得没什么可说的，我不过是做了一件应该做的事，换成别人，遇到这种情况也会这样去做。"接着是吴斌腼腆的笑脸。

新闻结束后，客人们一直在谈论这件事，纷纷向吴大全竖起大拇指："了不起，吴老板，你儿子救人，都上新闻了，真了不起……"

吴大全不知怎么回事，就打电话询问吴斌的妈妈，吴斌的妈妈也是一头雾水。

吴斌勇救落水儿童的事迹在当地很快传播开了，各级部门都以不同的方式对学校和吴斌进行了表彰。周一升旗仪式上，当地政府颁发给他一个"见义勇为"的奖杯，胡校长号召全体同学向吴斌学习，并给予他一定的物质奖励，还请他为全体同学做了一场激动人心的报告。

由于吴斌体格健壮，一身正气，还被选为学校国旗手。周一升旗仪式时，当六位身穿警服的学生踢着正步走向升旗台的时候，全校师生神情严肃、瞩目凝望。雄壮的国歌唱起来了，鲜艳的五星红旗升起来了，在蓝天白云的映衬下，这一切是那么雄壮豪迈！

身为升旗手的吴斌，流下了激动的泪水，他终于感悟到，作为班级一员，要想被大家认可，要想被同学们尊重，就要多为班级做好事，多为集体出点力，而不是囿于一个小圈子，通过吃喝玩乐拉帮结派，更不是身穿名牌，来吸引众人的眼光。

他把内心那份向善向美的渴望，化作春天的细雨，滋润着久旱的心田，化作四月的阳光，温暖着周围的人们。

浪子回头金不换

就在吴斌朋友越来越多的时候，班里另一个孩子再也坐不住了，他就是班里最调皮的学生孟非。

方明没任班主任之前，他可是班里乃至全校的"名人"，点数一下，劣迹斑斑：迟到早退、打架斗殴、上课捣乱、顶撞老师、不交作业、私自进入别的班级、偷拿别人的学习用品……最严重的一次，他偷拿了二班一名学生的名牌钢笔，二班班主任调出了监控，他还死不承认，老师只得把家长叫来。

他的妈妈是一位文化程度不高的农村妇女，性格大大咧咧，做事不拘小节，言语中时不时夹杂几句脏话。他的爸爸性格沉默，言语生硬，在附近一家工厂做工。每次因为儿子犯错被老师叫来，都是一身油污。只要看到儿子在教室外走廊里站着，他就陪着在那儿站着，很长时间才问儿子一句，儿子闭口不言，把头扭向一边。

"你真给老子丢人。"他强压住怒火说。

"你才给我丢人。"孟非鄙视地看着他。

"啪"一记耳光打过去，老师们听见动静，跑出来一看，父子两人互相抓着衣领，剑拔弩张，这样的情景几天就会发生一次，老师们早就见怪不怪了。

那次偷笔，二班班主任唐小松先让他妈妈看了监控，儿子的行踪在高清的监控下一览无余，她张口就骂："这个傻逼玩意，还觉得自己怪能……"

他的爸爸冲过去，狠狠地扇了他几个耳光："做事连脑子都没有，学校里哪个地方没有监控？你还想抵赖……"

在父母和老师的百般劝说下，孟非最后终于承认了偷笔的事实。

"勿以恶小而为之。这件事不大，但性质恶劣，如果不思悔改，任其所为，就会养成偷偷摸摸的恶习，将来会犯更大的错误，到时谁也救不了你！所以，为了给你一个严厉的警告，经级部和班主任研究决定，你在家反省三天，写好检讨，回来后我们再看你的表现。"级部主任林渊在这件事上没有手软。

孟非在家反省了三天回到学校，人确实老实了一阵子，可他很不服气，因为他觉得班里有两个人也应该回家反省，其中一个曾把一只大青虫放进班长秦晓媛的铅笔盒里，吓得秦晓媛哭了一节课。另一个在数学老师的座位上撒了半杯水，数学老师讲完课坐下休息时，屁股湿了一大半，查了半节课也没啥结果。这两件事他都知道谁干的，说出来受到的惩罚恐怕不比自己小。

揪住这两人的小辫子，就如同观世音掌控着孙悟空的紧箍咒，今后这两人如果敢和自己过不去，他就施展"法术"，瞬间就让他们俯首称臣。

没想到初二上学期，换了新班主任，方明的到来，让孟非提心吊胆。早就从高年级学生那里听说，只要这个老师从教室门口经过，不管是哪个班级，立即就会安静下来，再调皮的学生，在他面前也俯首听命，谁敢明目张胆，那简直是吃了豹子胆。不是因为他个子高，个子高的老师全校有的是，也不是因为他是级部主任，孟非有时连校长都不怕。他既不打人，也不骂人，但一看见他，孟非就心里发怵。

很长一段时间，孟非没敢惹是生非。

开学不久，吴斌转到了这里。孟非翻过他的课本，也看过他的作业，说实在的，他的字还不如自己写得好。课本里夹的一张数学试卷竟然得了16分，比自己还少了一分。他曾偷偷观察吴斌上课的样子，发现他不到十分钟就走神，手不是在桌洞里摸索，就是趴在桌上睡觉。他不假思索地断定，这是一位差生，毫无悬念的差生。

他内心感叹，同是天涯沦落人，相逢何必曾相识！

一下课，他就蹿过去，没话找话地和吴斌套近乎。起初他们聊得还投机，但第二天吴斌就不再搭理他，围在他身边的，全是班里自己的那几个冤家对头。

孟非有些沮丧，本来自己想交个志趣相投的朋友，谁知还不到两天，朋友就拒自己于千里之外。这里面肯定有鬼，一定有人在背后说了自己什么坏话，才让吴斌对自己冷淡疏远。

孟非很不服气，不是因为失去了一个朋友，而是因为有人在背后说自己的坏话，一旦知道是谁在里面捣鬼，他将让这个人付出代价。

背后说孟非坏话的人，就是班长秦晓媛。

秦晓媛作为一班之长，对班级工作尽职尽责，林渊任班主任时，班里纪律很乱，她喊破了喉咙，使出了所有的招数，班里后面那几个调皮的孩子还是我行我素，根本不把她这个班长放在眼里。为此，她没少掉眼泪，也曾被林老师批评缺少威信和魄力。她想辞去班长职务，可林老师又说班长一职非她莫属，就这样她勉勉强强当了一年，威信没有提上去，得罪的人倒是不少。让她没有想到的是，初二开始，突然换了班主任，而且是大家公认的最严厉的班主任，她内心窃喜，这下班里那些"造反派们"有好日子过了，是时候收拾他们一番了，看他们还能逍遥几天。

果然不出所料，方明老师一上任，班里的歪风邪气立即被封杀，不管谁心里多么狂妄，没人敢明目张胆捣乱。吴斌的到来，打破了令他们感到窒息的气氛，这个留着长发、穿着奇装异服的学生，让他们看到了一丝"复活"的希望，有几个孩子蠢蠢欲动，表现比较明显的就是孟非。但令很多人没有想到的是，与班里那些不爱学习的孩子不同，这个有点爱慕虚荣的男孩子，在他帅气的外表下，还有一颗乐于助人、温和善良的心灵。

谁都愿意和温暖的人交朋友。

最主要的是，班长秦晓媛第二天就把孟非其人其事告诉了他，并用手指敲着桌子提醒他："近朱者赤，近墨者黑，和谁交朋友，你可要想好了。"

孟非明显感到了同学们对自己的冷落，对新同学吴斌的友好，都是学习上的差生，为什么会有如此的反差？说到底，还不是因为吴斌家里开着大酒店，吴斌出手大方，又是请吃，又是捐款，出尽了风头。既然这样，自己为何不也在这方面想想办法？

办法很快就有了。

那天午休前，孟非把初二级部十个自己认为可以结交的朋友聚集起来，起初这些学生不知把他们找来干啥，有个孩子还没站稳就走，当孟非把一千元的钞票亮出来时，所有孩子的眼睛都瞪大了，每人一百元，不多不少。有个孩子不敢接钱，孟非说不用担心，这是自己的压岁钱，权当交个朋友，以后就是铁哥们。这件事不准向别人透露，更不能让老师知道。

孩子们拿到钱后，谢了又谢。一段时间，这十几个孩子在校园里和他形影不离，有事没事打个照面。孟非心里暗自得意，还真是有钱能使鬼推磨，这就叫"道高一尺，魔高一丈"啊！

事情的败露在一周之后。

那天中午刚上第一节课，孟非的妈妈气冲冲地来到学校，站在一班门口，不顾老师正在上课，破口大骂："孟非你个王八蛋，快给我滚出来！"

师生停止了上课，全都惊愕地看着，不知发生了什么。办公室里几位老师听见喊声，也都走了出来。

这时孟非的妈妈已经闯进了教室，径直走到儿子面前，上去就是狠狠一巴掌，接着抓住他的衣领，连推带搡拽到门外。

几位老师上前制止，方明把他们的手掰开，严厉地说："有事慢慢说，不能当着大家的面吵嚷，这是上课！"

孟非的妈妈哭诉着："他把家里的一千元钱偷走了……"

"不是我偷的！"孟非竭力辩解。

孟非的妈妈过来又要扇嘴，被老师们制止住了。为了不影响上课，老师们让他们进了办公室，让孟非的妈妈把事情的经过说一遍。

原来孟非的妈妈今早要去赶集买复合肥料，当她打开钱盒子拿钱时，才发现少了一千元，她记得清清楚楚，上个月她放进去三千，可今早怎么数也是少了一千。

"我打电话问过你爸，你爸没拿……不是你拿了还有谁？"

"是小偷偷走了，不是我拿的！"孟非还在狡辩。

"要是小偷早就全偷走了，还给你留下两千？"老师们全都笑了起来。

孟非也为自己刚才幼稚的争辩感到后悔，在强大的攻势面前，最后只得承认："是……我拿了……"

"你拿这些钱干什么用了？"方明立即问道。

孟非闭口不言。他的妈妈过来拧住他的耳朵，说不说实话就把耳朵拧掉，孟非疼得嗷嗷大叫。

方明把他妈妈的手松开，给他揉了揉耳朵，温和地说："一千元不是个小数目，要是偷别人一千元，公安机关就能立案侦查，依法追究刑事责任，刑事处分少则半年多则三年，你的前途就毁了。这是自家的钱，家人不可能报案，但这是你父母的血汗钱，你承认自己拿了，那你用这些钱干了什么，起码家长得知道吧，如果买了吃的喝的，那还有情可原，要是干了坏事，谁也不能原谅你！"

孟非终于把事实交代出来，这是所有老师和他妈妈都没想到的。方明递过一张纸来，要他把这些学生的名字写在纸上。

按照写的名字，方明派一位老师到班里，把这些孩子以及他们的班主任叫来了，当各班主任明白了事情的真相后，对孩子们进行了严厉的批评教育，孩子们都说不是自己要的，是孟非主动送给他们的，当时也不想要，但孟非死活要他们收下。

"明天全部把钱带来，先交到我这，凑齐后退还给孟非！"

方明命令道。所有的孩子都表示一定退还。

当所有的人走了以后，方明把孟非单独留了下来，方明想知道，他这样做的动机是什么。

"我就是想多交几个朋友……"孟非用世界上最小的声音说。

方明说："交友的方式多种多样，兴趣爱好、性格脾气、互帮互助等等，只要真心诚意，以礼相待，就能找到志趣相投的朋友，我们全班四十多名同学都是朋友，还不是一般的朋友。朋友不是用金钱买来的，是用彼此的真情换来的。你以这样的方式寻找朋友，朋友之间的友情能维持多久？况且，有好几位同学根本不想要你的钱，是你非得塞给人家。希望在这件事上，认真反思，回家向父母真诚认错，保证今后绝不再犯。"

一般的学生，把事犯到这个份上，早就应该收敛，可孟非这个学生的顽固之处在于犯错不思悔改，这件事没过两天，孟非就"旧病复发"。天涯何处无芳草啊，既然在本级部找不到可以依靠的朋友，为何不到别的级部看看？

他想到了初四级部的刘天和王林，上小学时他们就在一个学校，交情可不是一天两天了。他俩比自己大两岁，自己可没少沾他俩的光，一般孩子不敢招惹自己，还不是仗着有这么两位铁哥们？好东西他也没少送，最好吃的是榴梿，最好玩的是游戏卡。自从进了初中，这俩人不知啥时候竟然开始吸烟，投其所好，孟非隔三岔五就把爸爸的香烟偷偷送给他俩一包，没过多久他就听说被老师发现了，狠狠地训斥了一番，不过他俩没出卖自己，所以他没被老师训话，这让孟非更加坚信，他找到了天下最铁的朋友，他们的友谊定会万古长青。

他把自己的烦恼告诉了刘天和王林，刘天拍拍胸膛说：

"课间我俩去你们教室门外走一趟，也顺便会会吴斌这小子。"

"问题是不能让班主任方老师看到。"孟非有点担心。

"放心吧，他要是盘问，我就说借东西。"王林说。

大课间活动时间，刘天和王林就来到初二级部。班里学生大都在操场活动，剩下几个女生正在讨论什么问题。两人在教室门口张望了一下，没有找到孟非，也没看到吴斌，就顺着楼梯往下走，刚走到楼梯口，就看见吴斌和几位男生嘻嘻哈哈往上走，刘天逆着人流往下冲，肩膀狠狠地碰了一下吴斌，吴斌生气地大声说道："你没长眼睛？"

"你敢再说一句！"刘天扬起了拳头。

吴斌刚要上前，旁边有位同学喊道："老师上来了！"

一听老师来了，所有的人一哄而散。这件事马上就有人报告给了方老师，方明走进教室，站在讲台上严肃地说：

"不管是谁，课间不能到其他级部随便逛荡，更不能随意进入别班教室，也不能约伙其他级部的学生到我们的级部甚至班里来。如果发现谁在这方面出了问题，将严厉批评！"

方明刚刚走出教室，吴斌用拳头在桌子上狠狠捶了一下，全班同学不约而同地回过头来，孟非看了一眼，嘴角露出一丝嘲笑。

第二天，孟非就把香烟给刘天和王林带来了，他们约好在厕所里交接。上课铃响后，厕所里除了他们三个，再也没有别人，孟非把烟从口袋里掏出来，两盒精装的泰山牌香烟，刘天和王林一人一盒。

王林建议现在每人抽一支，孟非早就准备好了打火机，三人躲在厕所里开始喷云吐雾。

就在这时，突然走进一个人来，是学校总务处薛主任，他进来查看厕所下水道排水情况，看到三个学生慌里慌张，而且闻到了浓浓的香烟味，就问：

"你们是哪个级部的？叫什么名字？"

三个人概不回答，把嘴上没吸完的烟扔进下水道，想要溜走。薛主任警告说：

"再不回答，我就给你们三个拍下照来，发到班主任群里，让你们的班主任来领！"

在薛主任的逼问下，三人如实说出了自己的班级和姓名，还有班主任的名字。薛主任让他们三个在厕所门外站着，立即给班主任打了电话，不一会儿三位班主任都赶了过来。薛主任把刚才发现的情况说了一遍，三位老师非常生气，没想到学生竟敢躲在厕所里吸烟，立即把烟没收，并带到团委处训话。

经过详细地盘问，三位老师知道了烟的来历，三人之间的关系，以及孟非送给他俩烟的动机，班主任们在本子上详细地记录着。中间方明在走廊给孟非的爸爸打了个电话，可能孟非的爸爸正在车间干活，信号时好时坏，方明只把情况大致说了一下。

方明回到团委办公室里，用威严的目光看了孟非一眼，这让孟非不寒而栗，他把头一直低垂到胸脯上，就像一只伸长了脖子等待杀戮的大公鸡。

"来，再吸一支！"方明递过来一支烟，并拿起打火机准备点火。

"不！"孟非本能地向后退了一步。

"为什么不吸？肯定很好玩，要不你们为什么躲在厕所里偷着吸？"方明厉声问道。

三位班主任就学校规定、中学生吸烟的危害等多个方面，和他们轮番谈话，直到三个孩子心服口服、真正认识到了错误，老师们才结束了这次谈话，让每个人当即写了保证书，保证今后绝不再犯。

方明最后强调："在校不能吸烟，在家也不能吸烟。烟的味道很奇怪，只要你吸一口，你的身上很长时间残留烟味，要是被老师闻到，那后果可不像这次谈话，将会被学校严厉处罚！"

"可是……我家里满屋都是烟味……我爸爸每天都要吸烟……"孟非小声说。

"所以啊，还得和你们家长交流沟通一下，因为不好的癖好，孩子才是最大的受害者。"方明说。

孟非小心地试探："老师，这两盒烟能不能给我，我放回家里，我爸爸不知道这件事。"

"绝对不行！"方明说，"这两盒烟没收，你爸爸来时我会和他说明，也争取让你爸爸早点戒烟！"

孟非憋不住想笑，因为在他看来，想让他爸爸戒烟，除非太阳从西边出来。

厕所吸烟事件发生以后，学校专门召开了班主任会议，会上胡校长点了吸烟学生以及所在级部和班级的名字，就学生吸烟现象进行严格管制，制定了严格的管理措施，会后各班主任召开班会，班会主题就是严禁学生将烟带到学校，更不能吸烟，人人都有权监督。学校在团委门前安置了举报箱，对违反学校纪律的人和事都可以举报，对举报者所在班级进行加分奖励。

短短几天，政教处陆续收到了一些举报信件，大多数举报信内容都是某某学生乱扔垃圾，某某学生随地吐痰，某某学生给别人起不雅外号等等，但有一封举报信引起了政教处王主任的注意，信是这样写的：

初二一班吴斌，贿赂本班同学，搞小团体主义，拉帮结伙，请同学到饭店大吃大喝，性质恶劣，影响极坏，严重违反了校规校纪，在同学们中造成很坏的影响，请老师们严查。

署名是"正义大侠"。

这信有意思，像是举报官员腐败，但稍加分析就不难看出，带有明显的夸张成分，王主任就文字玩味了很久，觉得还是得处理，于是就把吴斌叫到团委询问情况，吴斌有些丈二和尚摸不着头脑，说那天他家搞店庆，很多单子是免费的，他就给同学带来几张，就这样十多个同学到他家吃饭了。

王主任本来就觉得这封举报信有问题，吴斌这么一说，觉得也不是什么大事，简单讲了一些吃饭不要铺张浪费，不要经常邀请同学吃吃喝喝等方面的事情，就让吴斌回去了。

自从学校设置举报箱以来，违规违纪现象明显减少，尤其是吸烟现象，完全绝迹，用老师们的话说就是"禁烟运动"取得绝对胜利。

但对孟非来说，是一波刚平，一波又起。

周二上午第二节下课，方明刚走出教室，迎面走来初四三班班主任石老师，在他身后跟着一名学生，还没走近，石老师就喊道：

"方老师，我找你！"

方明站住，看见这个学生就是前段时间吸烟的刘天，而且看到他眼里还有泪水，问道：

"怎么回事？"

"你问他吧！"石老师气呼呼地说。

刘天把手机伸过来，说："你们班孟非的……"

原来，第一节英语老师上课时，教室里突然传来手机的铃声，所有人都惊奇地回过头，铃声是从刘天身上传来的，英语老师立即走过去，让他交出手机，可刘天就是不承认，说自己没有带手机。旁边有个学生说铃声就是从刘天身上传来的，刘天恶狠狠地说"你放屁"！英语老师正要去搜他的口袋，刘天突然大声说：

"你私自搜身是违法的！"

这还真让英语老师为难了，就命令刘天说："赶快把手机交出来！"可刘天一口咬定不是他。就在这时，有个学生跑去了办公室，一会儿班主任石老师来了，石老师二话没说，走到刘天跟前，抓住他的衣服一下把他拎了起来，伸手就从他的裤子口袋里掏出了手机，扔在课桌上，大声吼道："欺负女老师没法搜身，还说违法，你把手机带来违法不？"说着把他拽进了办公室。

经过询问，最后刘天才交代手机是初二一班孟非的。

方明先给孟非的爸爸打电话，但是没打通，又给他的妈妈打，他的妈妈接听了电话，当她听老师说孩子把手机带到学校，惊讶地说：

"老师，你是不是弄错了，他的手机在家里，在家里的抽屉里锁着呢！"

"你再看看，确认一下。"方明说。

"没错，老师，就在家里。"孟非的妈妈肯定地说。

方明觉得里面一定有问题，就把孟非叫出教室问："你说，这是怎么回事？"

孟非觉得隐瞒不过，就坦白说："家里的只是个手机外壳，我花几十元钱买的，真机在我这里，就是这个。"他指了指刘天手里的手机。

好一个金蝉脱壳计！方明和石老师真是又气又笑，为了达到目的，对家人瞒天过海，对老师蒙瞒欺骗，真是处心积虑，不知得累死多少脑细胞。

方明正要再次给孟非妈妈打电话，正好孟非妈妈打了过来，她说刚才查看了一下锁在抽屉里的手机，一拿轻飘飘的，竟然是个空壳！

"方老师，你一定要把手机没收，千万不能给这个王八蛋！我操他八辈子祖宗……"孟非的妈妈一着急，脏话又出来了。

方明说："我把手机没收，先放在我这里，等他真正能够自律了，我再还给他！"

孟非的妈妈原以为对手机管控得很好，还曾在几位家长面前炫耀自己的做法，没想到被儿子欺骗了这么长时间，她在电话那头连说带骂，要是孟非在她跟前，非得把他撕烂不可。在方明的一番劝解下，孟非妈妈的情绪才慢慢稳定，答应回家不会打骂孩子，和他好好交流，方明这才挂掉了电话。

很长一段时间，刘天和王林没再找孟非，有时在校园碰到了，他俩竟然躲着他，这让孟非很失落，为他们效劳就是朋友，没有好处形同陌路，这样的朋友算个狗屁！什么桃园三结义，什么为朋友两肋插刀，全是谎言！朋友没交成，到头来还把手机搭上，这可是自己软磨硬泡，费了九牛二虎之力才让妈妈背着爸爸买的，当时自己还没新鲜够，就被他俩霸占了，都怪自己嘴不严，最后落得鸡飞蛋打。

朋友可以不交，手机必须想办法要回，但孟非绞尽脑汁也没有想出要回手机的办法，最后他决定还是买一个，可从哪里弄钱呢？自从他偷拿了妈妈钱盒子里的钱，家里平时连一分钱也看不到了，想从家里拿钱，简直比登天还难。那就只有一个办法，要！要谁的？孟非最先想到的是麦迪，因为他手里攥着麦迪的小辫子。

学校要大家明天捐款的通知一发，孟非就在心里打好了算盘，他为自己的"深谋远虑"暗自得意。

那天最后一节课，趁同学们都在操场上体育课，他借故跑回教室，在麦迪的铅笔盒里偷偷放了一张字条，字条上写着：

如果你不想让数学老师知道，是你在她的椅子上撒了半杯水，那你就把明天捐款的钱交给我，放在我的铅笔盒里，数学老师的脾气你知道，对撒水事件，她已经调查好几次了，就像她解一道难题，不克服下来，她是不会罢休的。

晚上麦迪做作业时，发现了这张纸条，他忐忑不安了一晚上，因为一想到数学老师那张严肃冷峻的脸，他的心就怦怦直跳，他后悔当初不该在那几个坏孩子的教唆下逞能，说自己敢在老师的座位上撒水，结果因为这件事自己成天提心吊胆。

捐款那天，孟非看到麦迪最后一个把钱投进了捐款箱，心里很生气，看来他还真不怕，既然你不仁，那就别怪我不义，咱们走着瞧。

可当孟非回到教室的时候，却发现自己的笔袋里塞了二十元钱，看来，麦迪偷拿的是文佳佳的捐款钱，这家伙，好事坏事一起干。他没有告诉任何人，把钱偷偷塞进了裤兜里。

二十元买手机肯定不够数，他想到过几天学校食堂就要收餐费，每个学生大约三百元，等学生们把钱带回学校，自己可得抓住这次好机会。可谁知，这次付钱要求家长用微信支付，没有学生把现金带到学校，晚上家长们就完成了交款。

攒钱买手机的办法行不通，最后孟非决定，把手机偷回来。可是手机放在哪里呢？是不是一定就在班主任的抽屉里？那次他去办公室，二班班主任训斥他们班里学生时说："手机放在我抽屉里，你们谁也别想拿回去，等中考结束后再说……"由此可以推断，被方老师没收的手机百分之百也在他的抽屉里，只要手机没被带回家，他就可能找出来，如果在抽屉里锁着，也能想出办法。至于办公室的门钥匙，他也知道，就放在办公室的门框上面，他曾多次看见早上老师们伸手取钥匙。

除了偷手机，他还想干另外一件事。

周一早上，老师们都在办公室里整理周末布置的作业，突然历史老师杨老师一声尖叫，像弹簧一样跳到了办公室门口，脸吓得失去了血色，声音颤抖着说：

"蛇……蛇……我的办公桌抽屉里有条蛇……"

一听有蛇，几个胆小的女老师立即窜出办公室，方明和几个男老师走过去，看到杨老师办公桌抽屉里不是蛇，而是一只鼓着大眼睛、肚皮一鼓一落的癞蛤蟆。

"这是怎么回事？谁放进去的？"方明边说边用一张纸包住，把这只癞蛤蟆抓出来，扔进了楼下的花池里。

心有余悸的杨老师流下了委屈的眼泪，几位老师一边安慰，一边猜测谁会做出这么缺德的事情。门是锁着的，这个人是怎么进来的，正当大家疑虑重重时，方明说："我去查一下监控！"

杨老师也跟着方明去了监控室，经过仔细查对，监控视频显示，周六中午十点左右，有个孩子进了校园，然后进了初二教学楼，上了二楼，抬手从办公室门框上取下钥匙，进了办公室，但办公室里没安监控，无法知道这个孩子进了办公室后又做了什么。从这个孩子的形貌来看，确定是初二一班的孟非。为了进一步证实，方明立即去了门卫处，询问周末值班的保安，保安说，周六的时候，确实有个学生来过学校，说是忘记拿作业了，保安给他开了门，不一会儿就出来了，手里好像没拿什么东西。

保安的话进一步证实孟非确实来过学校。杨老师生气地说："我心里猜着就是他。他上课不听讲，作业不认真，我批评他几次，这是对老师怀恨在心，用这种手段报复老师……我现在就去问问他！"

方明叫住杨老师："可办公室里没监控，我们还不能确定就是他干的。"

"都抓住手腕了，人证物证俱在，他还敢不承认……"杨老师的情绪一直很激动。

"眼下最重要的是稳住他，先不要声张，不要刺激他，以免造成不好的后果，等他父母来了，我们再共同处理……"方明说。

这话让杨老师很生气："学生对老师无礼到这种程度，你还担心学生心里想不开，那老师精神上的伤害谁来补偿？把话说白一点，孟非就是因为这事自杀，也是他没脸面对，和老师没有任何关系！况且他脸皮厚得像猪皮，坏事一件又一件，就是被我们当场抓住，他也不见得就承认！"

方明拨通了孟非父母的电话，把事情的经过简单说了一遍，这件事必须家长出面协助调查，要他们立即赶到学校。

杨老师气呼呼地回到办公室，其余几个老师都过来询问结果，当大家得知是二班的孟非时，这个平时最让老师们头疼的学生，一下激起了老师们的愤怒。

"真是胆大妄为，不好好教训他一次，简直无法无天了！"

"这次放青蛙，下次哪个老师得罪了他，说不定就给我们放毒蛇，放粪便……"

"是时候让法律来收拾他了！"

办公室里的气氛到了"同仇敌忾"的程度，杨老师一拍桌子站了起来："我要报警！"

"对！报警！"老师们纷纷赞成，只有方明沉默不语。

唐小松看了看方明问："怎么处理，主任？是报还是不报？"

方明说："我已通知了他的父母，等家长来了，我们协商一下。"

一听要和家长协商，杨老师更生气了："学生犯错，我们老师还要和家长协商，你以为家长愿意我们报警，就算他们的孩子杀人放火，他们恨不得隐瞒事实，弄不好还会反咬老师一口！"

方明说："这件事家长必须得来学校解决，我们还要了解一些情况，这件事也一定会严格处理，决不会纵容包庇，虽然是我班里的学生，但我也绝不会因此减轻惩罚。"

老师们已经明白，方明不想报警。

"方老师，你要设身处地地为别人想一想，如果今天抽屉里被放进癞蛤蟆的人是你，你会怎么办？我想知道，是不是学生是你们班的，你就坚持不报警？"杨老师质问。

方明说："不是因为他是我班的学生我就袒护他，这个学生不管是哪个班的，我都不赞成报警，我们再想想还有没有更好的办法。"

"更好的方法就是让他坐坐警车，让他领教一下法律的威力，在犯罪的悬崖边及时勒马，这才是我们教育的目的……"杨老师越说越气，情绪有些失控。

方明走到她身边说："说实在的，对于这个学生，犯了这样的错误，我比你更生气，可是我们需要冷静地想一想，怎样处理这件事更恰当，既要让他受到应有的惩罚，又要达到教育的目的，这才是最主要的。他毕竟是一个孩子，就算是他杀人放火了，从法律上讲，他也判不了重刑啊，我们自己就能解决的事情，就没必要报警。我们当老师的职责，不光教书，还要育人，他今天之所以犯下这样的错误，学校家庭都有责任，并不是报了警，我们就万事大吉撒手不管了。"

"那你说怎样处理就怎样处理吧！"杨老师把一肚子的火都撒在了方明的身上。

　　方明真诚地对杨老师说："首先，我作为班主任，对自己的学生犯了严重的错误，向杨老师道歉，这是我的失职，我会严格管教这名学生；其次，作为级部主任，在对学生的管理上没有起到表率示范的作用，向本级部所有的老师们道歉。这件事我会严查，直到水落石出，还老师们应有的尊严，决不让类似的事件再次发生！"

　　杨老师伤心地哭了："今后上课，我不想再看见这个学生！"

　　方明说："这些都是气话，我们当老师的，就得有宽广的胸怀和气度。从教这些年了，啥样的学生没碰到？就像做父母的一样，孩子犯了错，既要管，又要教，我们和父母不一样的是，父母生气发怒了，可以打可以骂，可我们不能啊，我们打了骂了，那我们就违反了教师职业准则。老师们的初衷是好的，可是因为教育方式不得当，导致学生家长告发老师的例子，也是屡见不鲜啊！所以，有时我们只能把怒气往肚子里咽，不能冲动。事情既然发生了，我们就得想办法解决。

　　"我们可以从另一个角度想，就这件事我们报警了，这件事对他的影响，有两种可能，他可能从此改邪归正，遵纪守法，也可能从此破罐子破摔，在犯罪的道路上越滑越远。所以，我建议还是采取说教的方式，首先让他承认错误，了解其动机，找到原因，然后对症下药，批评和教育相结合。"

　　唐小松提出一个疑问："从监控上看，他确实进了办公室，可是他进来以后究竟做了什么，我们看不到，如果他一口咬定，癞蛤蟆不是他放的，那我们怎么办？"

　　其余几位老师也都想到了这一点，就怕他死咬住不承认。

　　"是吧？如果报警了，人家警察就有办法了，警察一来，他就会害怕，就算他不承认，警察也会有办法！"有的老师这样说。

"那今后如果他再犯类似的错误，我么还要再次报警？他若天天犯错，我们天天报警？不是什么事情都要报警的，要分事情的轻重。"老教师张老师说。

方明说："现在需要我们扮演多重角色，老师、父母、警察，把这件事处理好。我需要唐老师协助我完成这项任务，我们课间操时间，把孟非叫到心理咨询室，单独和他交流。在这之前，老师们先不要声张，以免打草惊蛇，节外生枝。"

方明接着问："杨老师，今天第二节正好是你的课，你装作什么也没发生，暗地里观察一下他的状态，这对我们处理这件事情会有帮助。"

尽管杨老师满肚子怒火，但关键时刻她还是表现出了作为一名教师对孩子的宽容和忍让。

第二节一上课，方明和唐小松就进了心理咨询室，他俩准备好了纸和笔，以便随时记录，唐小松建议把摄像头打开，以备事后查看。

很快，孟非的父母都赶来了，孟非的爸爸浑身油污，一看就是从车间匆匆赶来的，他妈妈一进门就急着询问，方明把事情的来龙去脉详细说了一遍。

孟非的爸爸沉默了片刻，突然提出了这样的疑问："老师，我想问一句，你们办公室里有监控吗？"

"没有。你问这句话的意思是……"方明觉察到一丝不对劲。

果然，孟非的爸爸说："既然没有监控，那么谁在老师的办公桌抽屉里放的癞蛤蟆，是你们老师们自己猜测的？"

唐小松的犟脾气一下子就上来了："我们查看了监控，就他一个人进了学校，一直进了教学楼，从门框上取下钥匙，直接进了办公室，不是他，难道还是别人？"

孟非的爸爸坚持说："因为在室内的情况我们谁也没看到，所以我们就没法最后下结论，俗话说，擒贼拿赃，捉奸成双，你们有什么证据一口咬定就是我儿子放的？说不定在临放学时别的学生放的呢？"

方明没有想到孟非的爸爸会说出这样的话来，非常生气："我们也想到了这种情况，但已经问清楚了，柴老师最后一个走的，她走的时候，没有任何一个学生进来。"

唐小松实在按捺不住了："怎么样啊，我的大主任，老师们都说让你报警，警察一来，绝不冤枉一个好人，也绝不放过一个坏人，那样我们多省事，省得我们两头受气，费力还不讨好。"

一听要报警，孟非的妈妈连忙说："他爸爸说话直来直去的，你们别介意，这孩子不听话，是得好好教训他，还是你们老师自己处理这件事好，不要惊动警察……"说着，对孟非的爸爸狠狠使了个眼色。

方明说："这件事的性质十分恶劣，严重损害了老师的尊严，不管出于什么理由，对老师不尊不敬，运用这样的手段，既是辱没老师的人格，也是对自己道德的极大玷污，我们本该报警，但警察一旦介入此事，那后果不言而喻，考虑到毕竟还是孩子，为孩子的前途着想，我们决定还是学校自行处理这件事情，所以希望家长和孩子都要好好配合。"

"知道，知道，老师，你们千万不要报警，我们会配合你们好好教育他的。"孟非的妈妈语气急迫，不断用眼神示意她的丈夫，孟非的爸爸满脸憋得通红，什么也没再说。

不一会儿，唐小松把孟非带来了。一开门，看到自己的爸爸妈妈都在这里，他好像瞬间明白了一切，虽然极力装出镇静的样子，但内心的惶恐还是无法掩饰地流露在脸面上。

就在这时，孟非的爸爸一个箭步蹿上去，对着儿子的脸就是一巴掌，方明和唐小松立即上去制止。孟非捂着脸哭出声来："你为什么打我？为什么打我！"

"为什么打你？你自己说说，你干了什么好事！"孟非的爸爸又要过来打他，被方明和唐小松抓住了手腕。

孟非的妈妈责怪丈夫刚才下手太重，把孩子拉到自己身边，心疼得掉下了眼泪。

唐小松开始询问："孟非同学，你说说上个周六中午干什么去了？"

"去我奶奶家了。"

"你奶奶说你在家待了一小会儿就走了，你去哪了？"他的妈妈问。

"我出去玩了。"

"和谁？在哪里？"唐小松问道。

"自己一个人，在大街上。"

看来这样问下去，他不会承认，方明直截了当地问："你来过学校吗？中午十点左右？"

"没有。我一直在大街上玩。"

"那好，我带你去看看监控，看看那个人是不是你。"唐小松说。

一听看监控，孟非就像泄了气的皮球，他知道瞒不过了就说："来过。"

"来干什么？"

"拿作业。"

"拿到了吗？"

"拿到了。"

"可监控显示，你并没有进教室，而是直接进了办公室，你进办公室做什么？"

孟非不再说话，他的妈妈在旁边催促道："你做了什么事情，老老实实交代出来，老师们都是为了你好，什么事情都由着你的性子，那还了得？"

"不说实话，今晚回去我就揍死你！"他的爸爸怒斥道。

"我承认，我进去了。"

"进去干什么？"

"找我的手机，被方老师没收的手机。"

"找到了吗？"方明问。

"没有。"

"除了找手机外，你还干什么了？"唐小松问道。

孟非一口咬定自己什么也没干，方明对唐小松使了一个眼色，两人走出了心理咨询室。方明说，给他们一家单独相处的机会，让他的父母趁机把学校将要报警的打算告诉他，看他还敢抵赖不。

果然，当方明和唐小松再进去的时候，孟非的态度发生了一百八十度的转变，他承认杨老师办公桌抽屉里的癞蛤蟆是他放的，但这是临时的意外行为，那天他不是因为这个而来。

"那你为什么在历史老师的抽屉里放癞蛤蟆？"

"我没有拿到手机，有点失望，就……"

"癞蛤蟆是从哪里弄来的？"方明问。

"从路边的池塘里逮来的。"

"你还是没有说实话，这件事看来你早就谋划好了，要不怎么会提前准备好了癞蛤蟆？"

"我……"孟非突然说漏了嘴，已无法自圆其说，就闭嘴不再说话。

在方明和唐小松的一再逼问下，孟非才说出了原因。历史老师上课总是点名，不交作业者点名，迟到者点名，上课不认真听讲者点名，而自己被点名的次数最多，有一次一节课竟被点了十多次。最让他无法忍受的是那种不点名的批评，名字变成"有的同学"，这会让每个人在心里猜测这个人是谁，加重了批评的力度。有的老师对不交作业的学生从不过问，好像班里根本不存在这个学生，也有的老师对上课不听讲的学生只是轻描淡写地提醒一下，对上课迟到的学生也不追根究底，可就是历史老师在这些事上死死不放，这让自己很不舒服，一上历史课他就想逃，可躲到哪里历史老师都会让同学把他找回来。历史老师的严厉，让他产生了强烈的报复心理，两周前他就在谋划这件事，这次进入办公室，干这件事他甚至没眨一下眼皮。

"可是……癞蛤蟆不是我逮的……"孟非说。

"那从哪里来的？"唐小松厉声问。

孟非就把威胁蔡小奇的事说了一遍。原来初一下学期，蔡小奇因为班长秦晓媛曾向班主任林渊告过他的状，怀恨在心，偷偷在秦晓媛的铅笔盒里放过一条大青虫，秦晓媛看见这条大青虫，吓得哭了一节课。班主任林渊查了一节课也没查出谁干的。一下课同学们都过来安慰秦晓媛，这件事很快就过去了。倒是蔡小奇没管好自己的嘴，无意之间嘴漏了风，没传到秦晓媛那里却传到了孟非的耳朵里，他就在心里记住了这件事。

"你帮我弄只蛙。"孟非那天在校园里对蔡小奇说。

"我去哪里弄？"蔡小奇一脸厌恶。

"你爷爷的蔬菜园里。谁不知道你家是蔬菜大棚户！"孟非语气傲慢。

"要去你自己去，那玩意我不敢碰……"蔡小奇很反感。

"大青虫咬人你都敢，这玩意不咬人你不敢？"孟非狡猾地一笑。

"你……"蔡小奇瞪着惊恐的眼睛。

孟非走过去拍了拍蔡小奇的肩膀说："放心吧，我为你保密，不会说出去的，你也知道，秦晓媛有一个大力士爸爸，胳膊上还纹着龙，说出去，我都为你捏着一把汗……"

刚才还盛气凌人的蔡小奇这会儿像瘪了气的球，竟哀求起孟非来，并说除了为他弄来一只癞蛤蟆，还要送他一个大榴梿，孟非竖起大拇指连连夸赞。

方明和唐小松听完孟非的叙述，感到既可气又好笑，说等处理完这件事再解决那件事。孟非担心老师调查蔡小奇，蔡小奇会报复自己，毕竟人家对自己有帮助，还吃了人家的好东西，这样把人家供出来，就是不讲信用了，所以他希望老师不要调查蔡小奇。

"你现在是泥菩萨过河自身难保，还管什么蔡小奇蔡大奇，那不是你操心的事……"唐小松说话从不留情面。

方明接着说："盗贼撬门入室偷东西，属于违法犯罪行为，盗贼临走的时候，不仅偷走东西，还随手毁坏带不走的东西，性质更加恶劣，情节更加严重。你想一下，你的行为属于什么？"

"老师，可不能报警啊，毕竟是孩子，我们愿意学校给他最严厉的惩罚……"孟非的妈妈近乎哀求地说。

唐小松提高声音说："你这不是爱护孩子，这是在纵容他犯罪！他做出这样的事情，我们老师有责任，你们当家长的难道就没有责任吗？"

没想到孟非的妈妈扑通一声跪了下来，声泪俱下地说："老师，原谅孩子一次吧，随便你们怎么惩罚，我们都没意见，就是不要报警，我们丢不起这个人啊……"

"你跪什么？跪也轮不着你跪，让这个王八蛋跪下！"孟非的爸爸站起来一脚踹在儿子腿上，孟非一个趔趄趴在了地上。

两位老师连忙把孟非的妈妈和孟非拉了起来。

方明对孟非的爸爸严肃地说："打骂不是办法，很多时候适得其反，你得改改这种教育孩子的方式了。我们得从他从思想上改变，改掉他一些歪门邪道的想法和做法，认识到学习的重要性，将心思用在学习上。本来我们是想报警的，还老师一份尊严，给他一个铭记在心的教训，可是考虑到毕竟是孩子，我们决定私自处理这件事。把你们家长叫来，就是在这件事上，我们要达成共识，意见一致，以取得最好的教育效果。我们决定让他回家反省一周，一周后看他的表现，回来后要做深刻检讨，向老师道歉，承认错误，在全校大会上通报批评！"

两位家长都满意这个决定，唐小松立即去校长室汇报这件事。在这当儿，方明和孟非的父母又进行了交流。孟非的妈妈说孩子变成这个样子，与他的奶奶有很大的关系，他的奶奶是一个粗鲁不堪、爱说脏话的老太太，孩子从小由她带大，受她的影响很大。

"你也不是什么好东西，你从早到晚唠叨没完，嘴里也没一句正经话，你也别把自己扯得那么干净！"孟非的爸爸怒斥她说。

孟非的妈妈哭着说："你喝醉了酒就耍酒疯，锅碗瓢盆随便砸，老婆孩子任意打，你更不是什么好东西！"

两人说着说着又吵了起来，方明连忙制止，又对他们进行了一番严厉的教育。

这时，唐小松把一些手续都办好了，并且把孟非的书包和水杯也拿了过来，唐小松把盖有学校和政教处印章的证明递给方明，方明在上面签了字，交给了孟非的妈妈。两位老师又交代了一些关于孩子在家安全方面的问题，目送他们带着孩子离开。

快要走出校园的时候，孟非的妈妈突然停住步子，转身走回来说："老师，我觉得得向杨老师道个歉，孩子做出这样的事情，我们觉得很对不住老师，不知道老师肯不肯接受？"

方明没有让她回来道歉，因为他知道杨老师现在心里窝着一肚子火，连孟非他都不想看见，更何况他的父母。

"放心吧，只要孩子在家认真反省，不再重犯，回来后老师们都会一视同仁，不会对他另眼相看。"方明说。

孟非的父母怀着复杂的心情离开了学校，他们记不清楚，自从孩子上学，他们已经多少次被老师叫到学校，多少次领着孩子回家……这个不争气的孩子让他们操碎了心……

转过头来，方明对唐小松说："这个孩子在学校的所作所为，与他的家庭有很大关系。如果父母不能为孩子营造温馨舒适的家庭氛围，孩子缺乏安全感，很容易产生孤独悲伤的心理，一切叛逆皆源自强制或压抑。所以，对于班里那些特殊的孩子，尤其是单亲、留守、生活贫困的家庭，老师的家访至关重要，只有追根究底，才能找到问题的症结所在。"唐小松用力点了点头。

孟非在家反省的第三天，方明开车去他家家访，提前给他的父母打了电话，他的爸爸因为车间里的活脱不开身，他的妈妈在家等候。

方明除了带来这几天老师发的讲义和试题外，还带来一袋时令水果。一进门，他的妈妈就出来迎接，方明问孟非在不在家，他的妈妈用手指了指卧室，并用眼神示意了一下，方明立即心领神会。

方明推了推门，门从里面闩着。

"啥时候进去的？"方明问。

"听到您来了，一下就窜进去了。"孟非的妈妈悄声说。

方明站在门口，对他进行了长达一个多小时的耐心劝导，最后说："这几天，你没在学校，同学们都很想你，你虽然有些调皮，有时候也让老师生气，但你也有很多优点，比如值日时干活很卖力，上课帮助课代表分发作业，考试时帮老师收试卷，还替老师搬桌子等等，知道不，我还想让你当语文课代表呢。"

就在这时，门哐当一下打开了，孟非从里面探出头来，有些不相信地问："您真的让我当课代表？"

"这还有假！我看你每次发作业都很积极，比那些真正的课代表都称职，我早就有这个想法了。这回就让你锻炼一下，要是课代表干得好，下一步就选你进班委！"

听到这里，孟非一下跳了出来，在客厅里高兴地拍手大叫。

方明让孟非坐下，从学习、做人、道德、孝敬等多个方面，对他进行了推心置腹地教育。从他的神情上，方明看出这个孩子确实有了悔意，也说出了自己的担心："老师，杨老师会不会记恨我，我不敢上她的课……"

方明笑着说："杨老师确实很生气，但你只要真诚认错，老师会原谅你的。"

经过激烈的思想斗争，孟非又说出了另外一件事，就是向麦迪索要捐款钱的事，说钱不多就二十元，本想凑齐买手机，但最后买了两盒香烟分给了九年级的两个学生。

"你把经过说一下。"方明说。

孟非就把麦迪在数学老师的座位上洒水的事说了出来，因为自己抓住了麦迪的小辫子，所以全班就数麦迪和他的关系最好。

"这都是初一时候的事了。"孟非既想通过检举自己和别人取得老师的信任和谅解，又不想因为老师的重新调查给自己带来麻烦，所以他把"初一"二字说得很重。

方明把孟非说的这件事在本上做了详细记录，并从孟非的嘴里了解了九年级学生刘天和王林的一些情况，决定回去后和他们的班主任重点解决这件事。

　　孟非在家反省一周后，回到了学校，整个像变了一个人。上课认真听讲，还买了课堂笔记。老师布置的作业尽管大部分不会，但坚持每次都交。一下课，就整理讲台，打扫室内垃圾，遇到课代表干不过来的任务，他就积极帮忙。

　　在周五的班会上，方明做出了一个让所有人都感到意外的决定："同学们，我决定让孟非同学担任我们班语文课代表，协助汤小小收发作业！"

　　话音刚落，班里一阵喧哗，有的惊讶，有的吐槽，但更多的是嘲笑，方明把任命的理由说了出来，尽管有人还不服气，但气氛较刚才安静了许多。

　　班会一结束，班长秦晓媛和几名课代表就跟着进了办公室，一进门就说："方老师，你是在开玩笑吧？你怎么能让孟非当课代表呢？"

　　"就是啊，平时他抢着发作业，那是他坐不住了，下位子活动一下，趁机出风头罢了。"

　　"和这样的人做搭档，我感到有点丢人……"汤小小撇着嘴说。

　　听着几个学生的议论和不满，方明耐心解释："就算他平时的表现是为了出风头，只要这种风头不危害集体，对班级有好处，我们就鼓励他。如果把他说得一无是处，一棍子把他打死，他就会破罐子破摔，一天天远离班集体。每个人都渴望得到别人的认可，即使是班里最差的学生，孟非同学也不例外。你们都是同班同学，在他需要帮助的时候，伸手拉他一把，他就有可能赶了上来，现在如果大家都孤立他，冷落他，甚至歧视他，他会变成名副其实的差生，所以啊，我们要拿着放大镜寻找他的优点，对这个优点无限放大，给他一份自信，给他一个机会。"

一番入情入理的分析，让这几个同学们顿时感到有些羞愧，汤小小第一个表态："放心吧，方老师，我会友好而平等地对待这位小徒弟。"

其他几位同学也都纷纷表示，今后一定在学习和思想上尽最大努力帮助孟非。

当了课代表的孟非，果然发生了很大变化。每次上课之前，他都把讲桌擦得干干净净，尤其是方老师上课，讲桌被他擦得照出人影来。收发作业又快又利索，汤小小还没反应过来，他已经把课代表的任务完成了，弄得汤小小感觉自己马上要"失业"，竟然产生一种危机感。

"吴下阿蒙。"汤小小送给他一句话，并连带说明，"我是真诚的，毫无讽刺之意。"

"谢谢！"孟非合掌感谢，"还希望你多多赐教。"

连孟非都开始改邪归正，准备好好学习，班里其他同学会无动于衷吗？

老师们都觉得方明有办法，纷纷向他请教，方明转过身去，在办公室的小黑板上写下了两个大字"信任"。

那天中午在往食堂吃饭的路上，孟非走过来，神色慌张地对方明说："老师，我有东西交给你！"说着退到墙根处，看看前后无人，将一张字条交给了方明，方明打开一看，上面写着：

明天下午放学后，把2000元放桃花庄东边小树林大石像下，不准报警，否则后果严重。在地虎。

孟非压低声音说："老师，'在地虎'就是九年级的刘天和王林。课间操时，他俩找到我，要我今天中午趁同学们去食堂吃饭的时候，把这张字条偷偷放进吴斌的书包。我本想拒绝，还没开口，刘天怪笑着说，谁举报了吴斌请同学们吃饭的事，他最清楚，我害怕吴斌报复自己，就答应了……当时我还提醒他俩说，吴斌认识他俩，吴斌的爸爸可不是一般的人物。他俩骂我做事啰唆，只管按吩咐的去做就行。尽管我和吴斌有些矛盾，但这样明目张胆地要钱，而且一要就是两千，我实在不敢随同，最后决定报告老师……"

孟非说完，如释重负地舒了一口气，但随即又想起了一句："不过，王林说，不是他俩去取钱。"

"那谁去？"方明问。

孟非说："王林没说完，就被刘天骂了一句嘴贱……"

"你确定他是这么说的？"方明紧问。

"确定，就是这么说的。"孟非肯定地说。

方明表扬了孟非，想了想然后说："你把纸条放进吴斌的书包里。这件事不要对任何人说。"

孟非感到奇怪，老师不但没有制止，反而让他们按照计划进行，但他明白老师肯定不会坐视不管，于是听话地点了点头。

第二天，孟非不时地观察吴斌的举动，但看不出一丝异常，随着放学时间临近，孟非的心跳得越来越厉害。终于等到放学的铃声响了，他看到吴斌骑着自行车像往常一样出了校门，孟非骑上早已准备好的自行车，不远不近地跟在后面。

吴斌骑着自行车，左拐右拐，进了指定的那片小树林，他支好车架，从包里取出一个塑料袋，把它压在一座大石像下面，站起来拍拍手，很轻松的样子，然后骑上自行车回家了。

孟非躲在一棵大树后面，偷偷地看着眼前的一切，不知道接下来将要发生什么。

就在吴斌刚刚走出小树林时，趴在树林北面斜坡上的两个人，偷偷站了起来，做了个鬼脸互相打趣道："到底是有钱人，一掷千金！"说着看看前后无人，开始向这边慢慢移动。

就在他们伸手取钱的时候，警笛忽然响了起来，随着一声"不许动"，从四周冲出几名警察，还有几位穿便服的人，这其中就有方明。

原来孟非把字条交给方明后，方明知道这是典型的敲诈勒索行为，他对唐小松说了这件事，唐小松建议再约上体育老师江海，事先藏好，让吴斌按时把钱送到指定地点，他们来个螳螂扑蝉，黄雀在后，将这两名学生当场抓住。方明说这次必须报警，唐小松有些不明白了，上一次癞蛤蟆事件，你可是执意不同意报警啊，这次我们几个把人抓住，带回学校收拾就行了，怎么又要报警呢？

"来取钱的不一定是这两名学生，我怀疑还有其他人。"方明说。

"你是怀疑还有别人参与了这次敲诈勒索？"唐小松问。

"我也是猜疑，如果真是那样，抓住他们以后，警察会立即带走。"方明说。

现场来取钱的，果然不是孟非所说的刘天和王林，而是两个染着黄发、纹着龙身的社会青年，警察给他们套上手铐，把他们押上了警车。

　　所长走过来和方明、唐小松、江海一一握手，表示感谢："多亏了你们及时报案，我们才迅速抓住罪犯。我们先把这两名青年带回所里，连夜审讯，牵涉到贵校哪些学生，明天通知，希望家长和老师们密切配合。"

　　躲在暗处的孟非看得一清二楚，他没敢露面，骑上自行车悄悄离开了。

　　这时天已经黑了下来，警车闪着警灯鸣着警笛呼啸而去。望着警车远去的方向，方明的内心不是轻松，而是深深的忧虑：不是所有孩子的内心都纯净无瑕，邪恶和贪欲像垃圾一样玷污着某些孩子的心灵，像魔鬼一样引诱着孩子们一步步走向犯罪的深渊……蓝天下被认为最纯净的校园，随时会发生欺凌和被欺凌事件……保护孩子们的身心健康，维护孩子们的合法权益，社会、家庭、学校，每一个人都责无旁贷，尤其我们的教育者，更应该明确教书育人的真谛，绝不能仅仅为了眼前的考试成绩，而忽视了对孩子的道德教育。

　　第二天，警察就到学校进行调查，把刘天和王林以及他们的父母，还有各自的班主任，都传讯去了派出所，经过详细地调查、取证、审问，这次案情水落石出。

　　原来九年级的刘天和王林，平时除了偷偷吸烟外，还在周末泡网吧，在网吧里认识了两位社会青年，外号叫毒蛇和蝎子。这两人平时游手好闲，好吃懒做，手头自然缺钱，经常做些偷鸡摸狗之事，以解燃眉之急。那天在网吧里遇到刘天和王林，发现这两个学生吸着名牌香烟，用着大牌手机，断定家境富裕，于是就想方设法和他俩套近乎，没几个来回，就把他俩掌控在手。

有一次在请他俩吃火锅的时候，蝎子拍着胸膛对他俩说："今后遇到什么麻烦事，就找我大哥，保证往后谁也不敢欺负你们兄弟俩……"

被称为大哥的毒蛇吐着烟圈，眯着双眼，一句话也不说，俨然一副混世已久、城府极深的社会大佬模样，这让刘天和王林更加崇拜不已。

没过多久，他俩就向刘天和王林借钱，说遇到一点麻烦，手头的钱不够，能不能帮忙弄点，不多，两千就行。刘天和王林想到这段时间两位大哥对自己的帮助，还请他俩吃了几顿大餐，不帮不够仗义，说不定哪一天就有大事需要他俩从中斡旋，于是当即答应。

两人几乎同时想到了吴斌。捐款那天，吴斌一人就捐了五百，名副其实的富二代，不和他要和谁要？当刘天要孟非帮忙放纸条时，孟非起初害怕，但当刘天说出孟非曾举报吴斌请同学吃饭的事后，孟非瞬时就怂了，他实在不敢招惹吴斌，就乖乖地答应了。但刘天和王林说他俩不敢取钱，毒蛇和蝎子说根本不用他俩去，他俩的任务就是送纸条。

孟非手里攥着纸条，整个上午如同火烧屁股，坐立不安。不放纸条，得罪不起刘天和王林；放了纸条，万一事情泄露，老师追查起来，自己难逃干系。语文课代表一职，让自己在班里人气大增，不管是谁，交不上作业，他就有权点名，名单很快就上报老师，望着那些急急忙忙补写作业、诚惶诚恐接受批评的学生，他感到从未有过的自豪。汤小小虽然对自己不屑一顾，有时甚至还讽刺挖苦几句，但能和汤小小这位才貌双全的女生并肩作战，是多少男生求之不得的事情，这些机遇来之不易啊!

　　经过激烈的思想斗争,权衡利益得失,孟非最终决定告知班主任方明老师。

　　两位青年属于从犯,受到了应有的惩罚。刘天和王林属于主犯,对他人敲诈勒索,危害他人生命和财产安全,触犯刑法,但因未满十八周岁,根据《中华人民共和国刑事诉讼法》第二百七十条规定,对犯罪的未成年人实行教育、感化、挽救的方针,坚持教育为主、惩罚为辅的原则,由父母和老师进行教育,使其悔改,不再重犯。

　　孟非虽然也参与了这件事,但他及时向老师报告,避免了犯罪行为向更深处发展,在本次事件中有立功表现,受到警察和老师们的一致赞扬。

有多少爱可以重来

　　初三上学期开学不久，方明就发现罗大介表现异常，这可是一名班内成绩前五的学生。

　　那天刚上早自习，同学们都在大声背诵《小石潭记》，等待老师检查，可教室的某个角落竟然传来打呼噜的声音，同学们一下停止了背诵，全都回头张望，当看到是罗大介正趴在课桌上呼呼大睡时，很多同学捂着嘴偷偷笑起来，同桌用胳膊肘子捅了他一下，他丝毫没有反应。方明快步走过去，拍了拍他的肩膀，他一个激灵坐起来，慌里慌张地揉着眼睛，当看到全班同学都在注视着自己，才羞愧地站了起来。

　　方明严肃地说："这是早上第一节课，你就犯困睡着，你昨天夜里没睡觉吗？"

　　罗大介站在那里一言不发，方明先让他坐下上课，下课后到办公室去。

　　当罗大介走进办公室的时候，历史老师正在查收作业，看见罗大介进来，立即问道："罗大介，你的历史作业交了没有？我都查了三遍，也没找到你的作业。来，你过来找找。"

　　"你交了没有？"方明问。

罗大介低着头小声说："没交。"

"为什么不交啊，全班就差你一个人，这次连孟非都交了。"杨老师很生气。

这时，数学老师白老师抱着一摞作业进来，看见罗大介站在办公室里，走过来拍了拍他的肩膀说："嘿，罗大介，我正要找你，你过来，过来一下，你自己看看昨晚你做的作业！"

罗大介走到数学老师跟前，白老师一页一页给罗大介翻看他的作业本："三道题，错了两道；再看上一回，六道题，错了三道。罗大介，你告诉我，这是怎么回事？是真的不会，还是粗心大意？"

方明走过去，看到罗大介的数学演草本上一连几个鲜红的"x"号，白老师觉得不可思议，这样的题目，连班内那些差生都不会出错，罗大介竟然一错再错。白老师生气地把这次作业给他撕了下来，让他重做。

"你为什么不交作业？你可是同学们的榜样啊……"

"你看看你的作业，完全是在应付！"

"这样的态度，如何保住班里前五的名次？"

等几位任课老师训话结束，方明让罗大介过来坐在他的旁边，问道："你一大早就犯困，昨天夜里肯定没睡好，如果是因为赶写作业，作业却做得一塌糊涂，你说说是什么原因？"

罗大介把头低到了胸腔，闭口不言。方明拍了拍他的肩膀说："你又没有犯罪，用不着把头低得那样。看来，这段时间你的学习态度出了问题，要及时自我反思，改变学习态度。本学期增加了物理和化学两门课程，一定要打好基础，否则进入高中学习起来非常困难。"

"我又不上高中。"罗大介终于说话，声音不大，但很坚决。

"你说什么？"方明以为自己听错了，"你刚才说的什么？你再说一遍。"

"我不上高中！"这一次所有的老师都听得清清楚楚，全都惊愕地睁大眼睛，抬头看向这个学生。

方明盯着罗大介足足看了半分钟，然后问："也就是说，你不想上大学？"

"是……"

接下来，无论方明怎么询问和开导，罗大介不再说话，其他任课老师也过来，试图和他交流一下，但罗大介始终一言不发。方明高度警觉起来，这个学生一定是思想和心理出现了严重的问题。

方明立即给他的父母打电话，想通过他的父母了解一下孩子在家的情况，然而他父母的手机均无人接听。

方明把罗大介叫出办公室，在走廊里问道："你爸爸和妈妈的手机都无法接通，这是怎么回事？"

罗大介还是低头不语，方明有些生气："这段时间你作业频频出错，连续迟到，成绩一退再退，老师问你原因，你保持沉默，不说话就能解决问题吗？你要是遇到了什么困难，说出来老师和你想想办法，不要一个人憋在心里，再怎么你也是个小孩子，有些事情你自己是解决不了的……"

罗大介在走廊里站了十多分钟，既不回答老师的问话，也不主动请求回到教室，方明有些急躁。这时，唐小松走出办公室，向方明摆了摆手，方明走进办公室，唐小松说："初一时，每次开家长会，好像都是他的奶奶来学校，你问问他奶奶的手机号码。"

　　方明有些意外，同时有种预感，有可能这个学生的家庭出了问题。方明来到罗大介跟前，温和地说："那你把你奶奶的手机号码告诉我。"

　　罗大介极不情愿地说出了奶奶的号码，方明快速在手机上保存下来。

　　第二天，罗大介没来上学，方明拨通了他奶奶的号码，他奶奶说孩子病了，需要输液，这几天不能去学校了，给孩子请假。方明询问了一下病情，又嘱咐了几句，才把电话挂了。

　　老师们感到纳闷和疑惑，新学期刚刚开始，班内的学霸表现反常，成绩连连倒退，如果找不到原因，这个孩子可能还要出现更多的问题。方明决定进行一次家访。

　　罗大介的家离学校不远，步行二十分钟左右，骑自行车也就五六分钟。周六中午九点左右，方明骑车去了罗大介家。

　　这是一片旧楼区，楼房至少也得三四十年了，看上去非常破败。方明只知道罗大介的家在这一片旧楼区，但不知道具体在哪栋楼。

　　这时他看到有一位妇女出门倒垃圾，就推着自行车快步走过去打听："麻烦您一下，您知道有个叫罗大介的学生，家在哪座楼上？"

　　那位妇女说："大介家啊，就在前面，看，前面那座，最东边，一楼。"

　　方明谢过刚要转身，那位妇女说："你来他家，他家有人吗？或许他奶奶在家？"

　　方明说:"我想找他的父母。"

　　那位妇女说:"他的父母早就离婚了。都不在家。他奶奶周末或许过来了。"

　　父母离婚了?方明心里咯噔一下,怪不得罗大介在学校的表现如此反常,还真是家庭出了问题。这个孩子,什么也没对老师说啊。

　　方明在罗大介家的院外停好自行车,敲了几下院门,里面没有动静,但院门虚掩着,他就推门进了院子。院子很小,靠墙角种着一畦韭菜,还长着一架丝瓜,丝瓜秧滕蔓延了半个院子,丝瓜架下摆着一张小桌子,桌子上放着一把刚刚割来的韭菜。

　　"有人吗?"方明提高声音问道。

　　"谁啊?"一个苍老的声音从屋里传来。

　　这时从屋里走出一位年龄近七十多岁的老奶奶,看见方明问道:"你是谁啊?"

　　方明说:"老奶奶,这是罗大介家吗?"

　　"是啊是啊,你是?"

　　"我姓方,是罗大介的班主任,今天到咱家家访,您是罗大介的奶奶吧?"

　　"是啊,我是他奶奶。您是大介的老师啊,快请坐,大介还没起床呢,我把他叫起来……哎呀,看我们家里乱糟糟的……"

　　方明问:"孩子感冒好点了吗?"

　　罗大介奶奶压低声音摆着手说:"没感冒,不去上学编了个瞎话……方老师,大介经常说起你,哎,就是这孩子……"

罗大介奶奶的声音一下哽咽了。

方明想知道这个家庭究竟发生了怎样的变故，就拉住罗大介奶奶的手说："先别叫醒孩子，我想先和您老人家谈谈，了解一下情况。"

"也好，和老师拉拉家常，帮帮这个孩子。"罗大介奶奶指了指院子，"要不咱们在院子里说，省得让他听见。"

方明扶着罗大介的奶奶在院子里坐下，还没开口，罗大介的奶奶就伤心地流泪：

"这得从哪说起啊，唉……他的爸爸妈妈离婚了，我那个混账儿子现在也不知在哪里云游，儿媳妇心伤透了，人家再也不回来了，这个家哪还是个家啊……"

"老人家，您别太伤心了，慢慢说。"方明安慰道，接着问："孩子的爸爸妈妈什么时候离的婚？他们为什么离婚呢？"

罗大介的奶奶叹了一口气："这都折腾了好多年了，今年暑假里正式离的。两人谁也没做那些偷鸡摸狗、伤风败俗的事。我儿媳妇这个人很要强，干活麻利，脾气也急。自从娶进罗家门，里里外外一把手，柴米油盐精打细算过日子，我老婆子就不怕过日子节俭，这样的儿媳妇打着灯笼也找不着。怨就怨我那个不争气的儿子，原先在一家工厂上班，可前几年工厂倒闭了，按说现在找个活也不难，只要肯下力，能吃苦，一个壮劳力还怕挣不来钱？可他就像鸡刨窝，这不行那不行，一年到头也挣不了仨瓜俩枣的。后来，又在外面结交了几个朋友，说是合伙经营什么东西，可没过多久，钱没挣来，还赔了不少，小家小户经不住这么折腾，家里辛辛苦苦攒的那点钱，全都搭进去了。这几年又酗酒，在外面喝醉了，回家就摔盆砸碗，三天一吵，五天一闹，这个家就没再安稳过……我本来在乡下种着几分地，到时给他们送点菜什么的，可这样我也不放心，隔三岔五往这跑。有几回，大介被打了，自己一个人跑到乡下来……唉，孩子命苦啊，摊上这么一个不争气的爹……都怪我不会教育孩子，养出这么一个不争气的玩意……"

方明问："他们离婚后常回来看望孩子吗？"

"不来。"罗大介奶奶伤心地说，"儿媳妇不回来，是因为这个家伤得她厉害，人家回头不看罗家门……我儿子不回来，那是他昏，老娘他可以不管，可总得回家看看孩子吧……前段时间人家法院里管事的人，一再做工作，可最后还是谁也不要，可怜的孩子，站在那里，没人要啊……孩子发疯似地往外跑，要不是他姑姑和姑父死死把他抱住，孩子说不定会做出什么傻事来。我老婆子守寡半辈子，只要还有一口气，拼上老命我也得把他养大，供他上大学……这把老骨头，熬到啥时算啥时……"

老人越说越伤心，方明怕她伤心过度伤了身体，就安慰她说："老人家，您也别太难过了，事已如此，我们还得往前看，相信一切都会好起来的。我这次家访，就是想了解一下情况。最近一段时间，确切说，就是开学以来这段时间，孩子在校表现不好，我和其他老师都多次找大介谈话，可他始终闭口不言，我们猜测可能是孩子有什么心事，才来家里了解一下情况。"

罗大介奶奶使劲挤了挤满是泪水的眼："大介在学校也不好好学？这孩子前几天告诉我，说不想上学了，回来也不打紧做作业，早上叫不起床，昨天一天也不去，我苦口婆心劝说他，你不上学能干啥，年龄还这么小，你爸爸不成器，你可得长志气，奶奶砸锅卖铁也供你上，可他不听，已经和我赌气好几天了……你说我这老婆子，是命苦还是俺命硬，克得儿女们不安生？"

方明赶紧安慰她："老人家，您不要太着急，有些事咱们慢慢来，大介的事交给我，毕竟还是个孩子，家庭的变故，对他的打击实在太大了，孩子一时无法面对，我要和他好好谈谈。"

罗大介奶奶说："方老师，就算你不来，过几天我也要去学校找你们，让老师来叫他，这不正好你来了，省下我这老婆子去一趟，多谢老师了！"

方明想起一件事："大介爸爸妈妈的手机都打不通，我试着打过多次了。"

"前阵子我也打不通，这几天他爸爸打回来了，就是这个号码。"说着，罗大介奶奶把一个小本子递过来，指了指上面的两个号码，"这个是他爸爸的，这个是他妈妈的。"方明掏出手机，把号码保存下来。

这时里面房间有响动，可能是罗大介起床了。他的奶奶在门口喊："大介，你老师来了，快点出来！"

罗大介一抬头，看到方明已站在门口，先是一惊，继而脸就变红了，急急忙忙把衣服穿好，进了洗漱间。

等他洗漱完毕出来，方明让他坐下，然后对他奶奶说："老人家，您去忙吧，我和大介谈谈心。"

大介奶奶出去了，方明直奔话题："家里发生这么大的变故，你怎么不告诉老师？"

罗大介低着头："我的爸爸妈妈都不要我了……我是个没人要的孩子……"

　　方明拍拍他的肩，安慰道："怎么会呢，不是还有奶奶姑姑他们吗，爸爸妈妈这样做，不是不爱你，他们肯定有难言之苦啊……"

　　罗大介的眼圈变红了："他们各自解脱了，可是替他们买单的人是我啊……既然他们不爱我，为什么要把我生下来……当他们在法庭上，把我像狗屎一样踢来踢去的时候，他们想过我的感受吗……

　　"在我很小的时候，就目睹了父母吵架的情景，我很害怕，躲在沙发后面，藏在大衣柜里，听着爸爸摔盆砸碗、妈妈尖叫哭喊的声音，我吓得浑身直打哆嗦，生怕妈妈被爸爸打死，更怕爸爸过来一巴掌打在我的脸上。有一次，他喝醉了酒，回家又和妈妈吵架，不知为什么，竟一脚把我从屋里踹到院子里……

　　"在我记忆里，最凶的一次，他们从屋里打到院子里，爸爸死死卡住妈妈的脖子，我看到妈妈好像快被掐死了，过去拼命掰扯爸爸的手，妈妈使出全身的力气最终挣脱，披头散发地往外跑，爸爸就在后面追，幸亏几位邻居帮忙拦住了爸爸，妈妈才避免了再次被揍……

　　"满地碗碟的碎片，到处洒溅的饭菜，凌乱不堪的衣物……这是每次吵架之后必然的情景，对我来说，已经司空见惯。妈妈总是赌气出走，有时几天也不回来，爸爸发泄完了倒头就睡，一睡就几天几夜……

　　"我拿笤帚清理满地的污物，把东倒西歪的家具摆好，还要担心妈妈的死活。有一会，我在大街上哭喊着妈妈，一直找到深夜，回到家里还被爸爸揍了一顿……

　　"我放学回家，先做家务，等把一切收拾得井井有条，再开始学习。我想用我的努力，换来父母的和解、家庭的幸福。从我开始懂事起，我就这样做。看到我的成绩他们也很高兴，但一旦'战争爆发'，成绩就变得微不足道……

"他们离婚那天，我发疯般地跑向民政局，在大门口，我死死地抱住他们，我的嗓子都哭哑了，也没能阻止他们……周围有很多人都过来拉我，有一位阿姨，怕我出事，一直攥着我的手不放……

"当在法庭上，我被他们推来推去、拒绝抚养时，我彻底绝望了。亲爱的爸爸妈妈，我只想有个家，像别的孩子那样饥寒冷暖有人关心有人牵挂，有你们在我身边，风霜雪雨我才不会惧怕。我的要求对于别人家的孩子来说，是最起码的权利，可对我来说，却变成了幻想……我有时想，人活着真没意思，还不如一死了之，但我又想到了年迈的奶奶，奶奶是最疼我的人，我死了，奶奶咋办？"

"所以这段时间，你自暴自弃、迷茫焦虑，连学也不想上了？"方明问。

罗大介抖动着双肩哭起来："我想辍学外出打工，替我爸爸还债……要债的人三天两头来逼我奶奶……"

"你是一个懂事的孩子，哭吧，把心里的委屈都哭出来。"方明安慰他说。

罗大介的奶奶就在隔壁，她显然听到了一切，在外面陪着掉眼泪，这时，她走进屋里，声音哽咽着说："这么懂事的孩子，爸爸妈妈真是瞎了眼，好好的日子不珍惜，让孩子跟着遭罪啊……"

等祖孙俩情绪都平静了，方明站起来说："老奶奶，您别急，我们慢慢来。孩子是家庭的希望，只要孩子有信心，走正道，这个家就有希望。今天我帮您整理一下屋里，我出去买点蔬菜和水果，今天中午我来做饭，给孩子改善一下伙食，回头我再给大介的爸爸妈妈打电话，和他们好好交流一下。"

一听老师要在自己家里做饭，罗大介高兴起来，他立即开始收拾房间，打扫卫生。他的奶奶说："方老师，你能在家吃顿便饭，我和大介就求之不得，哪能劳驾你呢，你在家歇着，我去买菜。"

方明说："老人家，这顿饭就算我请您和孩子的，您不用忙活，我出去一会儿就回来，你和大介在家等着。"尽管大介奶奶过意不去，但最后还是高兴地答应了。

方明本想让他们在外面饭店好好吃一顿，但想到孩子缺少的是家庭的温暖，厨房，这个最能诠释人间烟火的地方，也许能够让他重温家庭的温暖，抚慰心灵的创伤；可口的饭菜，也许能够让他暂时忘掉生活的悲苦，重燃生活的希望。

方明在去超市的路上给妻子打了个电话，妻子不但没有反对，还一再嘱咐好好开导一下孩子，方明对善解人意的妻子充满了感激之情。

当方明用自行车载着大包小包的货物走进院子，平时冷清寂静的院落里立刻充满了生活的气息。罗大介把蔬菜拎进厨房，方明洗菜切菜，让罗大介在旁边打下手。方明边做饭边问他一些问题，平时最爱吃什么，晚上几点睡觉，将来想考什么大学等等。不知谁说了一句什么，两人都大笑起来。在说说笑笑中，一顿丰盛的午餐不一会儿就做好了，房间里弥漫着饭菜的浓香。

方明和罗大介把饭菜一碗一碗端上桌，接着把罗大介的奶奶扶到座位上，给她拿好碗筷，又给罗大介和奶奶都倒上饮料。罗大介的奶奶看着眼前的一切，眼泪又不知不觉流出来，本来这个家也是这么幸福啊，是两个大人的折腾，才把日子过成了这样……丰盛的饭菜让罗大介感受到了久违的温暖，他忘记了伤害，忘记了悲伤，举着杯子高兴地说："谢谢老师！"

方明拿出手机，对罗大介和他奶奶说："来，我给你们拍个照，对着镜头笑一笑。"

刚按下快键，有人敲门，咚咚咚，用力很大。罗大介奶奶说："你们别出去，我去看看。"

门一开，一下进来五个人，三个身强力壮的男人，还有一胖一瘦两个女人，他们一进大门就直奔屋里，嘴里还不干不净地骂着什么。

大介奶奶边拦边说："我儿子不在家，你们别进去了……"

"不在家我们就等，一直等到他回来……这不还有一辆自行车吗，走时我推着……"其中那个瘦女人看着方明停在院子里的自行车说。

最高的那个男人鼻子耸动了几下说："这是要吃饭？你们知道饿，我们的嘴也张着要饭吃，进屋坐下一块吃……"

方明走了出来，还未开口，那位胖胖的妇女恶狠狠地说："你就是罗天成？这不挺人物吗，怎么不干人事？"

"他不是罗天成，罗天成没这么人物，你是谁？"其中一位年龄较大的男人问。

"我是谁不重要，重要的是光天化日之下你们硬闯硬进，还想随手拿东西，这可违反了法律，弄不好要受法律制裁……"

"吆吆吆，你还挺硬的，你到底是谁？欠钱还钱，欠命偿命，这可是自古以来的规矩，罗天成欠我们钱，现在一不见人，二不见尸，我们不来找他找谁？哎，你是谁？你要是替他还上，我们立马走人……”

罗大介的奶奶连忙阻拦说：“你们别乱来，这是孩子的老师，今天来家访……”

“噢，是老师啊，那你别掺和这事，跟你没关系。”为首的那个人说。

方明说：“你们之间的事情我不清楚，但你们这种要钱的方式，肯定不对，今天我正好碰到了，作为孩子的老师，我还是要过问一下，请你们把事情说清楚。”

“说就说，有理走遍天下，无理寸步难行，走到天边，他也没理。”接着，这些人一个一个把罗天成借钱的经过说了一遍，有几个说完，立即从兜里掏出当初写下的欠条，“看，白纸黑字，一清二楚。”

方明从罗大介奶奶那里已经了解了情况，知道这些人说的都是实情，就说：“欠钱不还肯定不对，可你们也得注意方式，家里只有老人和孩子，他们无力偿还，你们就是在这里待上一年，也没结果啊……”

“谁说不是，可我们也是上有老下有小，攒个钱不容易，就这么肉包子打狗，我们亏得慌。本来都是朋友，可一下就成了仇人，我们也不想走到这一步。就算把他抓起来坐了牢，他没钱管啥用？所以我们看看他家里值钱的东西，能拿一点是一点……听说他欠了好几十万，有人还打他家这房子的主意，还有人……”那人指了指孩子，压低声音说：“打孩子的主意……”

未等他说完，方明厉声制止：“住嘴，不许乱说，这都是违法的，还是要协商着来，实在解决不了，就走法律程序，他借钱不还肯定不对，但你们这样硬抢硬夺，同样违法……"

"那你说我们怎么办，老师？"那个胖女人说。

"我们就是要钱，把借我们的钱还给我们就完了……"

"对，给钱我们就走人……我们也得干活……"另外几个人附和道。

方明沉思了一下说："你们看这样行不行，罗天成借你们到底多少钱，你们清清楚楚写在一张纸上，不能有丝毫虚假，周一的时候到学校找我，我先替他把这些钱还上。"

那几个人简直不敢相信自己的耳朵，问道："你是说你替他还？你知道他欠我们多少钱？"

"多少？来，你们报报数，写下来。"方明说。

"三千。"

"两千。"

"一千五。"

……

"总共一万三。记好了，周一到学校接待室来找我。"方明说着把那张纸放进口袋里。

那几个人总算离开了，临走时全都用狐疑的眼神把方明打量了一遍又一遍。

罗大介奶奶说："方老师，怎么能让你替我们还？等闺女来了，我跟她说一声，让她想办法，凑齐了给你送过去，大介在学校让老师们操碎了心，哪敢再让你帮这样的忙？这是和你八竿子打不着的事。"

方明安慰道："老人家，我先替你把这些钱还上，等你们啥时手里有了钱啥时再还我，最后还不上我也不会怪罪您。可这些人不好惹，人家手里抓着理，要是天天这样闹，日子过得不安稳，孩子怎么上学啊，孩子上学比啥都重要！"

罗大介奶奶喊过孙子，让大介跪下感谢，方明连忙阻止："帮忙是应该的，谁让我是他老师呢，只要孩子努力学习，老师比什么都高兴。"

等吃完饭后，方明拉着罗大介的手说："大介同学，你是个懂事的孩子，为了挽留这个家，你做了同龄孩子不能做到的事情，虽然最终结果令人失望，但你不能对生活失去信心，更不能自暴自弃。感情的事很复杂，恐怕你现在很难理解，父母都有苦衷，走到这一步，也许是万不得已，你不能对父母怀恨在心，他们不能和你在一起生活，但并不代表他们不爱你。

"你说辍学外出打工，可像你这个年龄，就凭你现在学的这点知识，连你自己也养活不了，谈何为家庭出力？迈出这步容易，后悔可就晚了。所以，明智之举，就是努力学习，用知识来改变命运，让你的父母看看，他们的儿子是一位顶天立地的男子汉，当初他们的选择是多么错误。当然这样做不是为了让父母内疚，是为了证明自己的实力。从今以后，振作起来，有什么问题及时向老师反映，老师会为你排忧解难。我相信，你一定还是原来的学霸罗大介！"

这些话奶奶曾对自己说过无数次，可始终激不起他心中的波澜，而今天方明老师的话语，就像一道阳光，吹散了久聚心中的阴霾，又像一块巨石，激起了滔天大浪。关键时刻，方明老师挺身而出，用他的爱心和担当化解了长时间以来一直困扰着他们的难题，展现出一位老师博大无私的胸怀和敢作敢当的精神，而他的所作所为，仅仅因为自己是他班里的一名学生。他为自己曾经的自暴自弃感到羞愧，幸亏老师及时挽救，才让自己在人生的十字路口，没有迷失方向。

人，经历磨难不一定就是坏事，它会让人变得更加坚强，向着目标奋勇前进。他把方老师的这句话牢牢记在了心间。

离开罗大介的家，方明的内心很不平静，既自责又庆幸，他没有想到，追究这个学生成绩下降的原因，竟然获知一个让人揪心的故事，如果不来家访，他还一无所知。孩子不愿对别人倾诉，是出于自尊，也是不愿再次撕裂伤口。

回到家里，女儿朵朵睡着了，他走到床边，俯下身子轻轻亲吻了一下女儿的额头，然后躺在床上，把罗大介的情况向妻子说了一遍。善良的妻子很同情孩子的遭遇，一晚上都在掂量这件事，怎样让孩子感到来自家庭和亲人的关爱，怎样让孩子感受到来自班集体的温暖，怎样增添孩子学习的动力……想来想去，他们认为还是得从罗大介父母那里开始。

方明拨通了罗大介爸爸的电话号码，电话那头传来一个粗鲁的声音："谁啊……什么熊事……天这么晚了……"

方明作了自我介绍，罗大介爸爸的态度立即转变了，连忙向方明道歉。

方明说："我想和您交流一下关于孩子。"

罗大介的爸爸说："我们已经离婚，孩子不属我管！"

"不属于你管，那该由谁管？"这硬邦邦的话让方明很生气。

"当时也是迫不得已啊，法院硬判给我的……"罗大介爸爸情绪开始激动。

"大介爸爸，你们的婚姻究竟遭遇了什么，我无权过问，但孩子是无辜的，无论从法律上还是从情理上，你都应该关爱孩子。他还未成年，还需要父母的关爱和呵护。你们谁也不要他，把他推给年迈的奶奶，奶奶靠着政府发给的抚恤金生活，你们有没有想到，假如哪一天孩子的奶奶不在了，孩子还能依靠谁呢？"

"老师，谢谢您的好意。恕我直言，法律都解决不了的事情，您就不要过问了……"罗大介爸爸一下挂掉了电话。

方明打过去，罗大介爸爸再也未接电话。方明非常生气，禁不住骂了一句："什么玩意儿，竟然还有这样的父母！"

接着，方明又拨通了罗大介妈妈的手机号码，方明向她作了自我介绍，罗大介的妈妈态度非常冷淡："孩子已经不是我的，我和你没什么好交流的……"说着就要挂断电话。

方明急忙说道："我知道你受了伤害，但这和孩子没有关系，你可能不知道，孩子天天都在想你，做梦都在喊着妈妈……"

"你怎么知道？"罗大介的妈妈有些吃惊。

"孩子最近的表现有些反常，成绩下降很快，我今天刚去家里看过孩子，和他奶奶了解了一些情况。"方明说。

电话那头沉默了一会，接着说道："唉，当初的选择，也是迫不得已啊，可能不知情的人会说我心狠，连自己的亲生儿子都抛弃不要，但人家不知我的苦衷啊……"

罗大介的妈妈声音哽咽了，方明连忙安慰她说："我能理解你的心情，不到万不得已，谁也不想走到这一步，你也不要在乎别人怎么议论，那都不是主要的，最关键的是家庭的破裂，父母的离异，不能影响了孩子，就算影响也要把这种影响最小化。你们离婚了，谁也不要孩子，你们想过孩子的感受吗？他是一个活生生的人，有思想有灵魂，在最需要父母呵护的时候，他的世界却是一片冰天雪地……尽管你们在一起时，家里天天吵闹，但总还有一个家啊，而现在，只有他和年迈的奶奶相依为命。这学期刚开始，他的成绩就直线下降，最近连学也不想上了。我今天去家访，和他交流了一中午，直到现在我才完全了解了这个孩子，我要告诉你的是，你们抛弃的是一位非常懂事优秀的孩子，孩子所做的一切你们视而不见，只陷在你们的感情漩涡里挣扎，说实在的，你们辜负了孩子的一片苦心啊……"

罗大介的妈妈终于忍不住放声痛哭起来，她边哭边断断续续地说："我何尝不想孩子啊，不知梦里拥抱过他多少回，可一觉醒来，两手空空……哪个当娘的不疼自己的孩子，只是那个畜生对我伤得太深，一想起他对我无数次的拳打脚踢，我就恨得咬牙切齿，我嫁给他，走错了第一步，为他生了孩子，走错了第二步，再为这个畜生抚养，我就错上加错了，所以我发誓这一辈子不见他们罗家的人……"

方明继续开导她说："你的心情，我能理解，但一定不能把大人的怨恨转移到孩子身上，孩子是无辜的，作为母亲，生儿育女，既是权利也是义务，连自然界中最低等的动物，都懂得爱护幼子，更何况我们有血有肉的人呢。你不是不心疼孩子，也不是不想念孩子，只是残酷的现实让你不得不狠下心来……其实，内心痛苦的程度只有自己感知……不管怎么说吧，你是孩子的妈妈，是孩子最最渴盼的人，我还是希望你能回去看看孩子，给孩子一点念想，给他一种动力，也许孩子就会为我们创造奇迹……"

本来就对孩子心心念念，经过方明的一番劝解，罗大介的妈妈答应抽空回去一趟。

方明打完电话，把周末和罗大介吃饭拍的照片发了过去，看着久未见面的孩子，罗大介的妈妈悲喜交加，立即发来一串流泪的表情包。

这天晚上，天气有些凄冷，月亮隐在云层里，周围漆黑一片。快十点了，罗大介家所在的居民楼上，大部分人家都睡觉了，一个黑影悄悄进了居民区，左看右看确信无人后，慢慢摸到一家一楼院门外，踩着墙根一摞砖瓦，想翻墙进入院内，就在这时，几个人噌地一下冲过来，把那人猛地从墙头拽了下来，把嘴捂住，摁在地上就是一阵拳打脚踢，那人抱住头苦苦哀求："老爷……老爷……饶了我吧……"等他们觉得打得差不多了，才迅速离去，消失在茫茫夜色之中……

罗大介和奶奶都睡下了，忽然听到门外有动静，好像有人在喊叫，大介奶奶耳朵有点背，她没听到，但罗大介听到了。他忽然想起前几天爸爸打电话说，想回家看看，但又怕别人追着要钱，罗大介一下想起了什么，披上衣服，拉开院子里的电灯。院子里什么也没有，他又悄悄拉开大门，这一看把他吓坏了，一个人蜷曲着身子在大门口躺着，嘴里淌着血，浑身脏乱不堪，仔细一看，竟是自己的爸爸，罗大介大喊一声："爸爸！"

那人动了一下身子，竭尽全力说道："快，快去叫人……"说完就昏迷了过去。

罗大介先跑去告诉了奶奶，奶奶一听就明白怎么回事，一边急急忙忙往外走，一边自言自语："作孽啊……人家不会放过你……这是报应啊……"

在周围邻居的帮助下，罗天成被救护车拉到了医院。

罗天成因为欠钱被人打进医院的消息，很快就传到了罗大介妈妈的耳朵里，这个对罗天成恨到不能再恨的女人，当听说罗天成住院的消息，她的心里七上八下，如果老人去医院照顾罗天成，那大介的生活谁来照管？如果罗大介去医院照看爸爸，那他的学习怎么办？尽管很多事情想起来她依然恨得咬牙切齿，但一旦和孩子有所牵扯，她的内心就产生深深的担忧，孩子毕竟是自己的亲生骨肉。

她越想越急，第二天晚上，她偷偷回到原来的住处，她带来五千元钱，这是自己在超市做工半年的积蓄，但不知怎么交给他们。她在大门外冬青树后面藏了大半个晚上，也没看见一个人出来，正当她准备离开时，终于看到罗大介出来了，他手里提着垃圾桶正要去倒垃圾，罗大介的妈妈走过去，轻轻喊了一声："大介。"

听到有人喊自己的名字，罗大介回过头来，等那个女人走到跟前，罗大介这才看清是自己的妈妈，他本想猛地扑进妈妈的怀抱，诉说分离的思念和委屈，抱住她再也不让她离开，可是此刻，他竟然一动未动。理智告诉他，已经失去的东西，就不要再去强求，短暂的欢乐会让痛苦更加持久，与其那样还不如心如铁石，自己大小是个男人，是男人就得坚强。

"大介，我是妈妈呀。"罗大介妈妈无法控制自己的情感，还未开口，已是泪流满面。

"我……我没有妈妈。"罗大介说完掉头就跑。

罗大介妈妈紧紧追了上去："大介……孩子……你怎么这样对待妈妈，你知道妈妈这些日子是怎样熬过来的吗？我做梦都在想你……"

"想我？那你当初为什么不要我？你还在骗我，你以为我是三岁小孩子吗……"罗大介本想哭，但此刻他的语气却带着笑。

罗大介妈妈泣不成声："孩子，很多事情你现在还不明白，等你长大了我会一点点告诉你。"

"我不需要你告诉我……我已经长大了，不需要任何人同情……"

"孩子，你……"罗大介妈妈说，"我们不谈这些了……我听说你爸爸住院了，我带来一点钱，你拿回家给奶奶，补添一下住院费……"

"我不会要你的钱，请你回去吧……"罗大介说。

就在这时，罗大介的奶奶在院子里叫他，罗大介的妈妈一下躲到冬青树后面。这时罗大介的奶奶走了出来："大介，刚才你在跟谁说话？"

"一位过路人。"罗大介说这句话的时候，泪水从他眼里汹涌而下，当他即将迈进家门时，再次回过头来，却没有看到妈妈的身影……

罗天成在医院已经是第七天，医院诊断为肋骨骨折，还有脸部几处皮外伤，按说被人打到这个程度就应该报警了，罗天成自知理亏，所以他不敢报警。暗下黑手的人了解罗天成的家底，老婆和他离了婚，家里只有老人和孩子，家里最值钱的就是那套住了四十多年的老房子，谁也不忍心把事情做绝。把他揍死出了人命，不但要不来钱，还违法犯罪；把他告上法庭，他就是坐牢，他还是没钱。揍他一顿，一来解解心头之恨，二来给他个警告，将来万一他能在生意上"起死回生"，记得还钱这件事。

罗天成心里比谁都明白，借钱不还，不揍你揍谁？自己挨揍，合情合理，所以打死他也不敢报警，只是这一折腾又花了不少钱，他的妹妹正到处给他借钱，眼下得先把住院这关过了。

方明决定去医院探望一下罗天成，他有很多话要和他当面交流。

这天当方明来到病房时，罗天成刚刚睡醒，一看见方明，罗天成有些激动："方老师，我……"他极力想坐起来，但咬紧牙也没能动一下，方明连忙过去扶他躺下："你现在什么也不要想，先养好伤。"

罗天成躺在病床上，满脸愧疚："方老师，前段时间您去家访，请老人和孩子吃饭，还替我还了一万三千块钱……我……我是后来才知道的……"

方明说："这样做都是为了孩子，要不那些人赖着不走……"

"那天晚上打电话，我的态度不好，您别往心里去，我向您道歉。"罗天成再次挣扎着想起身。

方明把他按下，然后把带来的水果放在旁边的小桌上，坐在旁边和罗天成聊了起来。方明早就了解了他的情况，所以很多事没有再问，他想多谈谈关于孩子。

"你们离婚对孩子影响很大，孩子脆弱的心灵承受不住这样的打击，开学以来，孩子的成绩直线下降，由原先班里的学霸倒退成班里的中下游学生。最近几天，孩子没来上学，我那天家访，才明白了一切。

"孩子本来非常努力，他想用他的勤奋，换来父母的欣慰，用他的付出弥合你们的矛盾，换来家庭的和谐美满，可是，最终希望落空……你们能想想孩子的感受吗？这是一个多么懂事的孩子啊，我敢肯定，整个级部甚至整个学校也找不出第二个像大介这么懂事的孩子……我们做父母的要懂得珍惜啊……

"作为家中的顶梁柱，你不能逃避现实，更不能破罐子破摔，就算全世界都抛弃了你，还有老母亲和孩子在等着你，一息尚存，就得奋斗，我不是在和你谈大道理，人生从来就是这个样子……我希望你身体恢复后，能尽快回家看看孩子，看看自己年迈的老母亲……"

大介爸爸显然被打动了："方老师，当初我为什么不要他，因为我欠了很多债，要钱的人到处找我，我东躲西藏，连个固定的住所都没有，我拿啥来养活他？法院是把孩子判给了我，不是我不管，眼下是我没能力管啊！本想跟着他妈妈起码还饿不着，哪承想这个女人心肠如此狠毒……"

方明打断了他的话："正是因为这样，所以孩子的奶奶才挑起了家庭的重担，七十多岁的人了，本该儿孙绕膝，享受天伦之乐，可老人家现在不仅要种地，还要供孩子上学，起早贪黑，承担着本该你们承担的重任，这一切还不都为了这个家，为了你这个当儿子的……你不要怨恨别人，还是要多反思一下自己。"

"另外，我还要告诉你，罗大介想辍学。"方明说。

"什么，辍学？"一听孩子要辍学，罗大介的爸爸真的急眼了。

方明严肃地说："孩子想外出打工，替你还债，要债的人三天两头跑到你家，赖在家里不走，严重扰乱了家人的生活。那天我去家访，正好碰到五个人来家里要钱，最后实在没法了，我才替你还上了一万三。"

罗天成激动地说："我前段时间知道了这些情况，就想回家一趟，说啥也不能让你替我还债，可我知道想揍我的人很多，所以我不敢白天回去，只能在夜里偷偷回去，没想到还没进家门，就被人家盯上了，这才……不过，老师，您放心，您的钱我一定会还你。眼下你得说服罗大介，说啥也不能让他辍学。"

方明说："这点你放心，我已经做了他的思想工作，估计他已经打消了这个念头。"

罗天成终于松了一口气。

"你知道那天晚上打你的人是谁？"方明问。

"我没看清楚，但绝对不是拿到钱的那些人，我觉得应该是那几家，我欠人家钱多的，他们怕我最后耍赖，先威胁我一下……"罗天成说。

"你要是真耍赖，那就不好说了，不是揍一顿的事，人家很可能就和你打官司，动了法律后果可就严重了。"方明说。

"我也不想走到那一步。"罗天成重复说，"老师，你现在知道我为啥不愿抚养孩子吧，不是我不管，是因为我现在这个样子，实在没有能力，将来啥样我都不敢想，所以我才……"

方明说:"这些情况我都知道了,现在就是苦了老人,年龄这么大了,还得为你们操心,想想太不容易了,所以你还得振作起来,重新开始。"

方明想了想说:"我听说孩子的妈妈是个很勤快的人,离婚也是迫不得已,原因还是因为你……"

罗天成沉默了一会说:"方老师,说句心里话,我离家已经快半年了,这半年我在外受尽了磨难,但同时我也开始醒悟,要想活出人样来,要么有钱,要么有权,要么有知识有文化,像我这样一样也不沾边的人,除了老老实实干活外,啥也别想乱折腾,我被人欺骗过好多次了,可很多时候是敢怒不敢言。夜里我睡不着,我就想从前的事,从前多好啊,大介妈虽然脾气火暴,但她勤劳能干,起早贪黑一心一意为了这个家。尤其想到孩子,我就更加惭愧,我没有尽到一位父亲应尽的责任,也对不起他的妈妈……一个男人,最起码也得让他的家人过一种平安的生活吧,可我……我们是啥时候开始,把日子过成了这样?我在心里划拉了一遍又一遍……方老师,今天您讲的都是肺腑之言,都说到了我的心窝里,我从心里感谢您。我想快点好起来,去外地打工,只要工资一拿到手,我立即寄回家,争取尽快把欠人家的债还清,改善一下家里的经济状况。我会经常给家里打电话,过问孩子的学习和生活情况……"

方明感觉到了这个男人深深的悔意,于是趁热打铁:"前几天我也和大介妈妈交流过了,她天天牵挂着孩子,内心痛苦而又矛盾。经过一段时间的分离,你们都冷静多了,尤其是大介爸爸你,我能感觉到你非常后悔,你现在想走出去努力挣钱,就是为了弥补先前的过错……这样,你和大介妈妈平时交流一下，怎样让孩子早日走出这段阴影，让他感受到来自父母的关爱，让他重拾信心，重现学霸风采！"

方明把家访拍的照片发给了他，和罗大介的妈妈一样，他也十分激动："方老师，太感谢您了！你得帮我想想办法，怎样和孩子交流啊？"

"这个问题，你就得请教大介妈妈了，她比你会教育孩子。"方明说。

"可我们都离婚了，谁和谁也没半点联系，根本凑不到一块。"罗天成有点难为情。

"不一定非得见面交流，电话交流也很方便。"

罗天成说："她肯定不接我的电话，就是接了，一听是我，也会立即挂掉……"

"那你就想办法找到她，当面交流。当初恋爱时你怎么追的人家，现在就怎么去追。"方明带着调侃的语气说。

"这得把她吓个半死，说不定还会报警。"罗天成苦笑着说。

"我觉得大介妈妈是个明理的人，为了孩子，她能放下一切恩怨。"方明说。

罗天成不再说话。

方明接着问："你出院后打算去哪里打工？"

"我也不知道，得托人到处打听一下。只要能挣钱，就是出国我也愿意。"

方明说："我有个同学在南方，经营着一家大型食品加工厂，前段时间我看到朋友圈里还在不断招人，如果你愿意，回头我跟朋友说一下，看看能不能给你安排个合适的活。"

"方老师，技术的活我可能不行，但力气活肯定没问题。"

罗天成说。

"这些年你虽然做生意不顺利，但经验还是有的。说到底还是因为资金太少，一旦赔了资金就周转不过来，有时可能越着急运气就会越差，所以导致现在这个局面。人家是大公司，就算赔一点，也不影响全局，所以还是先跟着别人干，等赚够了钱，再考虑自己开门头。"方明说。

罗天成听了这些话，非常激动，没想到还是有人理解自己，自从自己潦倒以来，很多人都投井下石，哪有人帮自己说话，没想到在这里遇到了知己。罗天成心里热乎乎的，不服输的劲儿一下又爆发出来。方明让他安心养伤，等伤好了就为他问问这事。

就在方明走出外科一楼门口的时候，罗大介的妈妈从楼后墙角悄悄地探出头里，刚才方明和罗天成的谈话她都听到了，她的心里五味杂陈，对于这个家，她付出了全部心血，做梦也没想到最后落到这个地步，她也不想离婚，但罗天成太不争气，逼得她实在没有办法……

自从离婚后，她在晚上偷偷回去了好几次，她就是想看一眼孩子，有时在窗户外面听听，有时在大门外徘徊，但有几次他听见罗天成喝醉了酒，在家里打骂孩子，她的心里像刀割一样，恨不得冲进屋里狠狠扇他几个耳光。她在心里默默流泪，祈求老天保佑孩子。有时她把自己包得严严实实，在学校门口看儿子放学，看到儿子和同学有说有笑地走出来，她心里也高兴；要是儿子出来时垂头丧气、闷闷不乐，她的心一下就揪紧……每当儿子从自己身边走过时，她多么想跑上去，张开双臂把孩子紧紧搂在怀里……

今天刚到病房门口，就听到了方明和罗天成的这番谈话，她没有进去，悄悄离开躲在了一楼门外拐角处。

"方老师。"她对着方明的背影喊了一声。

方明回过头来，看到眼前这位妇女，问道："你是？"

"我是罗大介的妈妈。"

"噢，是大介同学的妈妈，你好。"方明热情地和她握手。

"在这说话不太方便，来，咱们借一步说话。"罗大介的妈妈向后退了几步，靠在一簇竹子旁边。

方明跟过来，罗大介的妈妈说："方老师，孩子让您费心了，他爸爸又出了这档事……"

方明问："你这是来看看他，还是……"

罗大介妈妈说："那天和您电话交流后，我想了很多，也让我明白了很多，人生不如意之事十有八九，大人再怎么着，也不能拿孩子赌气，再怎么不如意，也不能亏了孩子，千错万错，孩子没有错……昨天晚上，我回去了一趟，想给家里留点钱，可孩子既不要钱，也不愿和我说话，回来后我哭了一宿，把日子过成这样，孩子不怨恨父母怨恨谁？"

方明说："我理解你的心情，很多事你也是万不得已，处在这个地步，换谁都一样。只是这样受伤害最大的还是孩子，孩子年龄太小，需要父母的陪伴呵护，家没了，但亲情不能淡漠。不管这个家是贫穷还是富裕，永远是孩子避风的港湾……"

罗大介妈妈感激地点了点头，从包里掏出一沓钱说："这是我积攒的几千块钱，取出来让他应急，我想让医务人员送给他。"

方明笑了："做好事不留姓名，罗大介爸爸可得查一阵子……"

几周后的一个晚上，方明收到了罗大介妈妈发来的微信，打开一看，令人又惊又喜，画面是他们一家四口在一家酒店就餐的画面，孩子和老人坐在中间，她和罗大介的爸爸分别坐在两边，他们用手臂做出一个比心的姿势，围护着老人和孩子，每个人都笑容满面，尤其是罗大介，那绝对是世界上最美的笑脸。

方明有种预感，罗大介的父母很有可能会复婚，这个家庭极有可能破镜重圆。这种预感让他激动不已，他把这种感觉告诉了妻子，妻子仔细看了看微信里的画面，也从心里替他们高兴。

果然，一个多月后，罗大介的爸爸妈妈先后给他打来了电话，说他们都想好了，决定复婚，既为孩子，也为自己。他们对方老师非常感谢，说如果没有方老师，他们很可能就这样过一辈子，家没了，孩子也毁了，是方老师关键时候的伸手相助，让这个家庭走出泥泞，重获新生。

罗大介的爸爸还补充说，方老师为自己找的这份工作，虽然离家遥远，但收入高还稳定，他会好好把握，努力挣钱，一定让家人过上好日子……

罗大介的妈妈还在那家超市上班，虽然起早贪黑很辛苦，但脸上又露出久违的笑容。奶奶又回到了乡下，她舍不得那几分田地，周末就过来帮着料理家务，顺便带来一些新鲜蔬菜，为孙子做他最喜欢吃的水饺。

"爸爸虽然远在他乡，但心里始终牵挂着我的学习和生活，隔三岔五打来电话，妈妈忙着手头的活没工夫接，奶奶就急匆匆地走过来，接过电话不住地叮嘱：'家里一切都好，你呀要好好攒钱别乱花，自己也要吃好喝好注意身体……'"这是罗大介在作文《我眼中的幸福》中对家庭生活的一段描写，方明把这些文字用红笔标画出来，在旁边批注：真实的生活，温馨的画面。

中秋节的晚上，方明收到了一份特殊的礼物，是罗大介发来的一段时长 2 分 10 秒的视频，他轻轻点开，一个个真实的镜头展现在眼前：白发苍苍的奶奶站在老家门口默默等待，妈妈在厨房里忙忙碌碌做饭，爸爸戴着头盔在路上日夜奔波，而他正废寝忘食地读书学习……他借鉴了一些影视镜头，加上自己的巧妙构思，每个画面都真切感人，背景音乐歌曲和画面内容更是相得益彰："常常责怪自己当初不应该，尝尝后悔没有把你留下来……有多少爱可以重来，有多少人愿意等待，当我终于明白，你永远都是我的关怀……"

这个懂事的孩子，用他的聪明智慧，以这样的方式诠释了这个家庭的悲欢离合，揭示了爱和被爱的真谛。

我的青春我做主

　　春天来了，天气变暖，自然万物春意盎然。桃花中学校园里的花草树木得益于几位后勤人员的精修细剪，更是生机蓬勃，春光无限。

　　春天是令人思绪飘飞的季节，人会在这个季节里生发出无限的幻想，每一种幻想都妙不可言。正值妙龄的少男少女们，对美的渴望常常使他们怦然心动。于是诗人说，春天是爱情的季节。

　　一下课，很多女孩子们就往花园跑，她们有的凑近花朵闻嗅花儿的芳香，有的蹲下身子低头轻抚碧绿的小草，还有的女孩子站在桃花树下，伸出手指摆成 V 型，做出要拍照的姿势。花园俨然成了女孩子们的乐园，男孩子们大都不好意思进去，他们只是在花池边走来走去，一旦有谁进入，就像闯进了女儿国，顿感脸红心跳。

　　校委会周五的例会上，总务处薛主任提到一个问题，他说这段时间，随着天气变暖，花园里的花儿次第开放，花儿的芳香不仅引来了成群的蜜蜂蝴蝶，也招来了校园里的少男少女，一些女孩子一下课就跑进小花园里，在花前柳下嬉笑打闹，那些跟随左右的男孩子们，不是来观花赏柳，也不是来放松心情，而是来搭讪这些女孩子，他们有的同班，有的不是同班，但一旦置身美丽的自然环境，他们就忘乎所以，有时上课铃响了，有的学生还恋恋不舍。

薛主任经常在小花园修剪花草，早已发现这种现象，希望各班主任在班里强调一下，不要让小花园成为学生谈情说爱的乐园，再发现成双结对的男生女生，他可要拍照发班主任群里了。薛主任幽默的话语让到会老师们都笑了，但大家都明白，这个现象绝对不能忽视。

方明回到办公室，中午大课间活动时间召开了级部会议，就例会上薛主任提到的学生在花园逗留时间过长这件事，做了重点强调。老师们都笑起来，说春天是草木萌发的季节，少男少女们的身心也开始"蠢蠢欲动"，那是荷尔蒙在作祟，他们无法控制来自身体和心灵的双重冲动，很容易做出一些随心所欲的事情。

"所以老师们都要留心观察，发现那些'异常活跃'的身影，一定要跟踪调查及时汇报。"方明强调说。

这时，二班班主任唐小松说："这么一说，我倒想起一件事来，前几天我经过小花园时，发现一班的吴斌站在花池外，弓着身子两手弯成圆圈作拍照状，我往花园里一看，一班的汤小小一手触摸着花朵，一手把一根柳条拉在胸前，做好了拍照的姿势，看见老师来了，一下就蹿出花园跑进了教室。反正我看到他俩已经两三次了，其他班也有几对，我叫不上名字。"

"你怎么不早说……"方明说。

"你怕他俩谈恋爱？其实谈恋爱不是很正常吗，十三四岁的少男少女，情窦初开，季节使然。"有的老师开玩笑说。

"正是因为这样，所以我们才要关注孩子们的心理变化，注意他们的行为举止。随心所欲，跟着感觉走，很容易做出这个年龄不该做的事情。"方明说。

老教师张敏健说："大家想想是不是有这样的情况，青年男女谈恋爱，一般不会去人声嘈杂的热闹场所，相会地点大都选在景色优美、幽静无人之处，因为舒适宜人的环境，使人身心愉悦，更易表露心声。我们把校园打造得如此美好，是为了让孩子们在这里快乐学习，幸福成长，但美好的环境在愉悦身心的同时，也往往会使某些自控力较差的学生滋生情愫，对异性充满好奇和渴望，尤其是在万物复苏的春天。"

"决不能让学生产生邪念。"一位年轻教师说。

方明说："不能说是邪念，这个年龄阶段的孩子们，对异性的爱慕是一种正常的情感，只是这种情感不能任意而为，这就是我们对学生身心最应该关注的地方。"

唐小松提到汤小小和吴斌在花园里的事，让方明很是意外，在他的心目中，语文课代表汤小小，学习认真，做事谨慎，因为学习出类拔萃，是老师们关注的焦点，在班里威信极高，但性格有些孤傲，很多男生不敢接近。吴斌学习虽然有些进步，但在班里属于中游学生，汤小小喜欢和他在一起，方明还真没有想到。幸亏唐小松及时提醒，他得留心观察一下。

那天下午第二节，一班是体育课，方明到教导处取材料，经过一班教室时，他发现只有汤小小一个人在教室里坐着，他走进去问道："你怎么没去上体育课？"

汤小小红着脸不好意思地说："老师，我的脚刚才跑步时扭了一下，不能跑了，体育老师让我回来休息一下。"

"那，不要紧吧？"方明关切地问。

"不要紧，就是站立时有点痛，坐着没事。"汤小小想站起来试探一下，可一站她就疼得不行。

方明连忙扶她坐下，说："要不我给你父母打电话，让他们带你去医院看看？"

汤小小连忙制止说："不用了，老师，我觉得一会儿就好了，如果有什么事，我就跟您说。这个时间点，我爸爸妈妈都在上班，打电话他们也来不了，况且我又不是急性病，能坚持到放学……"

方明觉得这个女孩子很懂事，就说："那好，你坐着好好休息一下，有事需要帮忙就对我说。"

当方明离开教室走到楼梯口时，迎面碰上了急匆匆上楼的吴斌。

"不是上体育吗，你怎么回来了？"方明问。

"我……我回教室有点事……"吴斌有些慌乱，快步上了楼梯。

方明立即想起早上例会上点到的花园事情，还有唐小松告知的情况，他回过头，看到吴斌进了教室。他立即进了楼下的监控室，他坐在监控屏幕前，他要看看，吴斌回教室究竟要干什么。

监控屏幕上看得清清楚楚，吴斌走进教室，径直走到汤小小跟前，低下头询问着什么，汤小小低头不语，吴斌在她对面坐了下来，后来很长一段时间，两人一直在说着什么，汤小小好像还低头抹眼泪，吴斌从兜里取出一沓纸巾递给了她，然后继续对汤小小说着什么，直到下课铃响了，同学们陆续回到教室，吴斌才回到自己的座位上。

刚才监控里看到的一切，印证了唐小松的话千真万确，方明这才明白，这两名男女同学确实彼此产生了好感，他俩单独在一块的机会太多。幸亏几位老师及时提醒，要不自己还一直蒙在鼓里，他觉得很有必要找他俩谈谈，但从哪里入手，方明感到有些为难。

不久发生的一件事，让方明找到了解决问题的办法。

那天放学后，几个干值日的学生正在教室里打扫卫生，有个叫王叮咚的学生急匆匆跑来，走到方明跟前，神秘地说："老师，给您看样东西。"

"什么东西，这么神秘？"方明问。

"是一封情书。"王叮咚说着从口袋里掏出来，"刚才扫地时，在地上捡到的，是吴斌写给汤小小的。"

"你打开看了？"方明问。

"没……没有……"这个男生顿时紧张起来。

"没看你怎么知道是吴斌写给汤小小的？"方明问。

王叮咚红着脸说："我就看了开头几句……其实猜猜也知道谁写给谁的，他俩的事大家都知道，早已不是什么秘密了……"

"你从哪里看得出，吴斌对汤小小有好感？"为了不引起王叮咚的注意，方明故意漫不经心地问。

这一问，王叮咚立即打开了话匣子，他往老师身边靠了靠，压低声音说："我也不是向您告状，其实大家都看见了，比如说，一下课吴斌就拿着本子凑到汤小小跟前，说是请教问题，其实是找机会靠近她。"

"那汤小小给他讲解吗？"方明问。

"讲啊，讲得可认真啦，但我觉得，吴斌不一定听得懂，虽然他频频点头，可能只是假装听懂，他很要面子，他怕女同学笑话他……"

"这只是在学习方面同学之间的互帮互助，汤小小学习优秀，吴斌向她请教，不是很正常吗，你怎么就认为他们是在谈恋爱了？"

王叮咚一听急了："不是我这样认为，大家都这样认为，又不是我第一个发现的。"

"那你还发现什么了？"方面继续问道。

"我还发现，不，大家还发现，每次在食堂吃饭，吴斌一定坐在汤小小旁边，时间一久，大家都自觉给他俩让位，就算其中一个偶尔有事没去吃饭，那个位子也是空着。"

"那吃饭时，他们有什么不一样的表现吗？"

"这……这倒没有……不过，汤小小吃饭有点慢，吴斌每次也慢吞吞地吃，留下来陪她到最后。"王叮咚说得很认真。

方明想让王叮咚说得再详细一点，就说："这也不能说明他俩谈恋爱啊！"

王叮咚一听急坏了："哎呀，老师，您怎么这么粗心啊，他俩都到这个程度了，你还说不是谈恋爱。我又想起一件事，上周体育课，汤小小崴脚了，体育老师让她回了教室，一会儿吴斌就说头痛，也向老师请假回了教室，很多同学都捂嘴偷笑。还有还有一件，现在一下课，汤小小就去小花园，吴斌也会去那里，又打手势又拍照，引得很多同学驻足观望。"

方明表面上不露声色，但内心却极不平静，看来王叮咚没说假话，后面两件事和老师们反映的一模一样，要是真的这样，吴斌和汤小小之间的关系绝对超出了一般同学之间的关系，给同学们的印象就是在谈恋爱。

他决定再进一步调查，就问王叮咚："你知道咱班的女生，谁和汤小小关系最好，称得上是知己的那种。"

"段丽萍。"王叮咚不假思索地说。

方明点了点头，叮嘱王叮咚不要把这件事告诉任何人，如果发现吴斌到处寻找信件，也不要声张，装作什么也没发生。王叮咚向方明保证不向任何人泄露，然后就回了教室。

方明把这封信看了一遍，信中写道：

汤小小同学：

得失成败乃人生之常事，看得轻，就似闲庭散步；看得重，就是惩罚自己。希望你尽快从烦恼中走出来，重新看到你灿烂的笑脸。

一个不会让你心烦的同学 吴斌

单从这封信，似乎也不能断言这两个学生在谈恋爱，这分明是同学之间精神和意志上的互激互励，如果就抓住这点大做文章，那未免有点神经过敏，做不好，会适得其反，直接影响学生的情绪和学习。为了保险起见，方明决定再找段丽萍了解一下。

第二天下午大课间，方明把段丽萍叫到心理咨询室，这里没人，谈话比较方便。这位女学生不知老师把她叫到这里问什么事情，神情有些紧张。

方明温和地说："你别紧张，老师向你了解一点情况，关于咱班汤小小的。"

"好的，老师。"段丽萍很爽快。

方明问："你和汤小小是好朋友，这点我早就看出来了，你发现汤小小这段时间有什么异常吗？"

段丽萍有些不解："老师，您指的是哪一方面？"

"情绪方面。"

"没什么异常啊，她就是性格有些内向，喜欢安静，下课后不太活动。我们几个女生平时打打闹闹、嘻嘻哈哈，她很多时候都是坐在自己位子上静静地复习和做作业。"

段丽萍接着说："其实汤小小原来不是这样的，她很活泼好动，爱说爱笑。我们两个从小学就是同班同学，我家和她家也隔得不远，我们俩都报过舞蹈班，她的天赋比我高得多，好几次比赛我被淘汰了，她却连续拿奖。一上初中，她妈妈就不让她上舞蹈班了，汤小小哭着不放，还是我妈妈去她家说了几次情，她妈妈才勉强同意，但绝不能耽误学习，练舞蹈耽误的时间，必须自己想办法找回来，考试一旦考不好，就立即退出舞蹈班……"

方明明白了，为什么别的孩子课下都在外面追逐打闹，而汤小小却在拼命复习做题，她不想放弃心爱的舞蹈，也不想学习落后。方明想起初二刚接手时，学校要组织校园文化节活动，需要各班有才艺的学生报名，当时很多同学和老师都推荐汤小小，说她的舞蹈在小学就拿过省级一等奖。方明立即找来汤小小，征求她的意见，她当时就不敢答应，说回家问问父母。结果第二天一早，汤小小走进办公室说不想参加，也说不出原因。方明不好意思勉强，就没给她报名。现在看来，因为她妈妈要求过于严格，一切与学习考试无关的事情，她都不能参加。

方明说："她不想浪费一分一秒，全部精力都在学习上。不过这段时间她倒很注意劳逸结合啊。这段时间，你们是不是经常去小花园那儿？"

段丽萍一怔："啊……是……是去过，那里的花儿开得鲜艳，我们去那里欣赏花儿，放松一下……"

"咱们班的男生也经常过去吗？"

"有啊，有几个男生也经常去，不过我们不是相约而去，都是自由玩乐。老师，您是不是听到了什么风言风语？"

"有人看见汤小小经常和一个男生在小花园里玩，我怕闹出什么事来，女孩子嘛，心眼小，直接找她怕她难为情，知道你俩要好，从侧面了解一下，没事最好。回去后你别告诉汤小小，那样会增加她的心理负担。"

"我懂，老师。不过……"段丽萍欲言又止。

"看你，有什么事你就直说嘛，叫你来就是为了了解情况。"方明说。

段丽萍有些犹豫地说："老师，有件事我不知该不该对您说，反正汤小小嘱咐过我不要对任何人讲。"

"你俩不是好朋友吗？为了帮助她，就应该全力相助啊。"方明笑着说。

段丽萍终于鼓足了勇气："老师，汤小小在家经常挨揍，她妈妈经常揍她，前几天在厕所，我看到她的腿上和胳膊上有瘀青，我问她，她还掉了眼泪，她说她都不想活了……"

方明心中一惊，这是他万万没有想到的，急忙问："她妈妈为什么打她？"

"可能是因为学习。汤小小如果考试没考好，回家后她妈妈就疾风暴雨般批一顿，如果考得好，她妈妈要求更严，要求下一回更好，总之，对于她的学习，她妈妈永远都不会满足，也永远不会表扬她。所以，无论考得好还是考得差，她都不会快乐……"

"你是从什么时候知道她妈妈打她的？是汤小小自己告诉你的吗？"

"从初一时我就知道，因为我和汤小小是好朋友，她愿意把心事告诉我，我也愿意为她保守秘密，她不想让别人知道，我从不告诉别人，老师，今天您知道了，你也别告诉别人，汤小小自尊心很强……"

"你放心，我肯定不会告诉别人，但这样下去也不行，会影响汤小小的身心健康，我得和她妈妈交流一下。她妈妈不是医生吗，按说她更应该懂得如何教育孩子，怎么会采用这样偏激的方式？"

说到这里，段丽萍笑了："老师，我真该庆幸，我妈妈就是一个典型的农村妇女，她自己文化水平不高，也不太会教育孩子，我和弟弟都很快乐。她除了一心一意为我们的衣食住行操心外，很少过问我们的学习，我和我弟弟少受不少'虐待'，她绝对不会撕掉我的作业或试卷，也不会给别的家长打电话比较成绩。考好了，她高兴，考砸了，我想隐瞒，她也不一定知道。在我们家里，只要弟弟不吵闹，绝对听不到大喊大叫声。所以啊，我的眼里没有忧伤，我的脸上没有泪水。不过老师您别误解，我可不是那种偷奸耍滑的坏学生，我也很努力，也不知道为啥成绩就是不太好，可能是我的智商随了我爸爸……"

方明终于知道，为什么汤小小喜欢和段丽萍交朋友，也愿意把心事告诉她，这个女孩子性格随和，乐观向上，而且懂得关心他人，这些当然和她的家庭环境有关，虽然家境一般，但父母相亲相爱，家庭温暖幸福。而汤小小的父母虽然都是知识分子，但过于严厉的家教，抑制了孩子的天性，汤小小性格的内向、沉默都与这些因素有关。

方明微笑着说："你是一个阳光快乐的女孩子，谁都愿意和你交朋友。除了你，你发现汤小小和班里哪位男生比较要好？"

一听这话，段丽萍有点急了："老师，您又回到这个话题了，汤小小没有谈恋爱，她学习那么刻苦，所有的时间她都在学习，她哪有心思想这些事啊，再说了，我们班哪个男生敢追她啊！"

方明不得不亮出了底牌："有人在班里捡到一张纸条，是写给汤小小的，从内容来看，不算情书，但肯定说明问题。没有署名，我也猜不到，所以才把你叫来问一下。"

段丽萍略加沉思，然后说："老师，有一个人，但我也不确定，我认为他们不是谈恋爱，只是谈得来，互相欣赏罢了。"

"是谁？"

"吴斌。"

段丽萍连忙补充道："老师，您不要随便就断定他们谈恋爱，我认为汤小小不是那种女孩子，这一点我最清楚了。吴斌很上进，他在学习上追赶汤小小，汤小小就是他学习上的偶像目标。我们最讨厌那种大惊小怪的老师了，只要一看到男女同学在一起，就用意味深长的眼光来警示，希望您不是那样的老师。"

"只要你们正常交往，不逾越友谊的界限，男女生在一块又有什么不可？老师不会捕风捉影，更不会妄下断论！"

方明同样叮嘱了段丽萍一番，就让她回去了。

看来，必须及时和汤小小妈妈交流一下。当天晚上，方明就给汤小小妈妈打了电话。

汤小小妈妈是先挂断电话，然后又打过来的。她说："方老师，刚才我在家里，孩子在旁边做作业，在家接听电话不方便，现在我在楼下广场上。我知道你为什么打电话，其实你不打来，我也正想找个时间和你谈谈。"

"噢？那你给我打电话是……"方明想知道汤小小妈妈打电话的原因。

汤小小妈妈说："我昨天打了她，你可能看到她脸上和胳膊上的伤痕了，你知道我为什么打她吗？还真不是因为学习，要是因为学习，我不会偏激到这个程度，我打她是因为她现在和班里一个男孩子谈恋爱……"

汤小小妈妈好像要把"谈恋爱"三个字含在嘴里咬碎，以解心头之恨，语气低沉而生硬。方明内心一惊，刚刚散去的疑虑重新涌上心头，看来种种迹象都没猜错，王叮咚也没有说谎，段丽萍是为好朋友遮掩。于是说道："你把情况具体谈谈。"

汤小小妈妈情绪很激动，但能听得出她在极力克制着："方老师，是这样的，上个星期六，我正好上班，孩子说好在家做作业，不是快要考试了吗，作业较多，我也单独给她布置了习题，打算中午回来吃饭时给她检查。中间有点事我回家一趟，可还没到家，碰到邻居大婶在楼下看孩子，看见我回来，就走过来对我说，我家小小刚才和一个男孩子出去了，两人都骑着变速车，我打开储藏室的门，她的变速车果然不在了。我很吃惊和意外，这个男孩子是谁啊？是她的同学还是什么人？我当然会担心，况且平时也没听她说起过。给她爸爸打电话，他也不知道咋回事。我当时又气又急，差点就报了警。一中午上班我都心神不宁，等中午我回家，她已经回来了，还对我撒了谎，说自己没出去。看她死活不承认，我才打了她，这次下手有点重。她把自己关在屋里不吃不喝不开门，直到晚上她爸爸下班回来，听了我的解释，才连哄带骗把门打开。我怕她晚上赌气跑出去，才忍住没再逼问她。她爸爸想心平气和地和她谈，一提这件事，她就闭嘴不语，一连几天都是这样。这几天一直和我闹别扭，再怎么我也是她妈妈，女孩子万一弄出什么事，那还了得？我想和你谈谈，又怕引起什么不好的后果，但想了几天，觉得还是得和你谈，你得告诉我，那个男孩子叫什么名字……"

　　方明说，自己也是最近才知道这件事，虽然不能断定他们之间的关系，但瞒着大人单独来往，就已经不太正常，所以对待这件事要细心观察，不能贸然行事。他没有告诉汤小小妈妈吴斌的名字，不过他请汤小小妈妈放心，这个男孩子虽然学习一班，但性格豪爽大方，品质诚实善良，在班里甚至全校都有很高的威信，不会做出什么出格的事来，明天就找这个男孩子谈话，了解一下情况，然后再给汤小小妈妈回话。

　　第二天午休时间，学生都在教室里睡觉，方明把吴斌叫了出来，没想到一走出教室门口，吴斌就笑嘻嘻地问道："老师，你找我是不是因为汤小小的事？"

这让方明始料未及，但立即镇定地问道："你这小子看来还真是内心有鬼，你是不是迷恋上这个女孩子了？"

吴斌有些不好意思，口气有些哀求地说："老师，您别在班上说这件事，我和汤小小真的没有什么，就是一般的同学关系，您最好别找汤小小谈话，那样她会……"

"不找她，先找你，你把你们之间的事，说说我听听。"

"从哪说起啊？老师，您提示一下。"吴斌笑嘻嘻地问。

方明说："就从你什么时候开始向她请教，为什么有事无事总是喜欢往小花园里跑，还有周末去她家约她外出等这些事谈起吧。"

吴斌还是笑嘻嘻的样子："老师，您怎么都知道了，是谁告诉您的？"

"这还用别人告诉吗？我自己都看到了。老实回答我的问题。"

吴斌搔了搔头发，有点难为情地说："我很喜欢汤小小的性格，文静、善解人意，从不歧视学习差的学生，不像班里有些女生那样，学习好就趾高气扬，对别人不屑一顾。我刚来时，可能是我的衣着有些特别，别人都用那样的眼光看我，汤小小同学从不大惊小怪，她总是善意地提醒，而不是看你的笑话。最主要的是，她总是诚心诚意地帮助你，而不需要你说什么感谢。"

方明微笑着，用温和的眼神示意他继续往下说。

"说来我也奇怪，别人给我讲题我听不懂，而她一讲我就豁然开朗了……"

"所以你就总是在课下拿着书本追着她问，你是真的求知欲强烈，还是别有用心啊？"

吴斌悄悄对方明说："在请教的过程中，我开始慢慢喜欢上了她，不过这种喜欢很纯洁，百分之八十是佩服……还有，老师，我发现汤小小除了学习，一点也不快乐，她很痛苦……她爸爸妈妈对她要求太严格了，别的学生一下课都在外面玩耍，而她总是在做题、复习、预习。她特别害怕考试，考试前拼命复习，考试后担心成绩，一旦考不好，她就非常沮丧。她说回家她的妈妈一定会把成绩问个清清楚楚，左比右比，前比后比，考不好她妈妈自个儿首先崩溃，然后殃及她的爸爸，一家人都鸡犬不宁……有几次，她的妈妈还把她的试卷撕掉了……哎，汤小小最怕考试了，她的心理负担很沉重，有几次，她都说不想活了……我回家和我父母说起这些事，我妈妈心疼得掉眼泪，我爸还打算和她妈谈一谈，不过考虑到我学习又不好，也没什么说服力，怕被人家笑话，就没再过问这件事。"

"这些都是汤小小告诉你的？"方明问。

"别的同学都不知道她的情况，她也不太喜欢那些叽叽喳喳的女生们，我经常请教她，和她熟悉了。我的性格，很多女生都喜欢，她也不例外，所以她就对我特信任，和我说知心话。"

"看来她把你当作了知心朋友，那你周末去她家干什么？"

"因为她告诉我周末她不能出去玩，但她很想在外面散散心，我们就约定周末一起骑车到附近一个娱乐园里放松一下……"吴斌说。

"你们是怎么放松的？就是骑着车子遛遛弯？"方明问。

"我们围着沿河路绕了一圈，然后在河边的木椅上坐了一会，中间我跑到旁边的小超市买了两根冰激凌，我打算中午请汤小小吃烧烤，可她说她妈妈回家吃午饭，她必须在她妈妈回家之前赶回去。过了一会儿，汤小小就急着回家了……但没想到还是被她妈妈知道了，好像是她挨了一顿揍，我发现她的手上有伤痕，而且这几天她的情绪也不好……我感到很内疚，本来我想做好事，做着做着就成坏事了……方老师，你得帮帮汤小小，她很痛苦，我真怕她想不开，有一天突然从楼上跳下去……"

最后一句话，就像一把钢刀猛戳方明的心窝，这是他最担心的事情。方明已经从两位同学的嘴里，了解到汤小小的悲观情绪，真怕孩子做出什么过激的事情。作为老师，他为没能及时了解学生的内心世界和学习情况而内疚不已，他决定马上进行下一步的工作。

方明被眼前这个男孩子的真诚和爱心感动了，越发觉得他可爱，就说："其实你们不是谈恋爱，你是在帮助她，但种种行为被同学们误解。"

吴斌连忙说："不，老师，我真心喜欢她，不过我不会过早谈恋爱，等将来某一天，我也可能向她求婚……嘻嘻……"

方明被他逗乐了："你的性格爽快大方，又善于帮助别人，同学们都很喜欢你，这是多么好的人缘，你要把自己的学习搞上去。对于汤小小的事，谢谢你的帮助，这才是同学之间该有的样子。汤小小是家庭方面出了问题，她的妈妈对她要求过于严格，考试带来的巨大心理压力，让她对考试产生了恐惧心理。家庭沉闷的环境让她郁郁寡欢，所以她渴望找到一位知心朋友，向他倾诉，而你正好是这样的朋友，你让她感到学习和生活的快乐，你做得不错，只是她的父母对你有误解，我会向她的父母解释清楚的。"

"老师，她的父母会揍我吗？"吴斌有点担心地问。

方明笑着说："当他们明白了事情的原委，感谢你还来不及呢！"

吴斌在原地起跳了一下，高高兴兴回教室了。

方明还没有把邀请的电话打出去，却接到了吴斌爸爸的电话，他说汤小小妈妈给他打来电话，上来就是劈头盖脸一顿训斥，说没把孩子管教好，在学校和她的女儿谈恋爱，老师同学们都知道了，周末还到家里来约会，再这样下去，那还了得？

"如果我不好好收拾一下这个孩子，她就亲自到学校找我儿子，我怕闹出什么事来，就打电话给你，你看看这件事怎么办好？"吴斌爸爸非常着急。

"不过，方老师，我平时从儿子谈话中得知，我儿子确实很喜欢这个女孩子，我多次警告他绝对不可以谈恋爱，他都向我保证，不会早恋，但我也担心，孩子毕竟是孩子，万一做出什么昏事，那就后悔莫及了……你看看怎么处理这件事，我能帮忙做点什么？"吴斌爸爸补充说。

方明最担心的是汤小小的情绪，现在孩子的世界里一片冰霜，唯一让她感到信任的就是吴斌，这个善良的男孩子，就像一道阳光，让汤小小感到温暖，而且随着时间的推移，交往的深入，她对吴斌的感情越来越深，毕竟只有他才能理解自己啊！如果汤小小的妈妈来学校大闹一场，那无异于把汤小小向绝望的深渊推了一把。方明觉得，做好双方父母的工作，已经刻不容缓。他决定让双方父母都来学校，当面把事情解释清楚，最主要的是要做好汤小小父母的工作，他又征求了一下吴斌爸爸的意见，最后决定周三中午十点在学校碰面。

周三这天，下着毛毛细雨。大课间时间，学生原本在操场上活动，因为下雨，很多学生只能站在走廊里，从楼窗往外欣赏雨景。

这时，有个学生突然大喊了一声："快看，那是汤小小的爸爸妈妈。"周围一群学生都向楼下看去，看见一对衣着时尚的夫妇，举着伞站在学校接待室门前东张西望。这时从校门口又进来一对中年夫妇，有个眼尖的学生立即喊道："看看，还有吴斌的爸妈。"班里有些学生知道最近这段时间吴斌和汤小小的关系，凑在一起交头接耳，有的还捂着嘴偷偷发笑。

两位学生的家长都站在楼下，汤小小妈妈掏出手机打电话，打完电话，吴斌爸爸想过去和她握手，没想到汤小小妈妈一转身走了，吴斌爸爸有些尴尬地站在那里，点头向汤小小爸爸打了个招呼。这时方明走了过去，领着四位家长进了招待室。

不知是谁在教室里喊了一句，全班同学都知道汤小小和吴斌两人的父母被老师请来了学校，吴斌立即跑到窗前张望，没看到父母的影子，但他知道他们来校的原因，其实他很不希望方老师这样做，这样会把事情弄糟。昨晚就因为这事，他还和爸爸吵了一架，但爸爸说不是他愿意这样做，是汤小小父母想当面挑明，今后决不能让他的儿子再靠近她的女儿。

吴斌偷偷看了一眼汤小小，发现她低着头，紧咬着嘴唇，吴斌知道她心里肯定很难过，也没法过去安慰她。这节是物理课，老师说去物理实验室做实验，很多同学都拿着课本和笔记本，陆陆续续去了物理实验室。

招待室里，中间有一张长方形大桌，方明招呼四位家长面对面坐下。吴斌的父母坐下后，汤小小妈妈对已经坐下的丈夫使了一个眼色，汤小小爸爸无奈地站起来，但犹豫了一下又坐下，汤小小妈妈只得挨着丈夫坐下来。汤小小妈妈显然对吴斌父母极其反感，连坐也不愿和他们坐在一起，确切地说，她觉得跟这种身份的父母并排而坐，而且谈论儿女问题，她感到是对自己莫大的侮辱。

方明发觉她的情绪，就笑着说："几位家长是第一次见面吧，来，咱们往中间靠靠，说话方便些。"

"坐这儿就行，说话都听得见。"汤小小妈妈立即用眼神制止身子往前挪的汤小小爸爸。

吴斌妈妈连忙说："就坐这吧，方老师，我们说话大声点就是了。"

"那好，就这样。"方明说，"今天把你们四位家长找来，就是交流一下两个孩子最近的表现。电话里我们也都了解了一下，有些问题我们需要当面沟通，希望家长们敞开心扉，畅所欲言，不要有什么顾虑。孩子的学习当然重要，但比学习更重要的是孩子的身心健康，根据最近一段时间老师们的反映和我自己的观察，这两个孩子都存在一些问题，这就是今天通知你们来的目的。你们先谈谈孩子最近在家的表现。谁先说说？"

汤小小妈妈把头一扭，那神情和动作分明在说：我们孩子没什么过错，是你们孩子出了问题，你们不先承认错误，还让我们承认不成？

吴斌爸爸显然看出汤小小妈妈的意思，于是他笑了笑说："不怕大家笑话，我吴大全是个大老粗，没念过多少书，也没上过高中，初中毕业后就闯社会，这些年东奔西跑的，对于教育孩子真没什么方法和经验。孩子在小学成绩就不是太好，但自从转到咱们桃花中学，成绩还真提高了不少，性格脾气也有很大转变，非常感谢老师们的辛勤付出，能有这样一群爱岗敬业的好老师，我们做家长的一万个放心。吴斌这个孩子，喜欢时尚，爱追风，但心地很善良，乐于助人，因为他性格随和，到哪里都有一群孩子围着。当然，小孩子嘛，矛盾肯定也有，打打闹闹，分分合合，犯了大错，我肯定不能纵容，一些小事，我一般不太在意，孩子自有孩子的天地，我们当家长的不能过多干涉……"

话没说完，汤小小妈妈插话："吴同学爸爸，我想问问你，什么事算大事？什么事算小事？在初中阶段就追着女孩子谈恋爱，这算大事还是小事？我们是管还是不管？"

"这当然不行，这是大事，得好好管……"吴大全神情一下严肃起来。

方明本想让双方父母谈谈孩子最近的表现，以便双方父母和老师更好地了解，然后适当地切入正题，没想到汤小小妈妈一下就直入主题，这未免太仓促急躁，很容易产生矛盾，使场面陷入僵局，好在吴斌父母脾气性格沉稳随和，不至于发生口角。

方明说："来，汤小小妈妈，你谈谈孩子。"

汤小小妈妈情绪一直很激动："我家小小从小就懂事，性格脾气遗传了她爸爸，不急不躁，沉稳安静。我们都上过大学，我是本科，他爸爸是研究生学历，我女儿的智商绝对没问题。我对她要求很严格，从小博览群书，琴棋书画不说样样精通，起码也都门门涉猎，女孩子嘛，就得有些才艺，自身素质越高，谈婚论嫁时才有资格提高择偶标准。待人接物的礼节，从小我和她爸爸就以身示范，走到哪里我也放心，不会给我们丢人。一句话，我家小小是那种做事有条不紊、细心文静的女孩子。我们给她定的目标是名牌医科大学，将来有机会尽量出国深造。我是一名外科医生，平时手术较多，无论多忙，不管多累，回到家里，第一件事就是检查孩子的作业。她的爸爸也经常出发，但是不管在哪里出差，一有时间，就打电话询问孩子的学习，包括布置额外的家庭作业。"

"是老师布置的作业以外的作业？"方明问。

"对。只做老师布置的不行，还要有另外的，只有比别人学得多、做得多，成绩才会比别人好，我们都是这么拼过来的，这一点深有体会。"

吴大全有些惭愧地说："这一点我真佩服你们，也很羡慕你们，你们学历高，知识丰富，在家辅导孩子没问题，也懂得怎样引导孩子，所以你们的孩子学习优秀，哪像我和斌斌妈妈，都是初中毕业，知识贫乏，眼界有限，有时孩子提个问题，还真不知怎么回答。孩子也羡慕那些高学历的家长，遇到难题一下就解决了，哪像我们两个，干着急没办法。所以啊，就指望你们老师了……我也希望孩子好好学，将来靠本事吃饭，别像我和他妈妈一样，一天不干活，一天没饭吃，没办法啊……"

"所以，吴同学爸爸，我们得管好自己的孩子，学习不能分心，一旦早恋，学习就会一落千丈，我们的努力就会前功尽弃，他们的希望就会化为泡影，最后追悔莫及！想想看，这方面的例子真是数不胜数！我们都是过来人，再怎么学识短浅，对于孩子早恋这件事，也该懂得它的危害吧？咱不能老拿自己不懂不知当挡箭牌，别的事可以睁一只眼闭一只眼，早恋这件事丝毫不能迁就手软，咱是孩子的亲生父母啊……"汤小小妈妈声色俱厉，两个手指头在桌面上敲打着，气势咄咄逼人。

"这……他们没有这回事吧？"吴斌妈妈在一旁小心地说。

"你儿子上个周末去了我家，把小小带出去了，我中间回来拿东西，左邻右舍都告诉我，幸亏我回来了一趟，要不我还蒙在鼓里呢！"

"我儿子去你家，你不知道原因？"吴斌爸爸问。

"不问你儿子，还问我原因？难道是我让他去的？"汤小小妈妈勃然大怒，"自从你儿子开始追我女儿，小小的成绩就下降了，一回家就把自己关在屋里，心事重重……幸亏我发现得早，对她看管得严，要不然还不知会弄出什么破事来……"

"不过，你不在家时，小小好像很快乐，她曾对我多次提起过吴斌这个同学，我看得出，小小非常欣赏这个男孩子……"汤小小的爸爸突然插了一句。

"原来你早就知道这件事，为什么一直瞒着我？"汤小小妈妈狠狠白了丈夫一眼。

"你对孩子太严，说了你肯定紧追不放，孩子也没做错什么……"汤小小爸爸很无奈。

"都追到家里了，还装作没看见？非得等到生米做成熟饭、纸里包不住火的时候，你这个做父亲的才来过问？"

"你胡说什么！哪有这么严重！不要人为地制造影响，孩子就是孩子，什么情啊爱啊，没有就是没有……"汤小小爸爸怒怼妻子。

看着汤小小父母激烈地争论，吴斌的父母不敢再说什么，生怕哪一句说得不妥，招来汤小小妈妈的一顿奚落，毕竟是因为自己的儿子招惹了人家的闺女，但又觉得十分委屈，孩子也没做错什么啊！

谈话的气氛陷入僵局。

方明开始发言："刚才我听了两位家长的谈话，深有感触，对两个孩子及其家庭有了更深更全面的了解。我们首先来谈谈汤小小。汤小小同学文静端庄，好学上进，乐于助人，尤其在学习方面，对班内成绩差的同学，总是耐心帮助，从不骄傲自大，是老师和同学们公认的好学生。

"但最近一段时间，她的成绩有所下降。通过老师的观察和找她本人谈话，还有调查和她要好的同学，都反映这段时间汤小小情绪不太稳定，而情绪变化大的主要原因还是因为成绩的下降。其实在每一个学习阶段，孩子的成绩起起落落是正常的事情，家长不能大惊小怪，如果家长都不能镇静，那孩子该怎么办呢？汤小小心理负担过重，她需要找一个突破口，来释放一下自己的压力。她渴望能有人理解自己，但在家里她无处倾诉，那她只能在同学中间寻找，吴斌就是这样走进了汤小小的内心。"

方明顿了顿，看了吴斌爸妈一眼："吴斌同学最突出的特点就是善良有爱心，这和吴老板你对他的教育是分不开的，正是因为你的乐善好施，宽以待人，才对孩子产生了潜移默化的影响，让他从小就有一颗美好的心灵。我们评价一个孩子，决不能单单看他的学习成绩，更要看他的道德品行。吴斌同学虽然成绩一般，但他豪爽大度、乐于助人，在同学们中有很高的威信，很多同学都喜欢和他交朋友。"

"可我不希望汤小小现在和男生交朋友，把握不好，就会产生恋情，孩子太小，很容易做出不应该做的事情……"汤小小妈妈立即反驳。

"你怎么知道他们就是谈恋爱？我从斌斌嘴里得知，他很同情汤小小，说她一点也不快乐，成天心事重重，甚至还……"吴斌妈妈没有说完，被吴斌爸爸用眼神制止住了。

"我家小小有什么不快乐的？生在一个知识分子家庭，衣食住行，优中选优，我从来没听她说自己不快乐。"汤小小妈妈生气地说。

"那是因为你太严格了，孩子不敢和你说真心话，看起来她很快乐，其实她内心很痛苦。"吴斌妈妈说。

"孩子对我不说真心话，那她对你说了？"

"和我儿子说了，你女儿说她都不想活了……"

最后一句让汤小小妈妈大吃一惊，刚要发作，有个学生推门走了进来，是班长秦晓媛，她语气急迫地说："老师，汤小小不见了……"

"不见了？她没在物理实验室上课？"方明问。

所有的人都一下站了起来。

"天哪，这孩子不会出什么事吧？"汤小小妈妈第一个冲了出去，大家也都跟着跑了出来。

"去过女生厕所吗？"方明问。

"去过，没有。"秦晓媛说，"也去过舞蹈室，也没有。"

"走，去小花园，其余的人去教室，你们几个去各个教学楼转转看……"方明带着秦晓媛去了小花园，只要能藏身的角落，都仔细寻找了一遍。

这时，教物理的张老师带着两名男生吴斌和孟非从物理实验室跑了过来，看见方明几个人正在匆匆寻找，老远就喊："有同学说，临上课前，看见汤小小好像一直在掉眼泪，结果等大家坐好后，才发现汤小小没跟过来。秦晓媛把校园里找遍了，也没找到，你看看，要不咱们发动全体教师一起找……"

方明吩咐大家到楼上找，尤其是楼顶。这时吴斌忽然想起了什么，他飞快地向四号楼跑去，从一楼一直飞跑到五楼，五楼存放着学校各种废弃教学器材。四号楼在学校最南端，东南面被校园里高大茂密的法国梧桐树遮蔽着，平时除了后勤部几位老师过来取东西，很少有人上来。吴斌记得有一次，汤小小英语没考好，回家被妈妈狠狠骂了一顿，第二天大课间，她约吴斌来到这里，这个勤奋上进的女孩子，第一次表现得悲哀无助，把头轻轻靠在了吴斌的肩上，泪流满面……吴斌为她唱了一首歌，歌名叫《我是一朵自由的云》，想方设法逗她开心，直到她破涕为笑。临走时吴斌还告诉她，今后不要一个人来这里，这个地方有危险，窗玻璃的防护不牢固。汤小小说这个地方很清静，情绪烦乱时可以跑来静一下。

当吴斌一口气跑上五楼时，发现汤小小已推开了门窗玻璃，一只手抓着窗框，另一只手按在窗沿上，而一条腿已经跨出了门窗，随时都有摔下去的危险。

看见吴斌过来，汤小小哭着喊道："你不要过来，我不想活了……"

楼下有人发现了汤小小跨出去的一条腿，在楼下大声劝阻着。五楼楼梯口，汤小小的爸爸和妈妈赶过来了，她妈妈被眼前的一幕吓呆了，她简直不敢相信自己的眼睛，平时文静听话、理智冷静的女儿，竟然做出这样的选择，她想大声呼喊，但还没张开嘴，就晕厥过去。

汤小小的爸爸扑通一下跪在了地上，捶着胸膛说："小小，你这是怎么了，我和你妈妈哪里做得不对，你说出来我们听听，你怎么做这样的傻事啊……你要是有个三长两短，我和你妈妈也不活了……"

汤小小哭喊着："你们以后再也不用为我的学习操心了，我受够了你们的唠叨逼问……你们怕我早恋，可我就是早恋了……我从他那里能得到理解和同情，能听到歌声和笑声，能得到安慰和鼓励……这些你们给过我吗？你们听过我的叹气和啜泣吗，你们允许我失败和辩解吗，我感到好累啊……只有这样，才可以得到解脱……"

汤小小妈妈清醒过来，泪流满面地说："孩子啊，我们错了，我们不该逼你，你下来，妈妈今后再也不会逼问你的学习了……"

方明站在离汤小小最近的位置温和地喊道："汤小小同学，你是我最骄傲的学生，班里所有的奖项，几乎都和你有关，没有你就没有这些荣誉；在同学们的眼中，你是他们的榜样，多才多艺，美丽善良，班里哪个同学没得到你的帮助？哪位同学的作文中没出现你的名字？你知道吴斌是怎么评价你的吗？"

方明看了一眼吴斌，眼里充满了期待，吴斌点了点头，明白老师的用意，他往前走了几步："汤小小，在我没认识你之前，你知道我是什么样子吗？我是班里最差的学生，吃喝玩乐，和班里那群哥们干尽了坏事，从来不谈学习，我认为我生来就不是块学习的料，什么远大理想、美好前程，统统和我无缘。但，自从我来到这里，认识了你以后，你的精神和意志，你的兴趣和爱好，影响着我，激励着我，我的转变和进步与你息息相关，你是我最感激的人。我的目标是中考时赶上你，高考时超过你！我不相信那个有着崇高理想、多才多艺的汤小小，会是一个脆弱不堪的女孩子……你要是做了傻事，那所有的励志故事，都将成为谎言，莘莘学子，将会怀疑人生……"

"空中有朵洁白的云，那就是自由的你，不论你飘向哪，我都在后面追着你……是风吗，是雨吗，我不会惧怕你……"吴斌唱了起来，歌声在整座楼上飘荡。

汤小小低下了头，泪水哗哗地流下来。就在这时，吴斌一个箭步跑过去，紧紧地抓住了她的胳膊，在场的人全都鼓起掌来……

又是一个融融的春日，空中飘着百花的芳香。桃花镇一座景色优美的大山上，游人如织。在半山腰一家农家乐大院里，汤小小父母、吴斌父母以及方明一家三口，还有吴斌和汤小小，将在这里共进午餐。

一周前的事件，让汤小小父母心有余悸，加之方明的教育开导，汤小小妈妈彻底认识到自己在教育孩子方面的失误，幸亏老师们及时相助，否则后果将不堪设想。为了表达对方明老师及吴斌一家的感谢之意，汤小小父母决定利用周末时间，请大家在这里吃饭。

一下车，汤小小和吴斌就爬山去了，他们自由地攀爬，畅快地谈论，有时争得面红耳赤，有时笑得前仰后合，美丽的风景衬托着孩子们青春矫健的身影，就像百花丛中两只翩翩起舞的蝴蝶。当爬到最高处时，他们挥舞着衣服，一齐大声喊着："哎——大————山，我——们——来——了……哎——"欢快的声音在幽美的山谷久久回荡……

他们在一块光洁的大石板上坐了下来，春风徐徐，流水潺潺，眼前的美景，令他们心旷神怡。

"久在樊笼里，复得返自然。"汤小小张开双臂，深情地吟诵。

"会当凌绝顶，一览众山小。"吴斌接着感慨。

"欲穷千里目，更上一层楼。"

"不畏浮云遮望眼，自缘身在最高层。"

一连对接了十几句后，吴斌说："坏了，我快要山穷水尽了。"

汤小小笑着纠正说："是'江郎才尽'了。"

"对对对，就是这个词。"吴斌转头看着汤小小，"小小，我问你一个问题，那天在学校四号楼五楼，你真的要……"

汤小小没有回答，一丝忧伤浮现在她的眼里。吴斌有点后悔，觉得不该问这个问题，于是他立即转换了话题："我知道刚才哪句诗，最能体现你此刻的心情。"

"哪一句？"

"久在樊笼里，复得返自然。"

汤小小抿嘴一笑："我用你写给我的两句诗来回答你刚才提出的问题，'世间万事有沉浮，我的青春我做主'，那样的事情再也不会发生了。"

吴斌夸张地竖起大拇指："佩服至极，汤小小就是汤小小。"

"我是一朵自由的云，飘在辽远的天空，风雨无阻，彩虹在招手……"他们一起唱了起来，欢快的歌声从山顶传来，半山腰的大人听见了，都露出了会心的微笑。

方明的女儿朵朵听见歌声，再也坐不住了，缠着妈妈非要上山，方明的妻子就领着她从台阶一阶一阶往上爬。

汤小小妈妈说："吴老板，我早就听说你家的饭菜好吃，可若在你家宴请，你又得亲自掌厨，表达不出我们对你的谢意，我就定在了这里，这你不介意吧？"

吴大全本来就很过意不去，听汤小小妈妈这么一说，激动地站了起来："看你说的，我开着店，本来是想让你们去我那儿吃一顿，但一想眼下季节，到处桃红柳绿，蜂飞蝶舞，孩子们更需要出来透透气，舒活舒活筋骨，欣赏春天的美景，所以你一提议，我就毫不犹豫地同意了。这家的菜啊，我吃过，也不错，就是口味有点重，麻辣味的多，正适合孩子们的口味。我那里，过段时间再请你们光临……"

"还说自己没文化，看你说得多好啊，我都不敢开口了。让孩子该放松时放松，这一点得向你学习。"汤小小妈妈接着说，"没有小小这一课，我可能还不会转变教育观念。我是从农村里出来的，小时候吃过不少苦，知道一切成功都得凭本事，能有今天不容易。她爸爸人太老实，按说要学历有学历，要业务有业务，可就是提拔不上来，我们没后台没关系，谁也指不上，请客送礼的那一套也不会，这不，都这个年龄了，成天除了埋头干，啥好处也没他的份。缘于自身经历，我对孩子从小要求严格，我就是想让她知道，学习不好，将来处处受难，没有本事，到处碰壁，可哪曾想……"

　　汤小小爸爸插话说："提拔不提拔对我来说都一样，我就这脾气，不争出人头地，追求脚踏实地，在哪不是干？不占不贪，一生无憾。她妈妈脾气太急，凡事要面子，孩子学习不拔尖，就觉得在同事面前抬不起头，为了学习成天围着孩子转。也不怕你们笑话，小小妈妈一到孩子考试的时候，白天急得吃不好饭，夜里急得睡不着觉，孩子一回来，不知问她多少遍。我都说了，这样步步紧逼，非把孩子逼疯不可。我小时候，哪有人管？我的父母连字也不识几个，从来不过问我们的学习，我们兄妹几个，最后哪一个混得差？所以啊，对于孩子的学习，我们做父母的尽了责任就行了，一辈人有一辈人的事做，孩子有他们的道路去走，我们只要告诫孩子不要走了歪门邪道，该努力的时候不要虚度时光，剩下的就看他们自己了……"

　　"小时候学习哪有现在竞争激烈，那时国家包分配，一旦考上，不管专科本科，就业不用愁，可现在，就算考上名牌，也不一定找到工作，不对孩子严格点能行吗？"汤小小妈妈说。

　　方明说："时代不同了，对人才选拔要求更高了，这对我们教育者和父母是更大的挑战，我们需要探讨一下。"

　　"其实，我很赞成人家吴老板的教育方式，学习上不苛刻，把道德教育放在首位，这样的孩子三观必定规正，将来一定不会差到哪里。"汤小小爸爸说。

　　吴大全有些不好意思了："千万不要这么说，我们是真的没什么招。孩子从小由他的爷爷奶奶带，溺爱得不成样子，再这样下去，天上星星也得摘。这几年我的生意稳定了，才把孩子接过来。孩子的成绩差，刚来时在班里后十名，说到这，还是得感谢你们家小小这孩子，学习上帮了不少忙。遇上这样的好同学，真是我们的幸运。今天这个酒，就得我们请才是。不管怎么说，对孩子严格点是对的，我对孩子要求太松散，下一步得抓抓。斌斌也经常耍脾气，没少挨过我的揍……"

"小孩子嘛，坏毛病肯定是有的，就看我们大人怎么教育了。"大家七嘴八舌议论着。

方明说："今天咱们凑在一块，就是交流一下怎样教育孩子的问题。其实大家的目的是一样的，都是为了孩子的学习，为了孩子的身心健康，为了孩子将来能有一个美好的前程。汤小小妈妈对孩子严格，尤其对孩子的考试成绩，到了过敏的程度，你说遇到孩子考试，你有时就请假在家，给孩子买菜做饭，出成绩时你比孩子还紧张，这对孩子的心理得造成多大的压力。她在家没有快乐，只能找同学倾诉，吴斌就是在这种情况下，慢慢走进了她的内心，占据了她的心灵。说到这里，我向你们评价一下吴斌这个孩子。"

吴斌妈妈不好意思地说："斌斌是个很一般的孩子，不值得老师夸赞。"

方明接着把吴斌带头捐款、纪律督查、勇救落水儿童、竞当国旗手等很多事情，详略得当地历数了一遍，最后骄傲地说："在全区德育工作表彰大会上，吴斌同学被教育局戴局长点名表扬。我听说区委宣传部一名融媒体记者近期想采访他。"

"看，这就是三观最正的孩子。小小和这样的同学交往，你还有什么不放心的？"汤小小爸爸意味深长地看了妻子一眼。

汤小小妈妈说："这几天我一直都在反思，是我的教育方式出了问题。其实孩子各方面都不错，是我太急于求成，对孩子期望过高，对孩子逼迫太急，让孩子感觉喘不过气来，心理压力越来越大，这才差点做了傻事……"

　　"找同学诉说心里话，是她排解压抑的主要方式，可你因为这件事，竟然粗暴地打了她。双方父母来校，孩子不知道是老师把你们请来的，她的自尊心极强，所以才选择了偏激的方式，孩子毕竟是孩子，遇到事情有时不会考虑后果，所以才出现当时可怕的一幕，这对于我们老师和每位家长，都是一个极大的教训啊……"方明最后总结说。

　　大家又唏嘘叹息了一阵，庆幸没有酿成悲剧，汤小小妈妈又情不自禁地流下了眼泪，吴斌妈妈坐在她身边轻声安慰，此时两人亲热得像姐妹一样。

　　这时饭店老板走过来，说饭菜准备得差不多了。

　　"那就招呼孩子们下山吃饭吧。"吴斌妈妈说。

　　吴大全站在一块大石头上，双手围在嘴上大声喊道："开——饭了，孩子们，下山了！"

　　山上立即传来回话："知——道——了，马——上——回——去！"

苔花也学牡丹开

　　方明接手初二一班不久，发生了一起学生围殴事件，被打的学生是班里的残疾学生温一哲。

　　那天下午放学后，温一哲像往常一样背着书包往家走，当快走到红绿灯路口时，前面一群学生围在一起，不知在干什么。温一哲快步走过去，原来这群孩子正在招惹一只流浪狗，这只狗好几个月前就在这条街上溜达，没人过问。此时这群孩子有的拿着树枝，有的握着石头，变着花样攻击小狗，小狗悲哀地号叫着，时不时跳起来反击一下，但它太弱小了，引来这群孩子更猛烈地挑衅，它的一条腿已经受了伤，走起路来一瘸一拐的。

　　"把它的另一条腿也打断。"有个孩子喊道。

　　"看我的。"一个孩子拿着砖头走了过去。

　　"住……住手……"温一哲一下蹿了过去，因为用力过猛，温一哲一下跌倒了。

　　"喂，你想干什么？"一个孩子大声喊道。

　　"不……不能欺负小动物……"温一哲一边说，一边用双手护住那只小狗。

为首的那个孩子走过来，嘲笑说："你！就是这只狗，不！你还不如这只狗，这狗还能跑，你他妈的连跑都不能……"

太过瘾了！所有的孩子都大笑起来。

温一哲一下站起来，猛地向那个孩子扑去，那个孩子一闪，温一哲一下扑在地上，另一个孩子上去抓住温一哲，再次用力把他摞倒，温一哲的头正好碰在一块石头上，血立即流了出来，那群孩子一看立即四散而去。

第二天早上，离规定的到校时间已超了二十多分钟，可温一哲还没到校。方明正准备给家长打电话，这时温一哲急匆匆走进了教室，方明抬头一看，大吃一惊，温一哲头上用纱布包扎着，上面还渗透出点点血迹。

全班同学一下停止了朗读，全都吃惊地看着他，有几个调皮的学生偷偷笑起来。

"又挨揍了。"有学生小声议论着。

方明走过去问道："你的头怎么回事？"

温一哲咬着牙愤怒地说："欺……欺负小……小动物，我……我过去救它……他……他们就打了我……"

马小毛说："老师，昨天放学时，我们看到有几个学生在打人，等我们过去，他们就跑了，温一哲就是被他们打伤的。"

"他经常被那几个学生欺负。"马小毛又补充说。

"你不是也欺负过他吗，还说别人……"

"你胡说，我从来没打过他，我只是和他开开玩笑……"

方明转过身，看见刚才说话的是孟非，就说："你们两个下课后来办公室一趟！"

马小毛和孟非来到了办公室，方明问马小毛："刚才你说温一哲经常被人欺负，你具体说说，都是哪些学生欺负他？怎样欺负他？"

马小毛说："下午放学我骑车回家的时候，有几回我看见高年级的几个学生对他推推搡搡的，也没动手打他，好像对他威胁着什么……"

"你知道那几个学生的名字吗？"方明问。

马小毛看了一眼孟非说："孟非应该知道……"

孟非一下急了："我怎么知道？我又没见过他们打架，我每天放学都是坐校车。"

"但你经常和那几个学生在一块儿，谁不知道你们是铁哥们？"马小毛说。

孟非急红了脸："我们是经常在一块，但我从来不参加欺负别人的行动，我也不知道放学后发生的事……我倒觉得，在咱们班你也曾经欺负过他……"

"我有时和他开个玩笑，模仿他走路的样子，但从来没欺负过他。"马小毛说，"老师，我以前做过这些事，但现在绝对没有。不过，我倒觉得温一哲很古怪，几天没人招惹他，他就觉得很无聊，好事坏事爱凑堆……"

"你曾向他吐过口水……"孟非又说。

"你把擦过鼻涕的纸团塞进过他的书包……"马小毛毫不示弱。

方明厉声制止住两人的争论，让他们一个一个说。

根据两个学生所反映的向温一哲吐口水、把脏纸偷偷塞进他的书包、在他喝水的杯子里偷偷放进小蚂蚁、在他快要坐下时偷偷抽调座位等等各种情况，可以确定，本班和外班学生都曾欺负过温一哲，而且有的性质特别恶劣，如果不及时制止，对这些学生严格管教，他们将会更加肆无忌惮，温一哲的人身安全随时受到威胁。

方明把这些学生的名字记了下来，然后对孟非和马小毛进行了一番批评教育，让他们保证今后绝不重犯。

方明很奇怪，温一哲被同学打成这样，他的父母为什么没有任何反应。按照惯例，被打的学生家长昨晚就应该给班主任打电话，询问孩子被打的原因，而且肯定会找打人学生家长论理，并且一早就会来到学校，要么揪出打人的学生，要么要求班主任立即处理，而且情绪定会异常激动，脾气暴躁的甚至还会以牙还牙。然而这位家长竟然无动于衷，好像什么事也没发生，难道过错全在温一哲，家长自知理亏？

方明把温一哲叫到了办公室，一进办公室门，方明就问："刚才你说你的头怎么回事？"

温一哲用手指了指伤口："被……被坏学生打的……"

"哪些坏学生？叫什么名字？"

"我……我不知道……但我知道是九年级的……"

方明知道温一哲根本叫不出这些学生的名字，就问："他们为什么打你？谁最先招惹起来的？"

温一哲一听要自己说明原因，顿时着急起来，越急越说不清楚，费了好大一会儿工夫，方明才听明白。

"他们说我还……还不如这只狗，我就……就动手了，有个力气大的过来就把我摞……摞倒了，我的头磕……磕在一块石头上，就被磕破了……"

"你摔倒以后，他们没人管你？"

"看……看……看到我头上流血了，都……都吓跑了……"

"这是回家后你妈妈给你包扎的？你妈妈知道原因吗？"方明追问道。

温一哲摇摇头："我说……说是自己跌……跌倒碰……碰伤的。"

"你为什么不对妈妈说实话？"

"说了她……她就找人家，下……下一回他们揍……揍得更厉害……"

方明说："看来你不止一次被他们欺负了，正是因为你不敢声张，他们才得寸进尺，他们这是典型的欺凌行为，要对他们严厉惩罚。我已查清了这几个学生的名字，下午我就好好教训他们。"

方明温和地说："你保护小动物，有同情心，这是美好心灵的体现，值得表扬，但一定要学会保护自己，不能盲目行动，今后再遇到类似的情况，一定要动动脑子，先想好再做。"

方明最后针对他的伤口进行了一番嘱咐，如不要着水，不要扯下绷带、以免感染等，然后就让他回教室了。

温一哲一走，办公室里的几位老师议论开了。唐小松说："刚才我也没听清他的头怎么回事，是不是又来告状了？你还不知道吧方老师，温一哲是老师们在班里的眼线。"

"这话怎讲？"方明问。

唐小松说："因为温一哲行动不便，小课间和大课间时间，他基本上都待在教室里，教室里发生的一些事情，他都了如指掌，比如，谁早上一进教室就抄袭同学的作业，谁带来零食上课偷着吃，谁在背后说了某位老师的坏话……这些温一哲都看在眼里记在心里，都来办公室向老师汇报，让老师掌握了不少情况……"

正在批改作业的柴老师抬起头说："不光打学生的小报告，也打我们老师的报告。"

"给老师打报告？"方明感到吃惊。

柴老师放下笔，走过来说："这个温一哲，还给我告过状呢。前段时间我因为教学进度有些慢了，就占了一节体育课，没想到第二天丁主任就找了我，说今后不要随便占用音体美课程，有个学生跑到校长室去，说生物老师占用了他们一节体育课。"

杨老师说："我也被他告过，那一次月考，我出去接了个电话，考试一结束级部主任就找了我，说学生找胡校长告状，杨老师监考期间接打电话。"

李健老师说："温一哲打不过别人，但他还好招惹别人，像他这样的体质，任何一个孩子都能轻而易举把他打倒，越打他越不服，越不服越挨打，哪一天不挨打了，也许他觉得没意思，孩子的心理有问题……"

方明问："老师们觉得温一哲向校长反映的情况属实吗？"

这一问，老师们都笑了，属实啊，都是实情，严格说起来，还真是老师们的错，学校要是追查起来，我们老师无话可说。

张敏健老师接过话说："这就对了。从这方面看，这个学生虽然身体残疾，但他的智力没有太大问题。有时我们发发牢骚，恰巧被他听到了，回头就有可能把这些话报告给校长了，我们低估他的智商了。所以啊，今后他来办公室的时候，咱们说话都得谨慎点。"

那以后尽量让他少来办公室，有老师建议。

"不过，温一哲倒是很有礼貌。"方明说，"前几天我有事，乘公交车外出，上车后，车内乘客早已满了，没有空闲的座位。我刚抓住吊环站稳，有个熟悉的声音传来，我回过头去，右排靠近窗子的座位上，有个孩子摇晃着站了起来，我一看，竟是我们班的温一哲。

"'老师……您……您……坐……'他想站起来，可摇晃的车身加上他身体的原因，使他不能像健全人那样动作利落，我连忙劝他坐下，他可能也感到自己不可能站稳，听话地坐下了，接着顺手把旁边一个小马扎了过来。

"'你这是去哪？'我问他。他一边用手比划着，一边结结巴巴地解释着，我耐心地听他说完，明白了他的意思，他的爸爸在医院里做了手术，妈妈陪伴爸爸很辛苦，于是他就趁周末去医院看看爸爸妈妈，手里还提着爷爷奶奶为他们做好的饭菜……我对他竖起了大拇指，看到老师对他夸奖，他咧开嘴开心地笑了。

"这时，车停了，又有人上车，其中有位老年人刚一上来，他又站起来让座，我把他按制住了，我把马扎让给那位老年人，自己就在紧靠他的旁边站着，然后和他小声交谈起来，问他周末都去哪里玩，喜欢学习哪门课，自己的理想是什么……他都一一告诉我，虽然口齿不清，但我能听得明白。因为他怪异的动作和表情，引得车内很多人都向他观望，有人小声议论着，有人显出鄙夷的神情，但更多的人都在夸奖他。

"我到站了，我拍了拍他的肩膀，告诉他我要下车了，他很不舍地望着我。下车后，我迅速跑到窗口寻找他，他也正从窗口望我，不住地和我摆手，我大声喊着他的名字，嘱咐他一路要小心。

"一路上，我都在想，一个人身体残疾是令人悲伤的，可是，心灵残疾比肢体残疾更让人痛心。公交车上，有多少四肢健全、身体健康的年轻人，对身边的老弱病残视而不见、冷漠无情，甚至和老年人争抢座位，而这位肢体扭曲、长相'丑陋'的男孩子，尽管力不从心，但他内心深处所流露出来的美，让我的心灵深深震撼，也让我反思，作为一名教师，在今后的教育教学中，对孩子心灵和品格的培养，远比知识和能力的培养重要得多。那些智力超群、成绩优异的孩子，并不全都人格卓著、品德高尚，而那些智力低下甚至身有残疾的孩子，往往有一种更加向上向善的美德,他们身上所表现出来的纯真和高尚，更让我们感受到人性的善良和世间的美好。

"我们往往只看到了他丑陋的外表，却忽略了他美好的内心……"

大家都在听着这个故事，没有人再随意评论，而是默默地想着什么……

这时，唐小松说："老师们，你们还忘了一件事，就是上一学期，市里来学校检查时，温一哲捅篓子的事。"

"你是说督导检查那一次吧？"

"对，就是那一回。"

事情是这样的。

初一上学期，临近期末，市督导小组来学校检查，本次检查主要是学校的教学管理，特别是课程的开设。乡村中学，对音体美课程往往不够重视，为了提高教学成绩，很多学校在临近期末的时候，往往把音体美课程挤占，还把理由美化得天衣无缝，什么周边学校都是这样，我们学校音体美课程落实得最好；什么音体美考试只看等级，只要及格就行；什么音体美老师外出培训，课程表必须改动……不管学生信不信，学校就是这样安排的，老师们就是这样执行的，所以每次面临上级领导要来检查时，学校首先召开级部会议，传达各方面事宜，要求各班班主任开好班会，做好学生思想工作，不允许任何环节出现纰漏，尤其是音体美课程，要重点突出出来。

看着一夜之间改头换面的课程表，学生直喊"大饱眼福"，这样的课程表看着就舒服，要是领导天天来检查，那该多好啊！唏嘘又唏嘘，尽管学生满肚子不满，但因为检查结果关系着学校的荣辱得失，没有人敢在关键时候"挑战权威"，除非这个学生脑子进水。

那天市领导小组一行人来到桃花中学，按照计划，各项检查有条不紊地进行着。学校领导上至校长，下至级部主任，始终跟随其后，随时回答他们提出的一些问题。

有几位领导进了初一一班教室，当时正上着美术课，美术老师在黑板上挂了一张人体图像，正在给同学们讲着人体比例，那几个人站在教室后面认真听了一会儿，其中一位来到黑板右边的课程表前，仔细看了看，掏出手机对着课程表横拍竖拍，还不时对另外几人说着什么。

就在他们即将走出教室的时候，温一哲突然喊了一声："假……假的……这张是……是假的……"

这一喊，那几个人停了下来，有位年龄稍长的领导走过来，问道："小同学，你说说怎么回事？"

温一哲看到胡校长就在门外，但最终还是鼓足勇气说："老师不……不让我们说实话，我们基本上不……不上音乐和……和美术，体育倒……倒是上，但经常被其他学科老师占，临……临近考试，音体美早……早就不上了……"

"那课程表是怎么回事？"另一位领导问。

"都……都是假的，昨天才……才换上去的……"温一哲说。

"胡校长，这是怎么回事？"其中一位领导转过身来问胡校长。

"这……"胡校长尴尬地扶了扶眼镜框，"等会儿我问问班主任……"

"现在就问，连同这个年级的级部主任，我想看看原先的课程表到底什么样子！"那位领导非常生气。

林渊当时就在旁边站着，他硬着头皮走过去说："佟主任，这就是我们一直执行的课程表，刚才这个学生是个残疾学生，平时说话就没准头，喜欢胡说八道，要不您调查一下其他学生……"

"不，我就和这个学生谈谈。"被称为佟主任的领导坚定地说，"让这个学生去接待室等我。"

在所有检查人员和被检查人员期待而复杂的目光中，温一哲拖着他那条残疾的腿，一步一步走进了接待室。

不知上级领导问了温一哲哪些问题，也不知温一哲说了些什么，反正那次迎检，桃花中学排名倒数，全区乃至全市课程整改由此开始。通知要求，所有学校必须严格遵守国家教育政策，严格执行国家教育方针，开足开全课程，任何人不得擅自更改，否则将会对单位和个人严厉追查。

"学生能上全音体美课程课时，还真得感谢温一哲。"有老师调侃说。

"因为单纯天真，所以无私无畏。"

"温一哲好像一颗定时炸弹，随时都会给学校带来麻烦。"

"他好像在报复学校和老师。"

"他为什么要报复老师？"

听着老师们的议论，方明问："大家是否看过曹文轩老师写的《草房子》一书，里面的一个典型孩子秃鹤，在学校广播体操比赛联合会演的关键时刻，把帽子高高抛向天空，露出他光光的脑袋，使场面一度失控，学校比赛倒数第一。他为什么这样做呢？因为平时大家对他的歧视，对他的心灵造成了难以抚慰的伤害，所以在关系着学校荣辱的关键时刻，他以这样的方式，报复了他人对自己的轻慢与侮辱。

"大家想一想，温一哲做错了吗？没有，他只不过是说了所有孩子不敢说的话，他为什么敢说真话？难道他不害怕老师和校长找他麻烦吗？他不害怕，因为他知道，自己在班里好像不存在一样，说啥也没人在乎自己。什么检查啊荣誉啊，统统与他无关。是我们老师的忽视和偏见，同学的冷漠和疏远，让他变成了现在这个样子，敏感而脆弱，固执而偏激，自尊而自卑，越想表现自己越招来别人的冷嘲热讽……"

老师们这才想起平时对温一哲的诸多不公平现象，座位在教室最后面墙角，上课举手老师也不会让他回答问题，课间操也不让他参加，一有大型活动他就"消失"……

"有一次区里听林渊老师的语文课，林老师当堂检查背诵，在规定的时间只有温一哲举手，可林老师好像没看见一样，最后说因为时间关系，检查背诵放在下一节。我觉得温一哲肯定很失望，完全可以让他展示一下啊！"三班语文老师李贝尔想起这样一件事。

"他毕竟是个残疾学生，在哪个班里老师都不省心，只要不出人身意外事件，老师们就谢天谢地了，谁还指望他为班级增光添彩啊。"有位老师说。

方明很不解地问道："孩子被人打了，他的父母不管不问，这又是怎么回事？"

张敏健老师说："还管还问？我个人认为，家长也许还希望孩子在学校出点事什么的，像这样的孩子，在家就是个累赘，尤其是个男孩子，将来根本不可能成家立业，父母得管他一辈子。我说句不好听的话，真在学校出了事，学校利索不了；要是被别人揍死了，那干脆全赖上……前些年，我在一所小学任教的时候，学校就发生过一件事，有个患唐氏综合征的女学生，压根儿就不应该去上学，结果上楼梯时摔倒，去医院也没抢救过来。在学校家长不管不问，其实就是让我们老师给他看孩子，一旦出了问题，就抓住学校不放，那件事闹腾了很长时间，经过多个部门的协调解决，最后赔偿了家长一笔钱。这个学生，林渊在这儿时，也没见家长来过，家长会从来都不参加。你看这不又闹出事来，家长也是不管不问，但真要出了大事，家长照样会来闹腾。"

通过刚才老师们的议论，加上自己接手一班以来的观察，温一哲这个学生的形象已经在方明的脑海里立体起来：肢体残疾，但内心善良正义；越是得不到认可，他越是想表现自己；越是引不起别人注意，他越是想弄出点动静。在经受一连串的打击后，他变得固执偏激，甚至暴躁冲动。如果任由他这样发展下去，那一定会像一条失去方向的小船，在茫茫大海上越飘越远……

方明看了看课程表，他想让温一哲的妈妈下午来学校一趟，他想从家庭方面入手，全面了解这个孩子。

他拨通了温一哲妈妈的电话，可无人接听。

学生午休的时候，方明正准备休息，楼道上传来急促的脚步声，他急忙走出办公室，迎面走来一位中年妇女，一见方明就问："请问，方明老师在哪？"

"我就是。"方明说。

那位妇女一下拉住方明的手，压低声音急切地说："我是温一哲的妈妈，有件事向你反映。"

"别急，慢慢说。"方明说。

"温一哲把刀带到学校来了。"

"刀？带刀干什么？"方明吃惊地问。

"我中午做饭时才发现刀少了一把，我估计可能是他拿的，昨天他被同学揍了，我怕他报复同学，怕他闹出事来……"温一哲妈妈急得快要掉出眼泪。

"你别声张，我先去教室看看。"方明快步向教室走去。

温一哲果然没在教室，两人的心一下吊在了嗓子眼上。方明让温一哲妈妈在教室门口守着，自己飞快地向九年级教学楼跑去。

等他跑到四楼九六教室门口时，他看见温一哲已经进了教室，正在一个一个仔细寻找，学生们都趴在桌子上睡觉，没人觉察他的到来。

"温一哲。"方明走过去，一把抓住他的手，在他耳边小声说："你妈妈来了……"

温一哲一下怔住了，本能地用手抓紧了衣服袖子。在他走出教室时，回头得意地嘟囔了一句："我就不……不信制……制服不了你……"

方明把温一哲叫到楼下，就昨天同学打人这件事再次和他进行耐心分析。这时温一哲的妈妈也过来了，看到温一哲终于冷静下来，就对他说："孩子，把刀拿出来，我放回家里，再这样，方老师可不要你了……"

方明不失时机地补充说："学生私自携带刀具，对他人人身安全造成威胁，严重违反了学校纪律，一旦被学校纪律检查小组发现，刀被没收，全校通报批评，还要回家反省，那可由不得你了……"

方明顿了顿说："咱们班里的那几个班干部，也不是吃素的，个个机灵，每个人的一举一动，都在他们的监控之下，你带这么一把大刀，你以为他们没发现吗，早就报告我了，我是想给你一个机会，让你自觉上交，让你妈妈带回家里，而不是被学校没收。"

听到这里，温一哲委屈地哭了："是他们先……先动手打人，怎么全……全怨到我的头上……"

"肯定是他们犯错在先。"方明说，"你保护小动物，值得表扬，但如果你采用这样的方式来报复同学，那你造成的后果比他们打人还要严重。"

"我……我是正……正当防卫。"温一哲理直气壮。

方明严肃地说:"正当防卫应当具备三个条件,你知道吗?其中有一条是,必须是在不法侵害行为正在进行的时候。昨天你同学打了你,今天你持刀进行报复,这不是防卫,这是典型的犯罪行为……好在一切都未发生,否则后果不堪设想……"

温一哲眼里流露出恐惧,把刀从袖口里慢慢抽了出来,交给了他的妈妈。方明拍了拍他的肩膀说:"一定要记住教训,做事要考虑后果,处理不了的就报告老师,老师肯定为你想办法解决。那几个推倒你的学生,我都调查好了,今天我就找他们谈话,保证今后他们不会再欺负你,你也不要招惹人家。"

"还不快点谢谢老师。"温一哲妈妈说。

温一哲对着方明深深鞠了一躬,然后向教室跑去。

方明和温一哲妈妈在学校接待室进行了悉心交流。

方明先从温一哲头被磕伤这件事说起:"你知道孩子的头是怎样磕伤的吗?"

温一哲妈妈说:"我怎么不知道,肯定是被同学打的,可是昨天回家问他,他说是自己不小心磕破的,既然不承认,我就没再问,忙着给他包扎处理。今早应该换药,可他执意不换,我看到一边有血渗出。"

"你还挺厉害,自己就能处理啊。"方明问。

"你看他走路跌跌撞撞的,摔伤磕伤是常有的事。唉,从小到大,不知摔伤多少次了……所以啊,家里我常备着碘酒、纱布、棉球棒、创可贴等消毒包扎的东西,总不能一磕伤就往医院跑吧?"

"你还蛮细心的,都成半个医生了。"方明感叹道。

"唉，不细心能行吗？都是被逼的……"

"这次是被几个学生推倒了磕在石头上，这是很危险的事情，幸亏没磕到要害处。我已经调查清楚了这几个学生的名字，准备找他们几个谈话，对他们进行严厉批评教育。"方明说。

"本来我就怀疑是被同学打的，今天中午我用刀切菜，昨晚刚刚用过，今天就找不着了，不是他拿了还有谁？越想越怕，骑上电动车我就赶来了，晚来一步，还不知道会发生啥事……"温一哲的妈妈依然心有余悸。

方明说："也怪我观察不够细致，没有及时解决同学之间的矛盾，险些酿成大祸。我给你打电话时，你可能正在往这赶的路上。"

"我走得急，手机也没带。"温一哲妈妈问，"方老师，您打电话是不是就是因为这件事？"

方明说："这件事没发生之前，我就一直想和你交流。咱们先从孩子的特殊体质谈起吧，孩子是从多大时患病的？"

温一哲妈妈叹了口气，忧伤的眼神里流露出万般无奈。

"孩子出生后患的是病理性黄疸，刚开始时没有发觉，当我们发现时为时已晚，已经错过了最佳治疗时间，我们把本省各大医院都跑遍了，得到的答复大体一致，孩子恢复正常的可能性基本上为零。我还是不死心，抱着他去了北京、上海、广州几家有名的医院，结果和省里专家看的一样。既然无法改变现实，我就认命了，最后我们都放弃了，他就成了现在这个样子，四肢扭曲，面部表情无法协调控制……我们也没有多少积蓄，来来回回折腾了几遭，钱早就花光了，还借了亲戚不少……那些日子，我的眼睛差点就哭瞎了，我是哪一辈子作了孽，老天爷惩罚我啊？有几回我抱着他，寻思着一块死掉算了，但看看他在怀里眼巴巴地望着我，最终还是狠不下心来……那些年，在家里，我是看着婆家一家人的脸色过日子；在外面，走到哪，都会有人指指点点，什么样的话我们也听过，什么样的眼光我们也看过。他爸爸后来也不管了，他说就是将来要饭讨食，也不想被这个孩子所拖累……因为这个孩子，他爸爸和我差一点儿就离了婚……

温一哲妈妈脸上写满了凄苦，为孩子操劳的疲惫和绝望无法掩饰地笼罩在她的脸上。

"这些年，我们也懒得吵了，就算吵翻了天，孩子该啥样还是啥样，该咋管还是咋管，一畦萝卜一畦菜，自己生的自己爱，喂只小猫小狗不也得吃喝拉撒，一天不见还到处寻找，何况是自己养的孩子。一进家门，他喊我一声妈妈，我一天的疲劳全都消散了。我生病的时候他趴在床边看我，替我拿件衣服，我心里热乎乎的。他也想帮我多干点家务，可手不听使唤，对正常孩子来说很简单的事情，他得费尽周折，但孩子脾气倔强，做不好偏做，所以这几年下来，他能做很多事了，和同样情况的孩子相比，他已很不错了，我很知足……"

方明点头赞许，接着问："这些年，除了对孩子的衣食住行照顾外，你们对孩子没什么要求吗？比如，对孩子进行特殊教育，让他学有一技之长，将来能够自食其力？"。

"想过，原先孩子的爸爸不同意，说反正就这样了，花多少钱都是打水漂，现在看到孩子的变化，他爸的思想也转变了，说等初中毕业，准备让他学一样技术，能够自食其力就行了，我们不能陪他一辈子啊。

"这些年我一直跟着建筑队当小工，起早贪黑，很多时候对他顾不过来，跌倒磕伤是常有的事，就算有时候被人打，只要不伤着骨头动着筋，我们一般不会找人家，要是尽着找，那还不得天天找，正事还忙不过来，哪有精力管这些……"

方明问了一个很重要的问题："孩子的性格原本不错，是怎样变成现在这个样子的？"

温一哲妈妈急切地说："这也是我纠结苦恼的地方，方老师，得和你好好聊聊这件事。"

"别急，你慢慢说。"方明起身倒了一杯水，放在她面前。

"他上幼儿园时，年龄还小，因为他特殊的动作和表情，小朋友们把他当个稀奇的东西看，他们觉得这个小伙伴有意思，在他身上发生的趣事多，有些孩子还愿意跟在他身后，没人嘲笑他，也没人打过他。整个幼儿园阶段，我觉得是他过得最快乐的日子。

"上了小学，情况就不一样了，学校有严格的纪律和规则约束着，他被完全孤立了。手握不住笔，作业不能做，上操去不了，活动不能参加。一下课，学生潮水一样往外涌，起初他也想跟着同学往外走，可他跟不上，老师们怕他摔倒，干脆就不让他出去了，他就一个人趴在窗口往外看。孩子们开始嘲笑他，学他走路的样子，学他说话的表情，围着他尖声喊叫。起初他不在意，以为大家跟他闹着玩，后来每次回家都发现书包里塞着乱七八糟的脏东西，他好像明白了什么，自己一个人躲在屋里悄悄掉眼泪。当他在厕所里被一个五年级的学生打了以后，他就再也不敢上厕所，有几回竟把大便拉在裤子里……

"刚上初一时很高兴，一回家就和我讲在学校里的事，后来话越来越少，有时候还莫名其妙地用拳头狠狠砸桌子，再后来，我发现他头上身上总是有点伤痕。我问过小区里他的一位同班同学，这位同学说，温一哲在学校不是被同学欺负，就是被老师训，听听我也怪心疼，打电话问过林老师，林老师说温一哲这孩子脾气很古怪，因为一点小事就和同学动手，要我好好管教一下。我也奇怪，这孩子脾气怎么变得这样暴躁，以前可没这样啊……

"昨天放学回家，我看到他头上有血迹，我就问他，他说是自己磕的，我心里有数，也没再问。说到底，谁让我自己不争气，生养这么一个不正常的玩意儿？父母都没办法管教他，老师们又怎么拿正常的道理教育他？"

方明立即打断她的话："你这样说对孩子不公平，孩子是无辜的，他无论长成什么样子，都应得到平等的对待。不歧视残疾人，这是每一个正常人都应该懂得的道理。孩子在学校受到同学们的歧视，有肢体上的冲突，也有言语上的伤害，这是我们当老师的失职，今后我会严格管教这些学生，全力维护孩子的尊严，让孩子有一个安全舒心的成长环境。你是孩子的妈妈，你的呵护对他来说就是甘霖，你的胸怀对他来说就是天堂，而你的冷漠对他来说就是雪上加霜……如果孩子得不到应有的关爱，他就会悲观失落，心灵受到极大伤害，如果他总是被歧视和侮辱，他就会愤怒、反抗，甚至走向极端。今天私自带刀报复同学一事，就证明了这一点，幸亏你发现及时，才避免了危险再次发生。"

温一哲妈妈不住地点头，这个善良的女人，因为自己这么一个不幸的孩子，总觉得在人前抬不起头来，一旦遇到和孩子有关的事情，不管是谁的过错，总是担在自己身上。她何尝不想保护自己的孩子，可是生活的磨难，现实的残酷，很多时候使她无法呵护。从来没有人为自己说一句公道话，也从来没有人凭着良心来谈论自己的孩子，今天听到这样的话语，她顿时热泪盈眶，多少年的委屈瞬间从内心喷涌而出。人心再险恶，毕竟还有公道；人生再艰难，毕竟还有温暖。

她抹了抹眼泪对方明说："方老师，我啰啰唆唆说了这么多，也不知哪一句是重点，您可别见怪。还有那么多孩子等着您，您别为他浪费心血了。今后要是哪些地方碍着您，影响了咱们班的整体荣誉,您就直接说,我把他领回去。林老师在这时，隔三差四我就把他领回家，说是什么检查什么活动的。大小考试，孩子从没参加过一次。孩子在这上学，我就觉得给你们老师添了不少麻烦，我还能再有什么要求？我没多少文化，但这个道理还是懂的。今后要是再遇到这些事，您就直接给我打电话，我不会计较的。"

方明说："今天你所讲的，都是我想知道的。不让一个孩子掉队，这是我们当老师的应尽的责任和义务。对温一哲这样的特殊学生，我们不是弃之不管，而是要倾注更多的耐心和爱心。我们不能只关注他的人身安全，还要引导孩子最大可能地学点文化知识。他背诵较快，就是书写特别困难，我们看看怎样纠正一下他握笔的姿势，让他先学会书写最简单的字母和汉字，然后逐渐增加难度，最终目的是让孩子将来能够自食其力，这才是我们学校和家庭最应该帮助孩子做的事情。"

"能碰上像您这样的老师，真是孩子的幸运。说实在的，方老师，我们都已经放弃了，根本不抱任何希望，今天您的一番话语，重新燃起了我们的信心，再怎么着他也是我的孩子，我希望他将来能自己养活自己。您今天对我谈的这些，都是我心里想说的，回去我和他爸爸商量一下，给孩子报个辅导班，专门教他练字，能到啥程度就啥程度，一切还得向前看……"

方明说："先要从平时的小事开始，一点一点给他树立信心，不能给他贴上'异类'的标签，要从人格上尊重他，让他真正融进班集体，而不是游离于集体之外。"

温一哲妈妈感激得连连点头。

这时，午休结束的铃声响了，方明对温一哲妈妈说："第一节就是我的语文课，你要是家里没有要紧的事，建议你听节课，看看孩子的状态。"

这是自孩子入学以来，第一次有老师邀请自己听课，温一哲妈妈简直有些受宠若惊。她告诫自己，不管场面多么令人尴尬，一定要坦然面对，如果连自己都不能接受现实，那孩子又该怎么办呢？

学生们看到有个家长走进教室，全都好奇地瞪大了眼睛。有几个学生认出是温一哲妈妈，就对着温一哲喊了一声："温一哲，你妈妈来了！"

果然，全班同学一阵哗然，很多学生似乎都在等着看温一哲的笑话。温一哲妈妈在教室最后面坐了下来，她在班里迅速寻找着自己的儿子，当看到儿子就在最前面门口旁边时，会心地笑了。温一哲听到同学们喊叫，回过头正好和妈妈的目光相遇，还没明白怎么回事，方明老师已经走上了讲台。

这节课的主要任务是检查课文《岳阳楼记》的背诵，方明带领同学们简单回顾了上节课所讲内容，剩下的时间让他们自由背诵，15分钟后开始检查。

时间到了，背过的同学纷纷举手，温一哲也举起手来。方明发现，虽然温一哲不会写字，但他背诵较快，很多智力正常的学生赶不上他。方明决定让他展示一下。

听到老师点自己的名字，温一哲还有些不相信自己的耳朵，抬头看到方明正和蔼地看着自己，他才犹犹豫豫地站了起来。当温一哲把这篇经典名篇《岳阳楼记》，一字不错地背诵下来时，全班顿时响起了热烈的掌声……他回过头，对着妈妈咧嘴笑了，那神情好像在说："怎么样，妈妈，我背得不错吧？"

温一哲妈妈的眼里噙满了泪水，这位被生活的磨难摧折得过早衰老的女人，脸上终于流露出幸福的笑容。是啊，一次小小的成功，对于别人来说，可能不算什么，但对温一哲来说，是多么不容易啊！

从此，每到课间操，体育课代表就过来催促温一哲："走，温一哲，到操场去做操。"刚开始，他有些不习惯，东张西望，害怕别人嘲笑自己。他的动作跟不上节奏，总是慢一拍，旁边的同学都笑坏了，巡查的几位老师也忍俊不禁。

对于别的孩子来说，一天两次的课间操，是再平常不过的事情了，可对温一哲来说，来到操场就像是登上了人生大舞台，生命的意义和价值全都体现在这里了。全校学生都在做，但绝没有人比他看得重。方明在旁边不住地鼓励他，并给他录了一段视频，发给了他的妈妈。他的妈妈立即回复方明，深表感激。后来，他的妈妈经常帮他在家训练，他的动作慢慢协调起来，虽然比不上其他同学规范，但比起自己，却大有进步。

　　为庆祝即将到来的国庆节，区教育局将组织开展一次全区广播体操比赛。比赛方式是，各学校先自己选出参赛班级，参赛班级每个级部只选一个，而且所选班级的人数必须和学籍人数一致，再由这些班级参加全区比赛。比赛地点设在桃花中学。

　　经过层层选拔，桃花中学三个级部很快选定了参赛班级，初二级部在方明的一班和唐小松的二班之间举棋不定，两个班不相上下，在精神状态和气场上，一班略占优势，而在动作的协调一致方面，二班略胜一筹。但一班有个致命的"硬伤"，那就是温一哲。虽然经过一段时间的训练，他已经大有进步，但从比赛的角度和规则看，显然会影响全局。几个本校评委老师初步决定，从其他班里找一个学生替换温一哲，让一班参赛，因为大家一致认为，这样的大型比赛，学生饱满的精神状态和强大的气场至关重要。

　　方明听说这个消息，立即给体育教师马老师打电话，马老师说："我们正在教导处商量这件事，你马上过来一下。"

　　方明进了教导处，几位体育老师和评委都在，教导处丁主任说："正要给你打电话，商量一下你班温一哲的事。"

　　马老师说："温一哲确实进步很快，但这次是比赛，每个学校参赛的都是最好的班级，我们也不能落后。他一上场，班级的形象就大打折扣，肯定影响整个班级的成绩，所以如果要选一班，温一哲绝对不能上场。"

　　"他是班级的一员，就是凭着对体操的热爱，孩子刚刚走出心灵的阴影，如果这样，会严重伤害他的自尊，我不同意。"方明说道。

"他的动作不规范，跟不上节奏，整个班级就会掉分。"马老师继续说，"现在一班和二班情况差不多，根据评委们的打分，两个班只差 0.2 分，如果坚持让温一哲上场，我们只能淘汰一班……"

体育教师张老师说："方老师，温一哲是个残疾学生，这样的比赛不适合他上，我们这是比赛，不是平时的课间操锻炼，本次比赛结果会影响我们学校的荣誉和考评，不是弄着玩的。"

"要是咱们自己学校比赛，那真的无所谓，可这是一次区级比赛，你得为集体想想。"另一位体育老师说。

"他本身就是一位残疾学生，没有什么不公平的……"还有人这样说。

大家不再说话，都看着方明，等待他的表态。

"我同意方老师的意见，让温一哲同学上场！"不知什么时候，胡校长已经走了进来，站在老师们后面听了一会儿。

"胡校长，这……这可是正式比赛啊，弄不好我们一个月的努力，有可能会毁在这个学生的身上……"丁主任着急地说。

胡校长坚定地说："我理解各位老师的心情，但你们也不要忘了，我们教育的最终目标，是不放弃一个孩子，每个孩子都有权利享受平等的教育，体育活动也是教育。我们不想让他上场，是因为怕他影响了我们的比赛成绩，说到底还是因为我们有自私之心。一个孩子的前途和我们学校的一次荣誉相比，孰重孰轻，大家认真想一想就知道了。我认为，这也是方老师现在最想说的话，所以，我同意方老师的意见，让一班参赛。"

几位体育老师还想说什么，但最终把话咽了回去。

经过一段时间紧张地训练，正式比赛的时间很快就来到了。

比赛这天，艳阳高照，凉爽的秋风轻轻吹着。操场主席台前高高的旗杆上，五星红旗正随风飘扬，在蓝天的映衬下，格外鲜艳夺目。

全区共有十所学校四十个参赛班级在这里比赛。桃花中学能承办这样的大型赛事，与它在全区的教育声誉密不可分。从接到通知那天起，学校领导和相关教师就紧锣密鼓地准备，确保比赛期间各项工作万无一失。

一大早，操场上就有人在忙碌着，不久就有外校的参赛班级陆续赶到，他们在带队老师的带领下，找到各自学校的位置入座。各班都整好了队形，整齐而肃静地等待着。带队老师在各班前后巡视队形，眼睛瞄视了一遍又一遍，唯恐哪个细节出现纰漏。他们关注自己班级的队形，也关心其他班级队形，只要发现稍微不一样的地方，就立即纠正。

离比赛还有半小时的时候，各级领导到达现场，有区局领导、镇分管教育领导、镇教办领导、再加上评委老师，共二十多人，在主席台上就座，负责宣传的几位教师和学校请来录像的人员在操场上不停地忙碌着。

在领导们讲话、裁判员老师宣读比赛规则时，方明从班级前面走到后面，他走到温一哲旁边，不住地嘱咐他，要听清口令，听喇叭里的音乐，看前面同学们的姿势，比赛期间不能随便停下，不能东张西望，更不能去厕所。温一哲不住地点头答应。

比赛开始了，每个班都发挥出了最好的水平，操场上不时爆发出热烈的掌声。

终于轮到桃花中学初二一班进场了。温一哲排在队伍最后一排最右边位置，当时排练时，几个老师就温一哲的位置还有过争论，马老师说可以把温一哲排在靠前一排中间的位置，其他同学可以把他走路瘸跛的姿势遮挡一下，这样经过主席台时不至于把缺陷暴露无遗。但有的老师说，如果温一哲一旦走不好，后面的同学都会受影响，与其那样影响一大片，还不如让他靠边走。

方明说："缺陷就是缺陷，我们无法改变，有时候刻意遮掩，反而会适得其反。温一哲上场，对他来说是一次信心的挑战，对我们来说是一次诚信的考验。"

果然，当初二一班一出场，所有人都注意到了最后面这个走路特殊的学生，全场顿时一片哗然，台上的几个评委老师也在交头接耳，但他们立即想到了一点，那就是参赛班级必须按照学籍人数参赛，评委老师们顿时又为学校的诚实守信感到敬佩，几个评委带头鼓起掌来。

随着节奏响起，表演开始了。整齐的队形，标准的动作，饱满的精神状态，吸引了在场所有人的目光，但同时更多的人把目光聚焦在最后面那个体型特殊的孩子身上。人们分明看到，那个行走不怎么利落的残疾孩子，每一个动作都做得十分认真，一招一式没有丝毫的马虎应付，于是再次爆发出了热烈的掌声。

然而意外最终还是发生了。

在最后一节起跳运动时，温一哲使足了全力，但就在双脚落地时，他的右脚没有站稳，双腿一软，整个身子一下歪了。旁边有几位老师连忙跑过来，把温一哲扶了起来，温一哲挣脱老师们的扶持，还想继续去做，可能是刚才一磕，他的腿有点使不上劲儿，那位老师暗示他回去，温一哲固执地摇了摇头。自己以前从没参加过这样的活动，只要是比赛，他就只能在旁边看着，有时连在旁边看的资格也没有，因为怕来参观的领导看见，林老师就让他躲在教室里，哪儿也不准去。今天自己不仅能堂堂正正地站在操场上，而且还能参加比赛，是班主任方老师对自己的鼓励和信任，无论如何也不能给班级丢脸。

当他再次起跳的时候，音乐戛然而止，比赛结束了，但温一哲没有停下来，在没有音乐的伴奏下，他坚持做完了最后一节起跳运动。

方明跑过去，和温一哲紧紧拥抱在一起。是的，一班会丢分，但却没有丢脸，关键时刻，这个残疾的男孩子所表现出来的顽强精神和集体意识，令所有在场的人对他心生敬意，这时，全场响起了热烈的掌声……

此刻，温一哲的妈妈就在操场墙外，她的目光越过铁栅栏，越过摇摆的枝叶，急切地在操场上搜寻，当她看到队伍最后面那个一招一式一丝不苟的孩子，她的鼻子一酸，眼泪不知不觉流了下来……都说蝉在地下潜伏四年，才迎来在阳光下放歌五周的机遇，而眼前这个孩子，在阴暗的角落里默默等待了十三年，才等来了这阳光下十分钟的蜕变……

春去秋来，岁月匆匆，转眼之间，时间就到了初三上学期。这一学期开始不久，为了传承礼仪文化，也为了更好地让学生们接受礼仪教育，学校决定组织开展礼仪手语体操的训练。

活动通知一发出，各班主任按照学校要求，每天下午大课间时间，带领学生在操场集中训练学习。

礼仪手语操不同于舞蹈，也不同于广播体操，肢体动作主要集中在双手上，通过双手恰当得体的动作表达，把礼的内涵阐释得淋漓尽致。因为它独特的情感表达方式，再配以音乐的烘托渲染，对孩子们来说，是一种全新的体验，学起来兴趣盎然。

主席台上，年轻美丽的梅老师一遍一遍为同学们展示着，示范着，与枯燥无味的课堂相比，蓝天下这个阔大的舞台真是有趣多了，每个孩子都认真投入地表演着，沉浸在博大精深的礼仪文化氛围中，心灵被一次次震撼和洗礼。当然，每个班里都有那么几个学生，动作总是不够规范，被在旁边监督的班主任老师一遍遍叫停。

温一哲做得最卖力也最吃力，他害怕做不好老师让他回去，所以一旦有老师过来，他就提心吊胆，生怕老师指着他说"你，出来一下"！等老师终于从他身边走过去，他才长长呼出一口气。

周围有的同学看到温一哲的表演，忍不住偷偷发笑，因为他的动作总比别人慢半拍，当大家这个动作完成了，他还在那里比划着。

学校有几位老师过来巡查，当经过温一哲身边时，都站住看他一会儿，有的老师摇头，有的老师点头，还有的老师笑而不语，但无论别人什么眼光，他都毫不在乎，方明老师鼓励他的那句"相信自己，你就可以创造奇迹"的话语，让他热血沸腾、一往无前！

十月九日那天，在全区中小学校长会议上，戴局长下达了一个重要通知，省教育督导小组要来山城进行教育教学督导检

查，重点检查学校教学常规。本次督导视察，随机抽查，希望
每个学校都要认真做好准备。

胡校长从区里回来，立即召开学校中层会议，传达各项会
议精神，要求责任到岗到人，细致筹划，精心安排，以最高标
准迎接上级领导莅临检查。

学校的文化特色展示，以刚开学时音乐教师梅老师编练的
大型文化礼仪手语体操为主，学校要求上级领导来校督查时，
在操场表演礼仪手语体操，学生要着统一的服装，服装的设计
要体现古典之美，由梅老师联系服装加工厂负责人说明，务必
保质保量完成，及时送达。

临放学时，政教处王主任来找方明："这次礼仪手语操表
演，抽用的是初二级部，你们班的温一哲可不能再上场了！"

方明说："督导检查，展现的就是学校的教学管理和实际
教学情况，温一哲作为我校的一名学生，他有权利展示自己，
也有义务维护学校的名誉。我们不能因为他身体残疾，就把孩
子排除在外，我们办学的宗旨，就是不让一个孩子掉队，如
果把差的孩子都拽下来，那我们教师的教育教学还有意义可
言吗？"

王主任着急地说："这次毕竟不同于以往的任何一次比赛，
虽然不排名次，但关系到学校的声誉，视察的领导们走过来的
时候，万一温一哲突然摔倒或者做出什么出奇的举动，学生
队伍就会混乱，这一乱整个操场就会失控，到时候可就没法
收场了。"

"我想，温一哲不会出现这样的意外。"方明自信地说。

"你怎么这么肯定？像他这样的学生，你还指望他能善始善终地表演下来？上一次广播体操比赛，不就是最后摔倒了吗？就因为他的原因，我们以 0.5 分之差，输给了庙子中学，虽然最后得了个"道德风尚奖"，但谁不知道这种奖就是个安慰奖，没有什么含金量可言。这次你还不接受教训！少一个没人追究，多他一个，麻烦可就大了。你要慎重考虑，千万不能感情用事，你班的学生你偏袒爱护，这一点无可厚非，可关键是他是个残疾孩子，我们有理由不让他上场……"王主任几乎是在命令。

方明说："我不是感情用事，更不是私心偏袒，这是他凭实力为自己争取的机会。他是一个残疾孩子，但是他凭自己的努力，已经和别人相差无几，甚至超过了某些孩子，我们就应该用新的眼光看他，给他展示的机会，鼓励他一直向前，而不是一味拘泥于他肢体的残疾。"

这时，温一哲正好要来办公室，还未进门，就听见了班主任和王主任的激烈争论，他大体明白了争吵的原因，是关于自己上不上场的事，王主任最后那句话他听得特别清楚："……一个残疾学生，每次大型活动你为什么偏要他上场……"

"残疾学生"这四个字，他经常听到别人在背后小声议论，但这次从王主任的嘴里清清楚楚地说出来，他感到特别难过……他没有进去，慢慢转过身来进了教室……

方明下课的时候，温一哲跟着他走了出来，对方明说："老师，我……我决定不参加礼仪手语操表演了……"

"怎么了？你表演得不错啊？"方明拍拍他的肩膀说。

"可是……可是……我有可能忘记动作……"温一哲吞吞

吐吐地说。

"不用担心，只要认真练习，你肯定能顺利完成。"方明鼓励他说。

温一哲指了指自己的腿说："我觉得我还会摔……摔倒……到时候大家会笑话我，给整个学校丢……丢脸，我还……还是不……不上的好。"

方明鼓励他说："上次有个起跳运动，你没掌控好，而这次功夫全在手上，老师相信你，这正是锻炼你的好机会，要大胆展示，不要想得太多。"

望着老师那双写满期待的眼睛，温一哲最终使劲点了点头。

时令已进入深秋，校园里各种树木的叶子不断飘落。昨晚一场秋雨，落叶全被打湿在地，增加了清理的难度。因为今天省里来检查，很多班主任早就带着学生，在自己班的卫生区内打扫起来。

校委会一行人在胡校长的带领下，正在检查校园里各个角落的卫生，发现哪个班级的卫生区打扫得不够彻底，立即通知本级部，由班主任带领学生亲自来扫。各个科室和功能器材室的设施摆放也都已经准备到位。

视察督导组到达桃花中学的时间，大约是在大课间时间，为了让视察小组看到最精彩的一面，学校早就下了通知，第二节下课后学生们不要外出自由活动，按照学校安排，上课的上课，舞蹈的舞蹈，绘画的绘画，展示手艺的就在展览室制作手工品，王志远和他的雕刻作品被指定在最显眼的位置。

其实最引人注目的，还是操场上的礼仪手语操。同学们穿着统一的古典服装，排着整齐的队形，扩音器里播放的音乐典雅而深邃，给人一种向善向美的感受。

班主任跟操，总指挥梅老师站在主席台上，手里拿着扩音器，对着全体学生喊话，强调要注意的事项。

温一哲站在队伍最后一排，看到班主任方老师跑前跑后、辛苦忙碌的样子，温一哲忽然想哭，为了自己能够上场，方老师已和别的老师争吵了几次，本想为方老师长长脸，也为自己争口气，可上一次广播体操比赛，尽管自己万分小心，最终还是出了差错，就因为自己，学校以0.5分之差，输给了庙子中学，虽然没人责怪自己，但却有人指责方老师，说他关键时候掂不清事情轻重。这件事一直让他感到愧疚，再也不能因为自己而让别人在背后对方老师说三道四。想到这里，他准备偷偷溜走，但不能让方老师发现，他若发现，自己就走不了了。

校门口推拉门缓缓打开，几辆大巴依次驶进校园。车一停稳，检查参观者陆续走下了大巴。他们先进接待室开了一个简短的会议，接着集中进行参观，参观的第一站第一项内容就是操场上的礼仪手语体操表演。

当他们从操场北面刚刚进入的时候，温一哲已经离开操场，他记得老师说过，检查人员也会进入学生教室检查，还有可能随时提问一些问题，如果被问到，回答时声音要洪亮，表达要得体。至于会问到什么问题，老师说很难预料，大体可能就是学生的作业、课外辅导资料、周末补课，还有就是老师有无体罚等等，不管问到什么问题，一定要灵活应对，不说假话，但也不能给学校抹黑，分寸全在自己把握。

他想起上次揭发课程表的事，那件事如果放在现在，打死他也不会那样做，只要方老师安排的，他就百分之百去拥护。

温一哲想，自己的位子就在教室门口，检查的老师如果进去，很有可能提问一些问题，他不怕被提问，他怕自己的回答让他们不满意，给学校扣分。那去哪里好呢？他突然想起，有个地方他们很可能不去，就是去了，也不会问话，这个地方就是厕所。想到这里，温一哲立即向厕所跑去。

操场上的音乐响起来了，梅老师站在主席台上，轻轻挥动了一下指挥棒，礼仪手语操表演开始了。

督导检查的老师们站在队伍后面，令他们震撼的不仅是学生娴熟得体的手语动作、整齐统一的队形、古朴典雅的服装，还有学生们情绪饱满、意气风发的精神风貌。参观的老师们对礼仪手语操赞不绝口，很多人用手机不断拍照，还有的录制整段视频，说回去后认真观摩学习。

躲在厕所里的温一哲发现了两个奇景，一是墙上有只小蜗牛，正驮着背上的小房子缓缓向上攀登，"负重前行"，温一哲立即想到了孟非课上答不上来的这个成语，并对着小蜗牛赞美了一句。他还看到地面墙角处，有一群小蚂蚁正在运输一块小饼干，食物不小，运送似乎有些困难，它们一会儿分散开去，一会儿又聚拢而来，好像在寻求什么救援。温一哲沉浸在昆虫们精彩的世界里，有人进来，竟然毫无觉察。

"喂，小同学，你在干什么？"那人问道。

温一哲一下回过神来，这才看清进来的人胸前挂着一块蓝牌子，上面写着"督查"二字，他一下紧张起来，转过头来就走。

这位老师一眼就发现了这个学生特殊的体型，也似乎明白了他躲在这里的原因，正要问他一句，温一哲已经走了出去。

就在他刚刚走出厕所时，看到一群人迎面走了过来，他们的胸前都挂着蓝牌子，他们从操场出来，正要去别的地方视察。温一哲想掉头，可是已经来不及了，那群人显然也看到了他，因为他特殊的体型，人们情不自禁地多看了他几眼，在人们复杂而略带同情的目光里，温一哲一下站住了，他极力站稳站直，举起手来，恭恭敬敬地行了个队礼，并结结巴巴地说："老……老师们好……"

那群人惊呆了，他们看到这个孩子虽然肢体残疾，但所表现出来的文明礼貌和乐观向上精神，却是那样真诚和美好。他们显然被打动了，有个老师立即回礼，其他人也都停住脚步，有个领导模样的人居然和他谈起话来：

"你会做礼仪手语操吗？"

"我……我会。"

"那你为什么不在操场做呢？"

温一哲不好意思地低下了头，一丝失落浮现在他的脸上。

"是老师不让你去吗？"刚才在厕所里的那位老师走过来问道。

"不……不是……方老师非要我去……我怕做不好……偷偷跑回来了……"

"那你展示一下我们看看。"有位年轻老师略带挑衅地说。

温一哲刚开始有些不好意思，但他这时想起了方老师的话，不管是谁，都不能给学校抹黑，一定要大胆展示，为学校增光添彩。于是他放开手脚，从头到尾表演了一遍，虽然他的动作看起来有些滑稽，但他已经尽了最大努力。

"真是奇迹！"围观的老师们全都鼓起掌来，纷纷对温一哲竖起了大拇指。

　　在督导检查总结会上，有位领导特别提到了桃花中学礼仪手语操，重点表扬了学校的礼仪教育，而且特意提到了温一哲的名字。他说，天赋高的孩子培养起来容易，把那些智力或身体存在缺陷的孩子培养到正常的水平，甚至培养成优秀的孩子，绝不是一件简单的事情。他亲眼看到了一个残疾孩子的知书明理、快乐幸福，怎样让每一个孩子都不掉队，桃花中学已经给了我们最好的答案，值得每位到场的专家和老师们学习和反思。

　　据说回去以后，他专门写了一篇文章，赞扬桃花中学在礼仪教育方面的具体做法，尤其突出了学校对残疾学生的呵护和教育，发表在一家国家级的教育刊物上，在教育界引起了不小反响。

天生我材必有用

那天中午最后一节，英语老师古小梅去一班上课，进了教室却空无一人，就连温一哲也不在教室。她吃惊地张大了嘴巴，急忙从窗口向操场望去，原来学生都去了操场，正在分组练习投球。

古小梅气呼呼地回到办公室，将书本狠狠地摔在办公桌上。方明抬起头来关切地问道："怎么，哪个学生惹你生气了？"

古小梅情绪很激动："太不像话了，明明课程表上是英语课，可学生都去了操场，谁给他们擅自更改的权利？这英语课代表也太不负责了，上体育课也不来向老师汇报一下。"

"你和体育老师调过课？"方明问。

"调过。"古小梅说，"但我没说这节还课。"

白老师接过话茬说："上周我和音乐老师调了二班一节课，本来打算再过一周还，可有几个学生跟在我屁股后面一遍遍催促，就像老师欠了他们多大的债，我也懒得和他们啰唆，赶紧还清了事，省得他们念念不忘……"

"可这节课我有重要安排，这样一来，完全打乱了我的教学计划。"古小梅越说越气。

方明说:"这节课再改已经来不及了,等下课后我问问怎么回事,想办法再弥补。"

一下课,方明就把英语课代表段丽萍和体育课代表吴斌叫来了,方明问:"这节课明明是英语,你们怎么去上体育?"

英语课代表段丽萍说:"我也不知道怎么回事,我本来正在调试多媒体黑板,有几个学生过来说,不要调弄了,下一节上体育,我还以为是英语老师下的通知呢……"

"我也是这样认为的,有几个学生在班里高喊着去操场集合,我知道可能是英语老师还体育老师的课,就带领学生去了操场。"吴斌说。

古小梅走过来问:"你们听老师的,还是听同学的?老师没下命令,你们就擅自做主?"

吴斌壮着胆子说:"老师,您确实欠我们一节体育课,上周您说这周还,同学们早就把这事牢记在心了,所以一到英语课,就自觉去操场了……"

段丽萍也小声说:"老师,吴斌说得对,大家觉得这节上体育理所当然,所以……"

古小梅生气地打断:"还理所当然?认真学习,把每门课考到一百分,那叫理所当然;考试不及格,罚写一百遍,那也是理所当然,你们怎么不听?"

两个课代表互相做了个鬼脸,低头不敢再说什么。

方明说:"不用再解释了,原因已经很清楚,你们是怕英语老师不还这节课,在没征得老师同意的情况下,擅自行动,而且也没告诉体育老师,我已经给体育老师打了电话,江老师根本不知道这件事。其实,你们两个任何一个应该来问问老师,恐怕你俩也有那么一点小心眼儿，于是就顺水推舟。作为课代表，你们这次严重失职，回去好好反思，绝不允许这样的事情再次发生。"

两位课代表离开办公室后，老师们就这件事又议论了一番，最先发话的还是白老师：

"听到了吧？谁占音体美课程，谁就是学生的敌人，学生就对谁恨之入骨，所以啊，不要做费力不讨好的事。"

"眼下面临期末考试，白天各科复习都很紧张，晚上作业也多，一周下来，学生确实很累。音体美课一周几节，全指望在这些课上放松一下，一旦被挤占了，他们的身心肯定吃不消，不闹情绪才怪。"张老师说。

唐小松说："学校里举行的各种活动，只要与中考关系不大，没有毕业班的份。比如前几天举行的校园文化艺术节，学校有明确规定，毕业班全体师生不参加这个活动。那天，学校里一派忙碌的景象，出出进进的家长代表们，彩旗飘飘的主席台，身着表演服的男生女生们，从操场上不时传来的乐器演奏声，时时响起的鼓掌声，这些让毕业班的学生心里直犯痒痒，有些学生身在曹营心在汉，心思早就飞向了操场，个别不听话的学生，一次一次往窗外窥望，那节我上课，效果很差。"

"看来是锁住了学生的身，锁不住学生的心啊！"老师们感慨道。

其他几位班主任和任课老师也都讲了最近一段时间，尤其是临近期末这段时间，学生在学习态度和状态上出现的种种问题，大部分是因为学习紧张、压力过大而造成的心理和精神上的问题。有班主任还反映，班里有一个学习还不错的孩子，一连几天不来上课，回来后自己对同学说漏了嘴，竟然是以感冒为名，偷偷给自己放了几天假。也就是说，某些学生根本吃不消这样高强度的复习节奏，于是他们想出了这样的"绝招"。

方明觉得这些问题不容忽视，如果处理不好，会严重影响学生的身心健康，导致学习成绩直线下降。他立即向教导处丁主任反映了这些问题，丁主任说每个级部都存在这些现象，学生和家长都有反映，可能毕业班出现的问题更加严重一些，准备反映给校长室，把这些问题协调解决一下。

周一例会上，胡校长说："近段时间，在教师的课堂和学生家庭方面，出现了不少问题，我们在这里汇总一下，希望级部主任回去后认真传达，严格落实，避免这些现象再次发生。"

胡校长讲的这些问题，包括教师课堂体罚学生、晚上和周末家庭作业太多、教师上课拖堂、乱占音体美课程等，他说，不光有学生来校长室告状，还接到了家长的举报电话。

"最厉害的一个，把电话打到了区教育局。"胡校长说，"我们做了大量的工作，才把家长稳住。如果举报电话打的是12345，那事情可就麻烦多了，很多事由不得我们了。所以，希望老师们在教学中，严格遵守教育制度，不做违规违章的事情。老师们的初心是好的，可做着做着一不小心就出格了，网络信息快捷发达，网络平台公开透明，很多家长维权方面比我们教师还清楚明白，一旦被家长抓住把柄，就难脱干系。教师职业的特殊性就在这里，没法用一把尺子衡量孰是孰非，但需要老师们心中始终要有一把尺子啊！希望老师们在维护学生的各项权利的同时，也要保护好我们自己。"

鉴于眼下的形式，本次例会，有一个与以往不同的决定，那就是今年的元旦汇演，毕业班学生全部参加，而且也要有节目参演。

会议结束后，教导处丁主任留了下来，等大家都走出了会议室，她才问胡校长："胡校长，毕业班要是也参加元旦节目汇演，那得花费不少时间来准备，我们毕业班的时间现在是屈指计算啊……"

胡校长说："对毕业班来说，时间确实很宝贵，可是我信奉'磨刀不误砍柴工'的格言，为什么这么说呢？学生平时压力太大，尤其是毕业班，学生的心弦绷得紧紧的，这种高强度的复习状态，一定会让一部分学生疲惫不堪，直至最后崩溃。我在会上点数的这些现象，都发生在我们学校，对我们已经敲响了警钟，如果我们视而不见，引不起重视，一定还会重蹈覆辙，到时可就追悔莫及了。让学生们身心适当放松，不但不会影响学习，还会提高学习效率，所以啊，今年的元旦汇演，不但要求毕业班全体学生都要参加，还要求每个班都得推送节目，节目汇演的时候，不允许任何学生留在教室里学习。"

丁主任还是有些担心："节目不准备肯定选不上，准备就会花费学生的时间和精力，这时间问题怎样解决呢？"

胡校长说："那就是我们教师的问题了，平时要认真备课，精准选题，课上要精讲精练，充分利用分分秒秒，向45分钟课堂要质量，要在效率上下功夫，而不是靠时间消磨。"

丁主任还想再说什么，胡校长向她摆了摆手："你协助团委和音体美教研组，把这次活动方案尽快制定好印发出来，发给各个级部，让班主任及时向学生传达信息，做好充分准备。"

丁主任接过胡校长递过来的一摞草稿方案，有些遗憾地走出了会议室。

下午课外活动时间，团委和音体美教研组长及各级部主任，在小会议室召开了一次小型会议，主要是研究制定元旦汇演活动方案，制定比赛规则，评委人员组成等。经过一番商讨，大体规定每班节目二至三个，最多不超过三个，再由评委筛选出最优秀的节目三十个，参加全校元旦汇演。节目分为独唱、合唱、舞蹈、小品、弹奏等多种形式，希望各级部各班主任高度重视这次活动，把学生最灿烂的一面展现给全校师生。

方明参加完会议后，就在周五的级部例会上把元旦汇演的通知传达下去，希望每班都要积极准备，把最精彩的节目展现出来，而且特别强调，学生准备节目，主要是利用课余时间尤其是课外活动时间，不能占用课上时间。

各班主任在放学前的班会上，针对元旦汇演的事宜，都做了重点部署。方明在班内布置时说，班内的节目可以多准备几个，到时候再筛选一下。话还没说完，有人已经按捺不住，纷纷举手报名，特别是那些有才艺的学生，都想趁这个机会大显身手。原本沉寂的教室里一下热闹起来。

方明说："同学们不要急着报名，你一定想清楚自己最擅长什么，同学之间交流一下，可以单独报名，也可以几人合作完成，至于哪种类型的节目，一定选择自己最拿手的，利用周末时间好好准备，周一的时候由文艺委员把名单报送上来。"

陆一鸣同学天生一副好嗓子，从小就喜欢唱歌，在小学时就获得过"小百灵"演唱会一等奖，是同学们公认的"校园小歌手"。进入初中后，虽然学习紧张，但一有时间，他就哼唱几句，尤其是有劳动任务、大家感到疲惫的时候，只要陆一鸣一唱歌，大家顿时就有了精神。但不知什么原因，初中三年了，陆一鸣一次也没参加过学校举办的各种文艺活动，他曾经对同学说，自己学习较差，不好意思上台，怕被别人笑话，可有同学说，曾经在社区和一些小型公益宣传演唱会上，看到过陆一鸣上台演唱，台下观众对他赞不绝口。

　　这次元旦汇演，他之所以不再犹豫而下定决心报名，是因为方老师在班会上说过这样一句话："学习好的同学不一定都有表演才能，但有表演才能的学生智商都差不到哪里。"这句话让他热血沸腾，瞬间消除了他因学习成绩排名在后而产生的自卑心理，取而代之的是一种期待激动之情。他要认真准备节目，争取在元旦汇演的舞台上一展歌喉，为班级争光，为自己添彩。

　　周末两天，陆一鸣快速完成作业后，就拿出话筒反复练唱，这还是小学三年级时爸爸给他买的。原以为自己的歌唱才能在初中四年中，就这样无声无息地被埋没了，没想到临近毕业竟然还有展示的机会。人们都说，是金子总会发光的，命运的改变往往就在一次不经意的努力中，自己可要好好珍惜这次机会，猛不丁自己就由此走上了"星光大道"的舞台呢！他挑选了一手流行歌《真心英雄》，对着镜子，反复演唱，直到觉得满意了，他才停止练习。

　　夜里，他梦见自己站在流光溢彩的舞台，台下是黑压压的观众，等他站在舞台中央开始演唱时，却怎么也唱不出声来，他一着急，就醒了，原来自己做了一个梦。

　　王小丫这个周末也很忙碌。自方老师传达了元旦汇演的通知后，她的心就激动得突突直跳，她早就盼望着有这么一天。从小她就喜欢舞蹈，这源于家庭影响，王小丫的爸爸会跳霹雳舞，经常参加职工文艺比赛，还多次拿奖。她的妈妈文化不高，但也喜欢跳舞。最主要的是王小丫的姑姑是一名幼儿园教师，从小王小丫就跟着姑姑学舞蹈，姑姑说王小丫跳舞有天赋，想在这方面好好培养，但王小丫的父母并不赞成，说作为爱好练练就行，不能作为职业追求，还是要把精力放在文化课学习上。

　　升入初中，王小丫的学习退步明显，数学是她的瘸腿课，妈妈给她找了家庭教师，后来又报了辅导班，但还是不理想。

　　成绩不理想的王小丫，周末背着书包穿梭在各个辅导班之间，穿着舞蹈鞋在舞蹈镜前翩翩起舞的美好时光，对她来说已成奢望。一回到家里，她就踮着脚尖在房间里转来转去，直到妈妈抛过来一个意味深长的眼神，她才灰溜溜地进入书房。

　　没想到初四元旦，竟然让学生们自选节目，王小丫真是太高兴了。放眼整个"班级世界"，有多少人具有艺术才华？秦晓媛虽然学习优秀，但她对琴棋书画一窍不通；汤小小学习名列前茅，也有很高的钢琴、舞蹈天赋，但因她妈妈的极力反对，早就半途而废；最漂亮的"班花"关晓琪，形貌俱佳，却五音不全。自己虽然在学习和容貌上赶不上她们，但起码自己还有一技之长，这也是自己骄傲的资本吧？

　　她把这个消息首先告诉了姑姑，希望她能为自己编个舞蹈节目。姑姑说编舞不难，关键是选人，选出一个五人的舞蹈小组。等把舞蹈编选好了，以视频形式发给大家，每人先照着视频自由练习，回到学校再集中训练。

王小丫立即开始选人，她在心里反复掂量，逐个比较，最后定出四名同学，然后她一一给四个同学打了电话，问她们愿不愿意参加演出，这几个女孩无一例外地在电话里尖叫，天哪！太愿意了！她们一拍即合，就演出事宜叽叽喳喳议论了好久。王小丫怕她们打退堂鼓，在大体介绍完舞蹈的内容后，不失时机地补充说，她姑姑还会给她们弄来统一的舞蹈服，特别漂亮。"天哪，这也太美了吧！"女孩子听说服装还统一，再次激动地尖叫起来。有几个女孩子还怕王小丫会换人，一再表明自己定会好好练习，不会拖大家后腿。

王小丫本来想给汤小小打电话，但听同学说，汤小小妈妈对她学习管得很严，临近毕业，肯定不会让她参加文艺演出，就打消了这个念头。

周一报名的时候，一班的节目共七个，有唱歌、舞蹈、小品、钢琴演奏等，学校要求每班参加演出的节目最多三个，方明让有节目的同学抓紧时间准备，周三先在班里预选一下，最多选三个节目参加学校的初选。

这几天，班里呈现出几种现象，一到课下时间，有节目的学生紧张忙碌，没节目的同学清闲自在，还有一些学生"两耳不闻窗外事，一心只读圣贤书"。当然也有一些学生，既不学习也不参加活动，到处溜达看热闹。

因为精力分散，个别学生的作业受到影响，任课老师很不满意，有几位老师在班里大发脾气。方明根据一班各个任课老师反映的情况，就如何处理好排练节目和学习的关系，进行了科学合理地分析说明，希望同学们学习和活动两不耽误。

　　周三这天的课外活动时间，方明把班里有节目的同学集合在舞蹈室里，让他们把自己的节目展示了一遍，经过筛选，最后选出了三个节目，这三个节目是，陆一鸣同学的独唱《真心英雄》，王小丫等五名同学的舞蹈《天鹅湖》，吴美美等同学的小品《一节自习课》。结果一公布，落选的同学有些失望，有几个女生还掉了眼泪。

　　接下来，就是更加严格的排练，为了让同学们节省时间，少走弯路，方明把学校音乐教师、也是这次元旦汇演的总导演梅老师请来，希望她对孩子们的节目提出一些建议。在孩子们排练的时候，梅老师来到了现场，这可是全校艺术方面最有权威的老师，节目能不能过关，与她关联最大，孩子们一下紧张起来。

　　"来，孩子们，大胆展示，不要顾虑。"在她的一番鼓励下，孩子们很快进入最佳状态。

　　看完三个节目后，梅老师突然灵机一动说："一个班三个节目都想选上，恐怕有点难度，况且我看到其他班里也有一个节目《天鹅湖》，效果也很好。方老师，你看能不能这样，这个男孩子唱得不错，姑娘们的舞蹈也不赖，如果我们把歌唱和舞蹈合成一个节目，不仅形式新颖，内涵也很丰富，在创意上已经占了优势。我大体看了看报上来的节目单子，还没有一首歌伴舞的节目呢。"

　　"二者要是合并的话，舞蹈的内容和形式是不是需要重新编排？"方明问。

　　"那当然，舞蹈的内容和风格得和歌曲一致。"

　　"可是，时间还来得及吗？"方明有点担心。

"来得及,孩子们悟性高,学得快。"梅老师问王小丫,"你能编舞吗?"

"能!"有姑姑大力相助,肯定没有问题,所以她敢一口答应。

改编后的舞蹈需要五名男生,五名女生,五名女生还是原班人马,可五名男生人选成了难题,大部分男生笨手笨脚,适合跳舞的不多啊。

想来想去,王小丫只得写了一张字条,张贴在教室后墙,上面这样写着:

紧急通知

为迎接即将到来的元旦汇演,急需五名男舞蹈演员,配合五名女舞蹈演员,有意者请到王小丫处报名。

报名者需要具备以下条件:

1. 热爱艺术,热爱舞蹈,有很强的团队意识。

2. 报名者为男性,身高在 1 米 65 到 1 米 7 之间。

3. 心动为准,非诚勿扰。

这纸带有"征婚启事"意味的通知,立即引起了全班同学关注,很多同学都围了过来,嘻嘻哈哈地边读边议论,直到任课老师进来才立即散开。

令王小丫没想到的是,一下课就有五名男同学过来报名,孟非还怕王小丫不看好自己,当时就扭捏着屁股连做几个动作,让周围几个女生笑得喘不过气来。

为了尽快练好这个舞蹈,王小丫的姑姑亲自来学校指导了几次,这个节目很快就被搞定了。

离元旦节目预选的日子越来越近，排练也越来越紧张。

一到课间和课外活动时间，班里那些表演节目的同学就不见人影，教室里显得空落落的。每个级部每个班级，基本上都是这种情况。他们踏着铃声进入教室，虽然不算迟到，但课前准备肯定不够充分，这让任课老师十分不满。

这天，上课铃已经响了，五班里有几位学生才匆匆赶来，被英语老师拦在了门外。几个学生露出不满的神情，开始小声议论着什么，英语老师停止讲课，走出来厉声问道："嘀咕什么，迟到了还有理由？"

"老师，我们没有迟到，我们跑到教室门口时正好打铃，我们是看着表回来的……"

"你们这些干什么去了？"英语老师严厉地问道。

"我们排演节目了，平时没时间！"其中一个胆大的孩子杨牛牛说。

英语老师火气一下上来了："排练节目难道比学习重要？学校规定排练节目可以迟到？那你去练节目好了！"

说完，英语老师把教室的门砰的一声关上了。

杨牛牛还想推门，被旁边的同学制止住了。杨牛牛说："走，咱们去找班主任，我们根本没有迟到，凭什么把我们关在门外？"

另外几个学生不敢去，杨牛牛说："怕什么怕，你们不去我去！"说着杨牛牛就进了办公室。班主任不在，杨牛牛又回来了。那节课，这五位学生在门外站着，直到下课铃响。

英语老师走出教室，正好五班班主任走了过来，英语老师把怨气全发泄在了班主任身上："你问问他们为什么站着……"

有几个孩子委屈地哭了起来，班主任明白了原因后，严厉地批评了他们，最后又温和地说："你们几个排练节目，想为班集体争光，这是好事，应该表扬，但一定要处理好学习和活动的关系。迟到了就是迟到了，一分钟也是迟到，不能强调理由，更不能顶撞老师。下不为例，谁再犯类似的错误，我们一定严厉批评！"

回到办公室，五班班主任还未开口，余怒未消的英语老师说："其实他们几个已经迟到好几次了，问问就说排练节目。你们班主任也得强调一下，作为学生，毕竟学习才是最重要的，如果他们认为排练节目比学习重要，那就不用来上课了！"

六班班主任李小璐说："我们班里表演节目的都是一些差生，其实那些优等生中有好多人也有表演才能，但他们都没报名，这几位差生倒是非常积极。"

"好学生都在努力学习，谁去表演节目浪费时间？"

"差生没事干，只有通过这些事，在班里刷刷自己的存在感。"

"做啥不得凭智商？我就不相信，学习一塌糊涂，表演就能出类拔萃？也就是凑凑热闹罢了……"

老师们议论时，方明一直都在认真地听着，等大家停下来了，他站起来走到办公室中间说：

"总结老师们刚才的言论，得出的结论是，越是学习差的学生，表现欲越强，而大多数尖子生表现出的是'两耳不闻窗外事，一心只读圣贤书'的状态。老师们想想，这种现象正常吗？

"肯定不正常！几乎每个教师都知道，我们培养学生的目标，是让他们成为德智体美劳全面发展的社会主义新型人才，但为什么我们在做的时候往往就偏离了方向呢？不从全面发展的角度去培养孩子，而只注重他们的成绩，这是功利之心占了上风。

"才艺和学习成绩不能相提并论，我们不能因为他们学习成绩差就全面否定他们，把他们说得一无是处。每个孩子都有与众不同的地方，只要发现他有一处闪光点，我们就要表扬鼓励。为动员同学们积极报名参加本次元旦演出，我在班里是这样说的，'学习好的同学不一定都有才艺，但有才艺的同学一定聪明'，就是因为这句话，我班一向自卑的陆一鸣同学，这次勇敢地报了独唱节目，不管结果如何，他已战胜了自己的胆怯心理。老师们说报名的大多是班里那些差生，这正说明这些学生渴望得到师生们的认可，是他们争取进步的表现，怎么能说他们是为了凑热闹呢？如果他们连热闹也不想凑，都像那些"一心只读圣贤书"的学生那样，那元旦汇演只有观众，没有演员。所以，对那些积极报名参赛的同学，我们要大力表扬，而不是讽刺挖苦。"

方明老师的话，直抵每个老师的内心深处，几位年轻老师为自己刚才偏激的言论感到脸红，默默地在纸上写着什么。

然而，学生因排练节目而上课迟到的事再次发生。

那节数学课，白老师站在二班讲台上火冒三丈，已打了上课铃，可班里还有五位学生没来上课，问问其他学生，说是在舞蹈室里排演节目。

"好，很好！"白老师铁青着脸，对班长说，"去，你去告诉他们，这节课不用来上数学了，继续排练！"

　　班长一听，马上夫了舞蹈室，进门就喊："白老师说了，这节课你们不用上了，继续排练！"

　　那几位学生一听，高兴地跳了起来，还大声喊着："哇！还是数学老师善解人意！"

　　当班长气喘吁吁跑回教室，白老师瞪着眼问："人呢？"

　　班长说："你不是说让他们继续排练吗？我告诉他们了，他们在那里继续排练呢……"

　　白老师把鼻子都气歪了："你啊，还真把我的话当真了……快回去！把他们一个个给我拽回来……"

　　同学们都偷着笑起来，白老师刚才是在说气话，没想到班长却信以为真，真是不会察言观色。

　　当几个表演节目的学生气喘吁吁地跑来的时候，时间已经过了十多分钟。为了节省时间，白老师什么也没说，对他们几个摆了摆手，示意他们坐下，接着就开始讲课。那节课果然没有讲完，白老师用威严的目光扫视了全班一眼，最后说："迟到的同学去办公室一趟！"

　　一进入办公室，白老师就将手中的书和备课本重重地摔在办公桌上，办公室里的老师们都吓了一跳，面面相觑，不知发生了什么。

　　那几个学生胆怯地缩在办公室门后，低着头不敢吱声。

　　班主任唐小松立即走过来问他们："你们几个怎么回事？是不是又让白老师生气了？"

　　没有人回答。

　　"问你们话呢！"唐小松刚要发作，白老师走了过来，她的怒气还没平息，不过她的话音更多的是指向唐小松："排练节目，这是大事，肯定要比学习重要，也肯定要比学习有趣好玩，谁告诉你们上课时间排练节目？我说过吗？班主任告诉你们这样做吗？肯定不会吧？"

唐小松当然听出了白老师的揶揄之意，也明白了白老师发火的原因，先对白老师说了一大堆好话，一会儿就把白老师的情绪稳住了。他转过身来，对那几名学生说："就是天塌下来，也没上课重要，一个不把学习放在首位的学生，怎么会考出好的成绩？我在班里反复强调,排练节目绝对不能占用上课时间，除非校长亲自来，说同意你们不去上课去排练节目！"

这几个学生低头不语，就像几棵被霜雪打蔫了的茄子，完全没有了刚才排练节目时壮志满怀、生龙活虎的样子，每个人的心情就像从热带一下进入了北极。

这时三班里的一位老师走了过来，看着面前站着的几位学生说："我上课的时候，班里也有几位学生迟到了，问他们原因，说是去排练节目了，而且理直气壮，一副迟到有理由老师无权过问的样子，我也很生气，本想批评一番，但又怕耽误上课，只好忍住火气……这样的事已经发生过好几次了……"

另外几位老师也都议论纷纷，对这段时间班里排练节目的学生的表现很不满意。

方明走了进来，他明白了这几位学生挨训的原因后，对老师们说："中午大课间，我们开个简短的会议，就这些问题，在会上共同解决强调一下。"

一打下课铃，老师们就陆续过来了，整个级部二十五名教师，等大家到齐后，方明开门见山："老师们，课间召开这个简短的会议，是就学生节目排练和上课时间问题，我们需要调整一下，尤其是班主任老师，需要在班里强调一下，节目排练不能耽误上课时间，让学生完全在课下完成，充分利用好周末时间。根据近几天的情况，各班都出现了学生在上课时间排练节目的现象，影响了上课，这是我们绝对不允许的。现在，请老师们说一下出现的问题。"

白老师最先发言："反正老师们都看到了，今天第一节上课，二班就有学生在舞蹈教室排练，我说了句气话，他们还信以为真，真的不回来了……"老师们都笑起来。

三班的语文老师李贝尔说："我上课时也有几位学生迟到，问问原因，说是在楼下车棚里排练节目了，我也没说什么，觉得节目不排也不行，迟到就迟到呗……"

"这样他们可就更大胆了，下一回可能迟到更多时间，所以我觉得不管不行……"有老师说。

"我发现的问题也很严重。"古小梅老师说，"那节课我在黑板上板书，听到教室里有动静，回过头，那几位表演节目的学生，正在挤眉弄眼，趁老师背过身去，还在讨论表演的技巧。"

"也难怪，学生没有时间啊，只能见缝插针了……"

六班的蔡老师说："他们有的把演出的道具和服装带来了，有的塞在书桌洞里，有的摆在教室后面的书柜上，还有的放在腿上，弄得教室里很乱，这种乱哄哄的氛围不利于学习，影响的不仅是自己，也影响其他学生。"

老教师张敏健说了一个很严重的问题："这段时间，这些排练节目的学生，作业完不成，交不上，就算交上了，也做得马马虎虎，找他们谈话，说是还得排练节目，在他们心中，节目比学习更重要，这说明一点，学生感兴趣的是节目，而不是学习，这种现象不能说坏，但也不正常。和那些什么也不想参加的学生相比，这些学生强多了，至少他们还有所追求啊……"

老师们都笑起来，是啊是啊，也不能完全否定他们。

方明接着让班主任谈谈排练节目的事项如何安排的。五位班主任各自谈了自己的方法，大家的做法基本一致，既要把节目练好，为班级争光，也不能耽误学习。如何练，怎样练，自己想办法，遇到困难向老师提出来，由学校和老师共同想办法解决。

"但是，"唐小松说，"直到现在为止，没有一个人对我说遇到困难需要老师们帮助的。"

"他们都想自己独立排练，证明一下自己的能力，这也是好事啊。"有老师说。

四班班主任李健说："不过，我们班里有几个学生说，他们的节目需要大家集合在一起，所以周末他们就由家长护送着去了某位同学的家里，一块排练。"

方明接着说："这件事情要注意，学生觉得在校没有时间，只能在周末排练，但是很多学生家不在一个地方，他们就只能在某个地点聚集。有的家长有时间护送孩子，可有的家长没有时间陪着孩子，孩子独自来往的路上，存在很大的安全隐患，这一点我们得高度重视！"

"可不是吗，这个周末，我们班里一位学生家长就打电话问我，说孩子们去什么公园排练，问我们老师知道不，一听我说不知道，家长立即就不让孩子去了，我一个个给孩子们打了电话，阻止他们外出排练，告诉他们回到学校，给他们一节课专门排练。周一我把我的一节数学课奉献出去了，让他们练吧。"

"这样好，可我们完不成教学任务啊，我们的计划就得重新调整。"另外几位班主任纷纷说。

听到这里，方明说："我们班里的几个节目，他们是录制视频，学生晚上或周末，可以通过视频互相交流学习，效果肯定不如现场排练好，但不会耽误上课影响学习，我还表扬了他们呢……"

"就看什么类型的节目，像舞蹈和唱歌之类的，这个方法就很好，但排练小品节目就不适合……"

方明说："对，视频排练确实有局限性。这样，综合大家的意见和出现的问题，大家看看这样行不行，让学生在上美术和音乐课的时候，到专门的教室里排练，这样既杜绝了学生缺课耽误课的现象，还能把节目排练得更好。"

"可美术老师和音乐老师同意吗？"有老师担心。

"音乐和美术本身都是艺术，每一个节目都是音乐和美术的完美结合，学生展现的就是音乐和美术的才华，就算是美术课和音乐课耽误了，这些学生补起来很容易，因为他们感兴趣，一点就通，不像文化课那样困难。如果大家同意的话，我先向教导处请示一下，让教导处和音美老师说明一下。"方明说。

这倒是个好办法，老师们纷纷赞成。

经过三周紧锣密鼓地准备，桃花中学元旦汇演正式开始了。

这天是周五，天气有些寒冷，但阳光明媚，这让节日的欢乐气氛更加浓厚。

原先每年元旦汇演都是在操场举行，但操场西面主席台后方只有一块风景画布，没有多媒体大荧屏，今年很多节目都使用了动画背景，如果在操场，会场倒是宽敞开阔，但是演出效果远远不如使用了多媒体画面好，学校最后决定把舞台设在阶梯会议室。这样除了全校师生外，家长只能来一部分。那么通知哪些家长来呢？各班家委会负责人必须来，孩子有节目的家长最好能来，另外根据各班的情况，由班主任再选一部分家长参加，这样一算，家长也来了将近二百人。学校还邀请了部分领导也来参加，总起来阶梯教室共约两千人观看元旦汇演。

节目汇演开始时间定在上午八点，有节目的同学没时间上早读，都集合在舞蹈教室作准备。很多女教师们都过来了，帮助即将上台的演员们整理装束。化妆品摆了一桌子，女老师们为孩子们仔细地描眉、擦粉、涂口红，左看右看，直到满意为止。化好妆的学生害怕嘴上的口红破坏掉，喝水时嘴不敢碰杯子，说话时半张着嘴巴，看上去样子很滑稽。很多学生的家长也过来帮忙，帮孩子检查腰带是否扎紧，衣服扣子是否牢固，鞋带是否系好，不断叮嘱该注意的问题。因为天气寒冷，演出的孩子都穿着单薄的演出服装，加上紧张，有的孩子竟然瑟瑟发抖。

对于演出设备，大会服务人员台上台下反复检查，有的道具早就摆在了舞台上，比如钢琴、电子琴等大型乐器，就在舞台的左边；有的道具需要演员上台时随身携带，如笛子、二胡、吉他等小型乐器，所以相关老师不时过来叮嘱一番，上台时不要忘记，下台时不要错拿。每一个孩子看上去都很兴奋，恨不得演出马上就要开始。

王小丫带领的那几个女生噘着嘴问："王小丫，你不是说有演出服吗？怎么还没送来？"

　　"别急，我姑姑说一定会送来。"王小丫嘴上这么说，心里急得要起火，她也不知怎么回事，直到现在姑姑还没到来。她也做了最坏的打算，如果到时姑姑还赶不到，她们就穿着校服上场，但效果肯定会大打折扣。

　　离演出还有半小时，全校师生和家长们开始进入阶梯会议室，接着领导们也陆续进入会场，阶梯会议室里顿时爆发出热烈的掌声。领导们都在前排就座，后面一排是十位评委老师。

　　这时，有个老师从阶梯会议室门口进来，在墙角东张西望了一会，然后径直来到方明跟前，在他耳边小声说了句什么，方明立即起身，走出了阶梯会议室。

　　"在哪？"方明问。

　　"在大门口。"那位老师说。

　　方明快步来到大门口，几名保安正在门口阻拦几位家长，家长们急切地向保安解释着。

　　方明走过去问道："怎么回事？"

　　其中一位年轻的女士说："我是来送演出服的，请问方老师在哪？是他班里的学生用，再晚就来不及了……"

　　方明说："我就是，请问你是……"

　　"我是王小丫的姑姑，演出服昨晚加班才做完，今早路上又堵车，应该还没到这个节目吧，再晚可就真的来不及了……"

　　"是这样，快点进来吧，还没轮到这个节目。"方明让保安为她打开了大门。

　　王小丫姑姑风风火火地直奔演出后台，还有一些家长被拦在了门外，尽管他们都想进来，但学校有规定，除了被邀请的家长，其他人员一律不得进入，因为会议室已经满座，为保证师生的安全，必须对人数严格控制。

就在这时，其中一位家长大声喊道："方老师，我……我能进去吗……"

方明一看，是罗大介的爸爸，他竟然从南方赶回来了。

"我赶回来就是为了给孩子鼓劲加油！"罗大介的爸爸激动地说，他的手里还捧着一束鲜花。

"您在被邀请之列，当然可以进来。"方明过去紧紧握住了罗大介爸爸的手。

七点五十分，主持人出场。主持人共有四人，两名男生两名女生，男生穿着白衬衫打着红领带，女生身着鲜艳的长裙，经过精心设计装扮，四位主持人光彩照人，端庄大方。他们手里各自拿着一个烫金的红色硬皮大本子，愈发显得庄严而喜庆。全场再次响起了热烈的掌声。生动而精彩的开场白后，节目正式开始了。

第一个节目是大型舞蹈《星辰大海》，这是学校统一排练的节目，由音乐老师兼总导演梅老师亲自编排，每一个演员都是她从各个级部精心挑选出来的，共有二十人组成，在她精湛的专业水平指导下，这个节目排练的过程十分顺利，无论是音乐效果还是舞蹈姿势，看起来跟电视上的表演没有多少差别。后面的大屏幕上播放着与舞蹈主题一致的背景画面，灿烂的星空，湛蓝的大海，音形色完美的结合，让人仿佛置身于春晚节目现场。随着演员们翩翩起舞，台下不时爆发出热烈的掌声。

就在表演进入高潮的时候，意外发生了。第一排 C 位的那位女孩子，突然跌倒了，台下观众顿时一阵惊慌，很多人都站了起来。音乐依然在播放，背景画面依然在变幻，但正在表演着的孩子们，却全都停了下来，他们连忙跑过去，搀扶跌倒的同伴。尽管这个节目倾注了梅老师大量心血，凝聚着他们二十多人三周以来的辛勤汗水，但此刻在他们看来，扶起跌倒的同伴比表演节目更为重要。

梅老师和另外几位老师也跑了上去，受伤的女孩子已经站了起来，梅老师问了句什么，女孩子坚决摇了摇头，孩子们立即重整队形，舞蹈继续进行。

虽然经历过短暂的波折，但孩子们极力保持心情的平静，以求动作的平稳和一致，最终以精彩的尾声完成了这个节目。台下再次爆发出热烈的掌声，这掌声，不仅因为孩子们精湛的表演，还有在关键时刻他们所表现出来的互帮互助的道德风尚。

主持人报幕："英雄不是横空出世，他就在你我身边；成功不是遥不可及，只要你付出努力。历经风雨，就会看到绚烂的彩虹，平凡的人们，请真心相拥……下一个节目，请大家欣赏九年级一班为大家带来的歌伴舞《真心英雄》。

灯光骤然亮起，十名伴舞者已经各就各位，台下立即响起了热烈的掌声，大家都知道是独唱，没想到还有伴舞，这可是以前没有看过的元旦节目，而且伴舞者的服装特别好看，样式和色彩都呈现出最好的舞台效果，让人不得不佩服设计者的独特匠心。

灯光绚烂变幻，十名舞者随着舒缓的音乐翩翩起舞，优美的舞姿一下吸引了人们的视线，不时发出啧啧赞叹。

在大家期待的目光中，独唱者登上了舞台，他就是一班的陆一鸣。今天他穿着一件白色的风衣，打着红色的领带，并佩戴了一副金边眼镜，整个人看上去就是一名耀眼的歌星。他大步流星地走到舞台中央，深深鞠了一躬，还未开口，台下的同学们爆发出疯狂的喊叫"陆一鸣""陆一鸣"，同学们显然被他时尚的衣着、潇洒的动作震撼了。

在音乐响起的快门阶段，陆一鸣大声说道："大家好，我给大家带来的歌曲是《真心英雄》，希望大家喜欢。"接着向台下作了一个飞吻的动作，台下又是一阵疯狂的喊叫。

"在我心中，曾经有一个梦，要用歌声让你忘了所有的痛，灿烂星空，谁是真的英雄，平凡的人们给我最多感动……"陆一鸣的声音虽然略显稚气，但却带着些许磁性，他模仿了周华健的动作，既沉着稳健，又潇洒自如，在偌大的舞台上大踏步地走着，给人"海阔凭鱼跃，天高任鸟飞"的感觉，而十名伴舞者的舞姿，更是舒展流畅，优美和谐。

很多同学挥舞着早就准备好的荧光棒，像无数流萤在夜空飞舞。

就在这时，台下有一位女生抱着一束鲜花，跑上了舞台，把鲜花送给了陆一鸣，这把欢乐的气氛推向了高潮。陆一鸣没想到还会有人献花，短暂的慌乱之后，立即平静下来，他接过鲜花，对那位女学生连说"谢谢""谢谢"。这时台下有人大声喊道"拥抱一下"，同学们全都大笑起来。

女孩子转身跑下去了，陆一鸣更加自信满满，抱着那束鲜花，快步走到舞台最前面，大声喊道："来，大家跟我一起唱！"

"不经历风雨，怎么见彩虹，没有人能随随便便成功……"台下立即有很多人响应，这个节目让所有的人热血沸腾，不时爆发出热烈的掌声。当歌曲唱完，同学们还意犹未尽，大声喊着："再来一首！"

接下来，一名初一男生的钢琴演奏《欢乐颂》，把在场的所有师生们带入了一个欢乐的世界，人们个个面带微笑，沉浸在这欢乐中无法自拔。

汤小小妈妈和段丽萍妈妈紧挨着，段丽萍妈妈对她说："我说你啊，真不应该阻拦你们家小小学钢琴和舞蹈，你看会一门才艺多好啊，她学习那么优秀，不会耽误功课，艺不压身嘛，多一样本领将来就多一样出路，你啊……"

汤小小妈妈什么也没说，只是深深叹了一口气，说实在的，一看到孩子们在舞台上尽情地展示自己的才艺，她的眼前就浮现出汤小小从小刻苦练琴、跳舞的镜头，如果眼前坐着演奏的是汤小小，她一定会弹得更好；如果眼前穿着舞蹈服的是汤小小，她的舞姿一定会更加优美，可是……她真是有点后悔……

这时，下一个节目开始了，这是九年级二班为大家带来的舞蹈《天鹅湖》，汤小小妈妈一下激动起来，《天鹅湖》可是汤小小拿过一等奖的舞蹈，要是她能上台的话，那该多好啊！

正想着，节目开始了。灯光亮起，六位天鹅姑娘已经站好，随着灯光的变换，她们开始翩翩起舞。洁白的舞裙，欢快的旋律，把大家带进了梦幻般的境界。

忽然，汤小小的妈妈惊呆了，前面那位领舞的竟然是汤小小，段丽萍的妈妈显然也看到了，指着舞台惊讶地说："你看，你看，那不是汤小小吗？"

汤小小妈妈说："是，就是她，可这次她没有节目啊……"

原来在这个节目快上台的时候，领舞的那位女生突然身体不适，老师和大会工作人员怕出意外，没让她上台，但领舞者必须很优秀，正在卸妆的王小丫立即想到了汤小小，向总导演梅老师极力推荐。万不得已，梅老师只好让人把汤小小找来，向她大体说明了一下，最后梅老师一再问汤小小有没把握，汤小小坚定地说没问题，接着老师们迅速为汤小小化妆。

连方明也没想到，汤小小怎么突然跑到舞台上去了，而且参加的是二班的节目，不管怎样，汤小小表现得非常出色，这是一件令人喜出望外的事情。

接下来的节目精彩纷呈，掌声雷动。

第二十个节目是九年级一班的小品《一节体育课》，小品的内容大致是这样的：体育老师因为临时有事，体育课不能正常进行，其他学科的老师都想占用这节课，但同学们渴望自由和放松，于是在班长和体育课代表的带领下，与班主任和任课老师"斗智斗勇"，最后成功上了一节体育课。

节目一结束，台下响起了热烈的掌声。这个小品之所以受到大家的欢迎，是因为它真实地反映了当前的教育现状：为了成绩，老师争分夺秒抢时间，而忽略了学生们的身心健康。告诫我们的教育者，孩子们心里装着的，决不能只有语数英物化政，还要有蓝天白云和大海；孩子们的脸上写着的，决不能只是深沉、成熟和迷茫，还要有笑容、好奇和渴望，这才是青春该有的模样……班长由罗大介扮演，两位老师的扮演者是班里个子高大、略显成熟的吴斌和马小毛，还有吴美美等六名学生演员。

在掌声中，罗大介的爸爸挤到台前，把手里的鲜花送给了儿子，然后和他紧紧拥抱在一起。

接下来，武术表演、手语操表演、口技表演、相声表演、大合唱等节目精彩纷呈，每一个节目，都展示着孩子们的才华，表达着他们对生活的热爱。

值得一提的是，梅老师编排的手语操表演节目，站在 C 位的竟然是残疾学生温一哲。通过老师和家长的共同努力，他的手语动作已经娴熟流畅，今天能站在这个舞台上，是他梦寐以求的愿望。这个节目，带给人们的，不仅仅是震撼，更多的是感动；台下泪流满面的，不仅仅是温一哲的妈妈，还有更多的妈妈们。她们从母亲的角度，更能体会培育孩子，尤其是残疾孩子的不易……人们感动于老师们的精心呵护、不离不弃，感动于人性的善良美好、温暖宽厚……

欣赏着舞台上孩子们的精彩表演，台下的老师们突然重新认识了这些孩子，真没想到，在课堂上死气沉沉甚至成绩倒数的学生，在今天的这个舞台上，他们就是王者，他们把歌声和欢乐送给大家，他们把才华和智慧展现给了大家，他们把生活中的喜怒哀乐演绎得淋漓尽致……谁能说他们一无是处、不可救药？尺有所短寸有所长，再也不能单从学习一个方面评价这些学生了。今天他们的表现，他们所展现的才华，给每一位在场的老师上了精彩的一课。

老师们有些后悔，尤其是前段时间的节目排练，没少挨老师的批评和训斥，甚至还连带讽刺和挖苦……现在想来，真是对不住孩子们了……

古小梅摘下眼镜，擦了擦眼睛，她想起了前段时间那节课，既自责又愧疚。

唐小松低声问旁边的白老师："白老师，感觉怎么样啊，这些孩子演得不错吧？"

白老师说："是不错，要是这些功夫用在学习上，那该多好啊！"

唐小松说："不可能人人考名牌，个个成为科学家，社会是多元的，生活是多彩的，社会需要各种各样的人才，有哪样本领也能立足社会啊！"

白老师没有再说什么，只是掌声拍得更加响亮了……

最后一个节目是老师们的节目，也是本次元旦汇演的压轴节目，老师们表演的是时装秀，由学校十名男教师和十名女教师组成。

第一位闪亮出场的是美术老师菊红，她身着古代女子水袖服饰，踮着轻盈细碎的步子，来到舞台中央。随着音乐起伏，水袖轻轻拂动，动作缓慢流畅，带着优雅的神韵，化作梦幻般的云彩，在空中曼舞。衣袂飘飘，如嫦娥降世，裙裾飞扬，似仙女下凡，令人惊叹不已。

第二位登场的是音乐教师梅老师，她身穿红色旗袍，古朴典雅，端庄大方，加上她标准的模特步，一出场，全场爆发出热烈的掌声。梅老师走到舞台中央的时候，身子略斜，双手微合，附在腰间做了一个行礼的姿势，把中国女性端庄优雅的气质展现得恰如其分。

接着老师们身着各式服装一一出场，每一种装束都选择最合适的人选，每一种服装都标识着年代，浓缩着历史，彰显着悠久灿烂的中国服饰文化。

当全校最幽默搞笑的王鹏老师出场的时候，汇演的欢乐气氛达到了高潮，因为一上舞台王鹏老师就跌倒了，平时课堂上就让同学们笑声不断，这会儿又让同学们笑得前仰后合，不知道的以为是意外，其实他是故意跌倒，就是为了让同学们笑上加笑，笑声不断，这样的"小恶搞"也只有王鹏老师能想得出做得到。

方明出场的时候，台下响起了雷鸣般的掌声，本来他就高大魁梧，英俊潇洒，这会儿穿着一件灰色长袍，头戴大礼帽，更显得儒雅睿智、风度翩翩。他走到舞台中央，然后慢慢回过头来，摘下帽子，做了一个毛泽东去重庆谈判的挥手姿势，台下又是一阵疯狂的喊叫声。

老师们的时装秀表演完成，在舞台上站成一排，台下观众这才看清，老师们的队形是按照服饰从古到今的演变顺序排列的，把中国服饰文化的发展历程直观地呈现在观众眼前。这是最具特色的节目，呈现的是色彩，诠释的是内涵，没点历史知识的人，还真不容易看懂。

至此，节目全部结束了，但学生们仍然意犹未尽。四位主持人再次登上了舞台，进行节目总结，宣读颁奖事宜，邀请领导上台颁奖。领导们依次登台，在主席台前就座。评委老师把名单送了上去，下一个环节就是公布获奖名单和颁奖仪式。

获奖名单由教导处丁主任宣读，每当读到自己班级的同学或集体节目获奖时，这个班同学们的掌声就特别热烈。九年级一班两个节目分别获得了一二等奖，一班同学的手掌拍得几乎麻木。

名单公布完毕，颁奖仪式开始。不管是获奖的还是没获奖的，同学们的心情同样激动喜悦，对他们来说，这次汇演，既是才华的展现，又是一次精神和心灵的洗礼。

胡校长最后发言说："同学们，结果不重要，重要的是你们的才能得到了展示，这个舞台属于你们，你们把自己的青春年华，在这个舞台上绽放得绚丽多彩，你们把欢乐奉献给了大家，把美好奉献给了大家，把真诚奉献给了大家……虽然第一个舞蹈出了点意外，但同学们在这场小小的意外中，所表现出来的团结合作意识，更能体现你们顾全大局、同心同德的精神风貌，虽然你们没能拿奖，但我认为你们已经拿到了最好的奖项，让我们把最热烈的掌声送给这些孩子们！"

台下掌声雷动，很多家长感动得流下了眼泪。因为他们也好像第一次发现，自己的孩子原来也很优秀。

春风拂过百花开

柳笛老师生病住院的消息，全校老师很快都知道了。

很多同事都急着打电话询问，但柳笛老师的手机一直处于无人接听状态，几个最要好的朋友实在沉不住气了，就去探问胡校长。

胡校长叹了一口气说："柳老师病情严重，正在省城医院接受治疗，学校也是刚刚得到消息。这件事不要在学生们中传播，也希望在校的老师们保重身体。"

听到这些，老师们都明白了，没人再继续追问什么，怀着沉重的心情离开了校长室。

面临期末考试，老师们手头的工作较多。柳笛老师的办公桌上堆积着学生送来的各种作业，语文试卷、作文，还有笔记本等。级部主任林渊根据学校的安排，让另外两位教平行班的语文老师，把柳笛老师所教的两个班每人接手一个。

柳笛老师平时很爱整洁，办公室里的活她都抢着干，除了年轻的唐小松没大没小地跟她开玩笑，其他几位年轻老师都亲切地叫她柳大姐。现在她不在了，每次打扫办公室，老师们依然把她的桌椅擦拭得干干净净。老师们坐在办公室里闲聊的时候，望着她空落的办公桌椅，不免有些伤感，前几天还在这里说说笑笑，今天就被病魔彻底击倒，平时那么温柔善良、乐观豁达的人，也难免疾病的摧折……人生真是无常啊！

学校领导决定周末去省城医院看望一下柳笛老师，除了校委会几位领导，还有级部主任林渊，初一级部的两位女老师，语文组的方明老师。

经过两个小时的路程，他们到达了柳笛老师所在的省城医院。当学校领导和老师们进入病房的时候，柳笛刚刚完成输液，她的丈夫和姐姐在旁边陪护着。看到领导和同事们来看自己，柳笛显得很激动，她的丈夫连忙把一个大枕头垫在她的背后，扶她坐了起来。

仅仅一周的时间，原先那个年轻美丽、活泼大方的柳老师，就被病魔折磨得脸色苍白，疲惫乏力，整个人瘦了一圈。

一番问候后，胡校长说："学校已经把你所教的两个班级都安排好了，安心养病，不要有什么思想顾虑，好好配合治疗，很快就会好起来的。"

尽管柳笛极力控制着自己的情绪，但看到曾经朝夕相处的同事，还是忍不住哭了，她的丈夫连忙用毛巾替她擦拭眼泪。

她很想说些什么，但没说几句，就气喘吁吁。看着躺在病床上的柳老师，大家心里都很悲伤，但谁都无能为力，只是轻轻安慰着她，希望她能坚强起来，战胜病魔，早日重返校园。

临走的时候，胡校长对她的丈夫说："有什么困难，就对学校说，我们一定尽力而为，大家共同努力，希望柳老师早日康复。"

在病房门外，胡校长把一个装着现金的信封拿出来，对柳老师的丈夫说："这是学校的一点心意，给柳老师买点营养品补补身子，希望你一定收下。"她的丈夫极力推却，但在大家的劝说下，最终收下了。

回来的路上，大家就柳老师的病情感叹了很久，谈到了她的丈夫，谈到了她的父母，尤其是她的女儿，才刚刚七岁……

许久，大家都不再说话……

初二开始，学校安排方明接替柳笛两个班的语文，正好林渊调走，学校考虑到方明对工作认真负责，就让他接替了林渊级部主任的职务。

自从方明接手初二级部主任和一二班语文以来，初二级部各个方面都发生了很大变化，尤其是在纪律和学习方面，整个级部有条不紊地向前迈步，这一点，从考试成绩和各项比赛中就可以看出，老师们有目共睹，学校领导更是看在眼里，喜在心里。

方明从学生们的作文中，能感觉到他们对柳笛老师的爱戴和敬佩。那一次，他让学生们作文，题目是《我生命里的那道光》，很多同学写的就是柳笛老师。他们写柳笛老师在学习上、生活上、在自己遇到困难的时候，像一道阳光，驱散了他们内心的阴霾，照亮了他们前行的道路……字里行间，流露出对老师无限的感激和怀念之情。

方明用红笔勾画着这些文字，阵阵暖意涌上心头，这些事都是小事，但却温暖着学生们的心灵。通过这些文字，他看到了一位老师在学生心中举足轻重的地位，他深知，并不是所有的老师都能赢得学生们如此厚爱，能走进每个学生心灵深处的，一定是位好老师。

语文课代表汤小小的作文，尤其引起了他的注意，这位女生用真挚的言语，叙述了自己和柳老师之间的一件小事，看似平静的言语下，透露着她对老师强烈的思念之情。他给这篇作文定了满分，并让她站上讲台，大声朗读自己的这篇佳作。

汤小小读着读着，读到柳老师生病离开的情节，竟然流下了伤心的泪水："老师，您好点了么？您现在在哪里？我们想念您……"她哽咽着，颤抖着双手再也读不下去，教室里很多同学都在默默流泪，有个女生突然哇的一声哭了起来，接着很多同学都小声啜泣起来，连平时最调皮的那几个男生，也把头深深低下，似乎在为自己之前在柳老师的课上不够努力而深深悔恨……

"同学们，请看大屏幕。"方明说着点开了多媒体黑板，屏幕上先出现了一行大字：同学们，老师想念你们了！接着，镜头转换，柳笛老师出现在屏幕上，所有的同学又惊又喜，情不自禁地喊叫起来："老师，老师！"柳笛老师穿着病号服，坐在病床上，整个人看上去虽然很虚弱，但气色很好，她微笑着说："同学们，你们好。这么长时间没有见面，老师很想你们。很多同学给我发微信，关心我的病情，老师非常感动，谢谢你们的关心！老师告诉你们，我很快就会好起来，等我回去，咱们又可以见面了。希望你们听每一位老师的话，努力学习，快乐过好每一天。再见，同学们！"

"老师，老师！"很多学生站了起来。

这是柳笛发给方明的视频，因为不断有学生发微信询问她的病情，她无法一一回复，就采用了这样的形式，请方明在合适的时候以合适的方式转达她的谢意，也表达她对孩子们的思念之情。

方明走上讲台："同学们，柳老师虽然离开了学校，但她一直牵念着你们的学习，尤其你们语文学科的学习，通过各种形式，了解你们的学习情况和状态，希望同学们不辜负老师的希望，振奋精神，以更优异的成绩回报老师对你们的关心和爱护，也让我们祝愿柳老师早日恢复健康，重返校园！"

"方老师，我们都听您的，您让我们怎么做，我们就怎么做！"班长秦晓媛第一个发言。

"您和柳老师一样，都是为了我们的学习和成长，我们一定不辜负您和柳老师的希望！"汤小小擦干眼泪，坚强地抬起头来。

方明听着孩子们发自肺腑的话语，看着孩子们那一张张稚气未脱、但懂事乖巧的脸庞，内心感慨万分。都说教师是太阳底下最光辉的职业，这话一点不假，作为教育者，最大的快乐就是和孩子们一起成长，最大的收获就是见证学生们成长的足迹，最成功的教育，就是感受到孩子们有一颗感恩的心。

那天方明正在办公室里批改作业，几个女孩子探头探脑地在办公室门前转悠，一会儿课代表汤小小打报告进来，走到方明跟前说："老师，请您出来一下，我们有件事跟您商量。"

方明走出办公室，看到办公室门口站着好几位女同学，就问道："什么事情，还这么神秘？"

几位学生红着脸不敢说，班长秦晓媛说："方老师，我们想问问您，柳老师家在哪里住？我们想周末去看看她……"

原来是这么回事，方明内心一阵感动。他知道柳老师已经从医院回来了，正在家中调养，就对这几位女孩子说："你们如果真想去的话，周末我带你们一起去，但人不能太多，我找一辆面包车，最多容十个人。"

一听这话，几个女孩子高兴地跳起来，汤小小转身对另外几位女孩子说："咱们得准备礼物！"

方明回到办公室，接着给柳笛打了电话，他把学生们的心愿告诉她，柳笛非常感动，她很希望能够见到孩子们，但又害怕耽误孩子们周末休息，方明对她作了解释，柳笛老师这才放心。

周末这天，天气特别晴朗，虽然是深秋季节，但天气并不寒冷。方明找了一辆出租面包车，挨家挨户接上这六位学生，除了女生，竟然还多出了两位男生孟非和马小毛，在叽叽喳喳的女孩子面前，这两位男孩子显得有些腼腆。

面包车在一座绿化优美的小区里停下来，方明嘱咐司机在楼下等一会儿，他领着孩子们乘坐电梯上了七楼。刚来到一扇黑红色的门前，门就打开了，柳老师已经站在门前迎接他们。

仅仅几个月的时间，柳笛老师变得面容憔悴，形体枯瘦，最明显的是，经过一段时间的化疗，她的头发已经大量脱落，原先如黑瀑布般的长发，现在已剩不多，蜷曲地束在耳后。看到眼前生龙活虎的孩子们，柳老师立即伸开了双臂。

"老师！""老师！"这些孩子一下涌进了屋里，和老师紧紧拥抱在一起。那两位男孩子手里提着水果，抱着鲜花，无法和老师拥抱，只是在一边害羞地笑着。

柳笛握着孩子们的小手说："你们还给我买礼物，见到你们比什么都高兴。来，大家快坐下。"

孩子们围着柳笛老师坐下来，方明坐在柳笛的对面。这时，柳笛的婆婆从厨房里出来，端着一盘洗好的水果，对大家说："也没什么好东西给孩子们吃，这些水果，大家尝尝。"

柳笛拿起水果，一个一个递给他们。孩子们都端坐着，显得十分拘谨。方明说："孩子们，吃吧，一边吃，一边和柳老师聊天。"学生们这才接了过去。

方明接着说："柳老师，你的气色不错，但身体还是有些虚弱，一定要保持良好的心态，把心放宽，注重调养，医学如此发达，没有什么疾病战胜不了，坚信你很快就会好起来的……你知道孩子们是多么想你吗？"

方明指着这几个孩子说："他们几个天天缠着我，要我带他们来看你……是吧，汤小小？"

汤小小不好意思地笑了，接着问道："柳老师，您什么时候能回学校啊，我们大家可想您了……"

"我每次做梦都会梦见您……可一觉醒来，您就不见了……"秦晓媛说。

"柳老师，我再也不会惹你生气了，我保证！"孟非一句话，把大家都逗乐了。

接下来，方明和柳笛谈到了学生的学习情况，班里的纪律情况，学校里最近发生的一些事情，最后提到了学生们在作文里对她的思念。

柳笛默默地听着，泪水渐渐模糊了她的双眼，是啊，她也何尝不想念这些孩子们啊，虽然有时也让老师生气，但更多的是收获来自他们成长的快乐，这种快乐，是生活中任何东西都无法相比的。她再次握紧了孩子们的小手。

"对了，我还告诉你一件好事。"方明说，"你的一篇文章发表了，刊物我给你带来了，但稿费还没收到，等稿费来了，我再给你送过来。"

方明从包里取出那份刊物，递给柳笛。柳老师从目录里快速找到那篇文章，指着题目对大家说："这篇也是写孩子们的……"

几个孩子抢过去翻着看。柳笛对方明说："我还投寄出不少，如果能够发表，所有的稿费都作为咱们班的班费，用在孩子们的学习上，激励他们努力拼搏，这将是我最快乐的事情。创作灵感来自孩子，没有他们，哪有这些鲜活的文字？希望你一定答应我……"

方明知道，此时此刻答应这件事，对于柳笛老师来说，就是对她最大的安慰，他使劲点了点头说："谢谢你，柳老师，我代表所有的孩子谢谢你！"

一丝淡淡的忧伤在她的眼里闪现："不知道什么时候我才能回去，工作着虽然累点，但忙忙碌碌，生活充实快乐，现在一下清闲下来，还真有点儿不太适应……"

方明知道，柳笛的病情凶险顽固，随时都有恶化的可能，这次治疗能够得以控制，因素很多，医学技术的精湛，家人的精心陪伴，还有就是她自己顽强的意志。身体的病变对她打击很大，情绪上肯定会出现起起落落、反反复复的波动，保持良好的心态和情绪至关重要。方明也知道，言语的安慰也许显得苍白无力，但他还是和她谈了很多，并转达了老师们对她的祝福。

柳笛笑了笑说："放心吧，我没那么脆弱，我会珍惜自己的身体，争取早日康复。我还有一件事要你帮忙。"说着，柳笛老师起身去了书房。

柳笛从书房里拿来一摞文稿，对方明说："这是我担任学校文学社社长期间，所收集的学生们的优秀作文，大部分都在咱们的校刊上发表了，还有一些需要较大改动。这段时间，我在家里闲着没事，把这些文稿又进行了反复修改，内容语言方面问题不大，但书写方面，错字较多，修改时需要认真仔细。我本来打算把这些优秀的作文整理装订成一本集子，再和语文组的老师们商讨一下，以何种形式呈现出来，才能让全校学生都能读到这些好文章……可是，我的身体又出了问题……"

方明连忙问道："你的意思是，我接着修改……"

柳笛说："修改作文不容易，需要耗费大量的时间和精力，你平时工作繁忙，就怕没时间。这些文章，数量上偏少些，你看看手头还有没有好的作文，可以再补充上一些。"

方明说："我正好也收集了一些优秀作文，回头认真修改一下，合在这些作文里。"

柳笛紧紧握着方明的手说："那太好了。这些作文都有电子稿，回头我就发给你。让我们共同努力！"

就在这时，楼下响起了汽车喇叭声，方明抬手看了看表，时间不知不觉已经过去了一个多小时，司机在催促他们下楼，孩子们全都恋恋不舍。柳笛的婆婆从厨房出来说："孩子们都来了，你们留下来吃完午饭再走吧！"

方明说:"司机还在楼下等着,要是不回去,孩子们的父母也不放心,过段时间我们还会再来。"

这时柳笛突然提议说:"咱们在一起合张影吧!"

孩子们高兴极了,大家立即排好队形,柳笛站在中间,孩子们围在四周,方明迅速按下快键,留下了这宝贵的瞬间。

这些单纯可爱的孩子们,他们做梦也没有想到,这竟然成为他们和敬爱的柳笛老师今生最后一面……

回到学校,方明翻开那摞作文稿,一篇篇精美的作文呈现在眼前,他一页页翻看着,段落的调整,语法的错误,字词的推敲,甚至连标点符号,每篇文章都做了精心修改。他打开电脑,根据柳老师纸质文稿上修改的内容,在电子稿上做了相应的修改。一周后,这些文稿全部修改完毕。

就在他整理这些文稿的时候,一个大胆的想法产生了,既然这些作文都是优秀作文,那么这些作文好在哪里?是文章鲜明突出的主题立意,还是独具一格的写作手法?是开头的引人入胜,还是结尾的精当有力?是语言的生动形象,还是幽默诙谐?如果把这些优点在每篇文章里都点评呈现出来,读者边看边品味欣赏,印象会更深刻,阅读效果会更好。

他为这个想法激动不已,尽管他知道这要付出艰辛的劳动,但他更明白,付出的背后会有更大的收获,这是作为一名语文教师,最应该着手去做的事情。

一旦决定,他将义无反顾、全身心地投入其中。

接下来的日子,方明利用课余时间,一边收集学生作文稿件,一边进行修改点评,很多文章发表在学校文学校刊上,也有一些投寄发表在全国各地各类报纸杂志上。到初四上学期末，手头积攒的优秀作文已接近一百来篇，寒假期间，他又把这些作文进行了最后检查修整，直到每篇文章都找不出错误，他才满意地结束这项工作。

寒假后开学的第一天，方明来到了校长室，李副校长正在和丁主任谈关于新学期的课程安排，见方明进来，问道："方老师，有事吗？"

方明把作文打印稿放在李校长的办公桌上，说："李校长，这是从初一开始，柳笛老师担任文学社社长期间，所收集的我校学生的优秀作文，在家休养这段时间，她带病把这些文稿再次进行了仔细修改，去年有几个学生要我带他们去柳老师家里看望她，临走的时候，柳老师把这些稿子交给了我，我接过文学社社长这一职务后，又收到了不少优秀的稿件，我把这些稿件和原先的合在一块，最后，又把所有文稿进行了点评，你看看，我们采用何种形式才能让每位学生都能看到这些作品呢？"

李校长慢慢翻看着这些文稿，点评的文字几乎占了整部文稿的一半，作为语文老教师，他知道这项工作的艰巨，不仅要从内容方面修改，还要从写作手法方面进行点评，而点评是最耗费精力的环节，没有顽强的毅力，不付出艰辛的劳动，很难完成这项工作。

丁主任也过来翻看文稿。

"你是在什么时间完成的这项工作？"李校长的视线从稿子上移开，抬头看着方明问。

方明笑笑说:"平时上完课挤出时间,周末有空也弄点,主要还是利用了寒假这一个月的时间,我想尽快整理好,在咱们的学生中考之前,把作文发到他们手里。"

李校长点点头:"你是想让每一个学生都能看到这些作文,因为这些作文都是经过老师精心修改和点评过的,学生不仅知道这是好作文,还要知道这些作文好在哪里,尤其是毕业班的同学。我看到里面有不少是毕业班学生写的,这会给他们带来更大的动力。这样吧,等会儿我和胡校长、丁主任再商量一下,看看哪种形式最好。"

一周后的下午自由活动时间,校长室打来电话,通知方明去学校小会议室开会。方明进去的时候,看到胡校长、李校长和丁主任都在,语文组里几位德高望重的老教师和骨干教师也在这里。

看看人都到齐了,胡校长说:"今天我们开个简短的会议,大家商讨一下关于方老师批阅点评的这些学生文稿。首先,对方老师和各位语文老师在学生语文方面,特别是作文方面,所做出的辛勤努力,表示感谢!方老师对这些文字进行了细致地点评,费时费力可想而知。既然对咱们的学生作文大有裨益,我们就要想方设法把这些宝贵的作文方法让全校每个学生都能看到。今天把大家召集起来,就是让大家说说,我们以怎样的形式,把这些作文呈现给学生。"

老师们凑在一起忙着翻看这本作文集,边看边发出啧啧的赞叹。

年龄最大也最有威望的祁老师说:"就是说,这些作文最好让我们的学生人手一册,都能看到?那就得印刷出来,订成一本书的形式。"

"对，我也觉得应该这样，如果印刷出来，装订成册，既便于学生阅读，又便于携带，还能引起他们的重视。"一位年轻的语文老师说。

"这样的话，我们还不如找家出版社，正式出版了，有书号，有出版社名称，这样不是更正规吗？"一位心直口快的男老师说。

"但出版费也不低啊，起码得五六万。不过也可以使用丛书号，就是好几个作者共用一个书号，这样每人所分担的钱数就少一些。"一位经常写作的叫杨康的老师说。

有个老师不解地问："按说出版社看中了作品，得给作者稿费，怎么还得向他们交钱？"

杨康老师说："这里面有个出版费问题，当然要是畅销作品，出版社就会竞争，那就是作者赚钱的事了。那种情况，大都是名家，普通作者很难做到。"

"看来还是作品质量的问题，下一步我们得向这方面努力。"方明说。

胡校长转向方明："方老师，谈谈你的想法。"

方明说："领导和老师们，对我点评的这本文集，给予了很高的评价，我感到很惭愧，不像大家评价的那样完美。大家可能还不知道，其中大多数是柳笛老师修改的，我在担任文学社社长后，又整理修改了一些，经过近半年的修改和点评，才是现在大家眼前的样子。说实话，修改后的这些作文，在内容、语言、遣词造句方面，不存在语病或错别字现象，可以说，基本上都是满分作文。学生们从这些文章中，不仅学习到写作方法和技巧，还能感受到思想和灵魂的启迪。我个人认为，这就是这部文集的价值所在。至于采取什么形式，让每个学生都能看到，我觉得老师们的建议很好，我们自己印刷出来，装订成册，人手一本。"

胡校长说："这几天我和李校长一直在讨论研究这件事，我对语文学科也不是很内行，但你所付出的辛勤劳动，却是有目共睹。有你和柳笛老师把关的作品，我们放心。既然篇篇都是精品，那就值得每位学生阅读，不仅我们学校学生阅读，还可以推广到其他学校，让其他学校学生也来读一读。这是我们在语文教学方面的一大特色，周边兄弟学校完全可以借鉴学习。鉴于这样的目的和打算，经学校研究决定，学校马上和出版社联系，如果审核通过，学校将出资将这本文集正式出版！"

胡校长话一说完，老师们都吃惊地瞪大了眼睛，简直不敢相信自己的耳朵，学校出资正式出版，那也太好了吧，这可是桃花中学有史以来第一次！

老教师祁老师说出了自己的担忧："胡校长，既然开了头，今后如果不止一个老师写出书来，都要求出版，那学校是不是都给老师们出资？"

"不是学校让不让老师们出版，出版社这一关得过啊，人家得审稿，审核通过才能出版。方老师这本文集也是这样，首先得过出版社审核这一关。"杨康老师纠正说。

"出书不是一件容易的事，现在除了方老师，哪位老师手里还有这样一本文集？"一位年轻的语文老师问。

祁老师说："有，李立成老师有。前些年他写过一部长篇小说，反映农村生活的，这几年没动静，不知写完没有。"

"征集文章不是一件难事，每周一次作文，两个班学生都写，连续三周就能征集一百多篇……"

"征集文章容易，关键是老师得给学生修改，还得点评，点评可不是一件容易的事，得点评到位，不是乱点。"

老师们议论起来。

李校长说："能点评作文的老师，基本上都得有写文章的本领，就现在我们语文组老师来看，教课好的老师不少，但能写的老师不多，能写出一部文学作品或者像方老师这样点评出一部文集的老师还有谁？如果有的话，我们完全支持！"

杨康老师最有发言权："大家不要再假设了，不是谁随便整理点东西就能出版的，人家出版社还要看质量，比如，方老师整理的这部作品，如果咱们决定出版，首先要投寄出版社，经过他们审查评阅以后，觉得达到出版的要求，人家才和我们签订出版合同，不像老师们说的那样，只要手里有东西，花钱就能出版。"

胡校长说："话又说回来，如果有的老师手头有值得学习推广的东西，只要能通过审核，我们学校就为你出钱出版！"

听了胡校长的话，大家都鼓起掌来，觉得胡校长在支持老师们专业发展这一方面很有魄力。

胡校长接着说："前几年，我曾参加过在河北石家庄举行的全国校园文学活动，听取了来自全国各地各级学校在校园文学筹建方面的成功经验，很多学校的校长就是文学爱好者，有的自己已经出版了好几本书，这是他们的优势所在。

"校长不一定都是文学家，但校长一定得重视文学，这是一座学校书香气息得以浓厚的根源。如果我们仅仅依靠课本上的那些文字，来塑造学生的灵魂，提高他们辨别真善美的能力，这是远远不够的。何况，当今社会，很多因素冲淡了人们读书的氛围，我们学校的教育必须加强这方面的措施和力度。有老师研究文学，为学生出版作文，这是多么好的事情，这本身就是打造书香校园的典型举措，我们有什么理由不予以支持？故步自封，是永远也不能治学的。"

胡校长的话再次赢得老师们的掌声，最后，学校决定先和出版社联系，把这些文稿投寄过去，让他们先审核评定。

开会的老师们刚回去不久，李立成老师就来到校长室，一进门，他就把一摞打印的厚厚的文稿放在校长办公桌上，说："我听说只要老师手里有文集，学校就出资联系出版，正好我写了一部，早就完成好几年了，你们看看能不能也帮我出版了？"

胡校长和李校长没有想到事情来得如此突然，互相看了一眼，然后李校长对李立成老师说："咱们学校是这么研究决定的，但得分学科，也得看内容，出版不出版也不是学校说了算，出版社得审核……"

话还没说完，李立成老师情绪就开始变得激动："我就知道你们会这么说，什么学科不学科，内容不内容，只要写出来，我就拥有了著作权，这就是我的东西，谁也否认不了。现在出版社为了挣钱，还管你质量不质量，只要你出钱，他们还巴不得你出版。"

"这仅仅是你的判断。"李校长说。

胡校长说："请你冷静一点。我佩服你在业余搞创作的这种精神，但我们得全面考虑这件事，你教地理学科，那这部小说它和你的专业没有关系，这就不符合我们对教师专业扶持的原则。"

"照你这么说，搞文学还得看专业，文学家都得教语文。曹雪芹、金庸、莫言都不是教师出身，他们的作品学生不看吗？不是只有当老师的写的东西才适合学生看，只要作品好，跟作者什么国籍、性别、职业毫无关系。"

李校长接过话来说："这一点我们当然明白，如果你的作品能达到他们那样的高度，你真的不用来求学校，出版社会争着出版，那可就是挣钱的事了。"

这一句把李立成的傲气杀下去了："我达不到那样的水平，但小说是我自己创作的，付出了大量的心血，你们不搞写作，不知道创作的艰辛，尤其是写长篇的……方明老师的文集不就是学生的作品吗，说白了，那不是他自己的东西，再难听一点，他这是拿着学生的作品往自己脸上贴金……"

李校长拿起面前方明整理的文集，递在李立成面前问："只要是对学生有用的，我们就支持。你看过这本文集吗？"

李立成接过来，摇了摇头："没有。"

"没看，没看你就没有发言权！这是方明老师和柳笛老师几年的心血，他们不图名不图利，就是为了一个纯洁的梦想，给每个孩子插上飞翔的翅膀。全校语文老师都对这本文集给予了高度评价，恨不得一夜之间印出来发给学生，在大家强烈的要求下，我们最后做出了这样的决定……你也算是老教师了，我们都很尊重你，有些事情请你冷静一点，不要冲动行事。你把这本小说先放在这里，我们再商量一下看看。"

李立成觉得还有商量，就说："开卷有益，让学生通过这本书，了解那个年代中国社会风起云涌的社会状况，增强他们的社会责任感，这就是它的价值和意义。"

这时，有几位老师进来交材料，听到他们正在激烈地争论，什么也没敢说，放下材料就出去了。

李立成走后，胡校长和李校长就这件事商讨了很长一段时间，最后胡校长说："这就像一家人过日子，为了家里的孩子，父母可以省吃俭用，把节俭下来的钱用在孩子的学业上，同样，一所学校，为了教师的专业成长，我们完全可以不搞那些外表光艳的东西，把节省下来的资金用在培养支持教师的专业成长上。"

李校长明白胡校长的意思，就说："那就让李立成老师先把作品寄往出版社看看。"

没想到这时方明又回来了，一进校长室他就说："我听说因为我这本文集，李立成老师也过来了，要不这样吧，如果出版社能通过的话，为了给学校减少麻烦，我自费出版吧，大约两千本左右，全校每个学生都能发到一本。"

看着方明老师那双真诚无私的眼睛，胡校长站起来拍着他的肩膀感动地说："你就不要再为这件事费心了，我和李校长为我校有你这样无私奉献的老师深感自豪！"

方明整理的文集出版社很快就予以了回复，说作品质量很高，完全符合出版要求，如果想出版，可以立即签订出版合同。但李立成老师的作品没有任何回应，他以为学校在里面做了什么手脚，打电话询问出版社，出版社回复说，作品无论内容还是语言，都存在很多问题，退稿后希望自行处理。

"质量才是硬道理。"胡校长和李校长不禁深深感叹。

出版手续很快办好了，大家希望越快越好，因为毕业班的老师们都想在这批学生中考之前，把作文集发到他们手里。

两个月后，书籍正式出版了。当散发着油墨芳香的作文集拿在手的时候，方明流下了激动的泪水……那一刻，他最先想到的是柳笛老师，他立即给柳笛老师打电话，他要告诉她，滴滴心血已经浇灌出累累硕果，她的付出以最理想的形式得以呈现。可是一连打了几次，柳老师的电话无人接通，他又拨通了她丈夫的号码，她的丈夫告诉方明，柳笛老师病情恶化，现在正在北京治疗，他会把这个消息告诉她……

方明的心情极其沉重，放学后老师们都离开了，他一个人静静地坐在办公室里，用手轻轻摩挲着这本书，回想着和柳笛老师在一起的点点滴滴，不知不觉，泪水朦胧了他的双眼……

他记得清清楚楚，每次语文组教研，讨论最多的，就是关于学生的作文这个话题，老师们最头疼的事，也是关于学生的作文批阅。也有老师抱怨学生作文水平太差，不值得为这些毫无意义、不知所云的文字浪费时间和精力，往往在批阅的篇数和形式上产生分歧，甚至出现激烈地争论。

柳笛老师作为语文教研组组长，也作为校文学社负责人，每次在听完老师们的议论后，总是耐心地和大家交流。她说，因为生活环境不同，孩子们的经历不同，他们的情感世界也就不同。也因为语言表达能力的差别，同样的心声，表达的效果也不一样。对每一个孩子流露在纸面上的文字，一定要像对待珍珠一样珍视它们，不可以不屑一顾，更不可以吹毛求疵。通过这些文字，老师们才能倾听他们的故事，走进他们的内心，感受他们的喜怒哀乐，和他们的心灵进行一次次碰撞……牙牙学语，蹒跚学步，每一个人都是这样成长起来的，老师的一句鼓励，老师的一句点赞，就有可能改变孩子们的一生……

方明从柳笛老师那里学到的，不仅仅是一位语文老师的教学方法，更重要的是作为一名老师呵护孩子们成长的方式，那是师之为师最为可贵的东西，如今想来，这些话犹在耳边……

此刻，这本书静静地放在柳笛老师的办公桌上，可是她……

方明在参加省城骨干教师培训交流会期间，接到了柳笛老师病逝的消息，那时离他上台发言还有不到十分钟，他的手机发来一条短信，打开一看，是学校发在教师群里的讣告：柳笛老师不幸病逝，桃花中学全体老师表达最沉重的哀悼……

那一刻，他的内心极度悲伤，他把悲痛掩埋在心底，走上了发言台。他临时改变了发言方式，没有像其他人那样，利用荧屏媒体逐条汇报自己在教学和班级管理方面的经验和措施，而是站在讲桌前，讲了一个令人泪目的故事……

全场静悄悄的，所有的人都沉浸在这个故事之中。

最后方明激动地说："老师们，经验来自于学习，动力来自于鼓励，成功来自于榜样的力量。我今天之所以和大家分享这个故事，是想告诉大家，没有爱，就没有教育，用爱倾听每一位孩子心底的声音，用爱去感染每一位学生，是教师教学中最主要的东西，也是古今中外所有教育名家成为名家的不二法门。柳笛老师无私奉献的精神，将永远激励着我们前行。我还要悲痛地告诉大家，就在我和大家分享这个故事的时候，她刚刚离开我们，永远地离开了我们……"

一个春风吹拂，百花盛开的日子，方明带领着一群学生，来到了柳笛老师的墓前。这是一处幽静的公墓，四周松柏茂盛，绿草萋萋，天空白云朵朵，清风阵阵。

孩子们把鲜花摆放在墓碑的四周，在柳笛老师的墓前，方明和孩子们一起深深鞠躬。

方明走上前，把那本作文集放在墓碑前，轻声对她说："柳老师，你看，孩子们的文集出版了，学校领导和家长们都给予了高度评价，孩子们看着自己的文字变成了铅字，高兴极了，写作的劲头更大了，学习的积极性一下子被激发出来了。今天，这些孩子代表全班看你来了……"

汤小小第一个发言："柳老师，我们想您……可您还是抛下我们走了……您什么时候才能再回来啊……这里环境很优美，可是哪比得上我们的校园美……"

孟非说："老师，您放心吧，我再也不会让老师们生气了，我已经懂事了，虽然我的成绩还是不太理想，但我会一直努力，我相信您的话，只要洒下汗水，就会有收获，世上任何成功，没有最好，只有更好。"

孩子们一个一个在老师的墓前倾诉思念，表达决心。春风吹过，这些话语一直飘向蓝天，飘向白云，在湛蓝的天空久久回荡……

方明凝视着远方，春天的大自然，到处莺歌燕舞，生机盎然。是啊，没有一个冬天不可逾越，没有一个春天不会到来。当春风吹过大地，草儿萌发；当春风掠过枝条，花儿绽放；当春风拂过心灵，心之坚冰就会融化……在这个世界上，爱是万物欣荣的源泉，只要有爱的地方，就会有鲜花和笑脸，只要有爱的地方，就会有温暖和希望……